HARALD JACOBSEN
Kielbruch

ON THE WILD SIDE Während der Kieler Woche explodieren im Ostuferhafen zwei Bomben an Bord eines polnischen Frachters – zwei Matrosen sterben. Die Hauptkommissare Regina Saß und Frank Reuter berufen die SOKO Kieler Woche ein. Ihnen wird Oberkommissar Jens Vogt, ein Kollege vom Staatsschutz, zur Seite gestellt. Doch bevor die Ermittler den ersten Hinweisen nachgehen können, wird ein Manager der Landesbank brutal ermordet. Die SOKO muss ihre Kräfte teilen und zwei Ermittlungen parallel führen, obwohl es Anzeichen gibt, dass beide Fälle miteinander in Verbindung stehen. Hauptkommissar Reuter ist an allen Fronten gefragt.

Harald Jacobsen wurde 1960 in Nordfriesland geboren und lebt heute mit seiner Ehefrau am Rande des Naturparks Aukrug. Seit 2005 arbeitet er als freier Autor. Sein Interesse für die Kriminalistik brachte ihn zur Kriminalliteratur, die er immer eng mit den Geschehnissen in seiner Heimat Schleswig-Holstein verbindet.

Bisherige Veröffentlichungen im Gmeiner-Verlag:
Mordsregatta (2013)

HARALD JACOBSEN
Kielbruch

Kriminalroman

Besuchen Sie uns im Internet:
www.gmeiner-verlag.de

© 2014 – Gmeiner-Verlag GmbH
Im Ehnried 5, 88605 Meßkirch
Telefon 07575/2095-0
info@gmeiner-verlag.de
Alle Rechte vorbehalten
1. Auflage 2014

Lektorat: Sven Lang
Herstellung: Mirjam Hecht
Umschlaggestaltung: U.O.R.G. Lutz Eberle, Stuttgart
unter Verwendung eines Fotos von: © Wolfgang Jargstorff – Fotolia.com
Druck: GGP Media GmbH, Pößneck
Printed in Germany
ISBN 978-3-8392-1598-2

Personen und Handlung sind frei erfunden.
Ähnlichkeiten mit lebenden oder toten Personen
sind rein zufällig und nicht beabsichtigt.

Das eindringende Seewasser vermischte sich mit seinem Blut. Jakub starrte verständnislos auf seine Beine, die in dem Wasserwirbel nutzlos hin und her schwammen. Der Mechaniker hatte seinen Rundgang an Bord des Frachters kaum zur Hälfte abgeschlossen, als ihn die Druckwelle der ersten Explosion gegen ein Schott geschleudert hatte.

»Heilige Mutter, steh mir bei«, murmelte Jakub.

Mittlerweile drang das Wasser der Kieler Förde immer schneller in den aus Gdynia stammenden Frachter ein. Bei der zweiten Explosion hatte sich einer der riesigen Zylinder der Maschine unmittelbar neben Jakub Mazur wie ein Luftballon aufgebläht, um dann in einer Wolke aus Schrapnellen zu vergehen. Eines dieser rasiermesserscharfen Metallteile trennte Jakubs untere Extremitäten oberhalb der Knie ab. Als er sich seiner Lage bewusst wurde, begann der polnische Matrose laut zu beten. Der große Blutverlust beendete das Gebet noch vor dem üblichen Ende. Fast behäbig drehte sich der Oberkörper des Matrosen um sich selbst, sodass Jakub Mazur mit dem Gesicht nach unten im Wasser trieb. Eines seiner Beine verfing sich im klaffenden Riss der Außenhülle und klopfte im Rhythmus des eindringenden Fördewassers gegen die Stahlplatte.

KAPITEL 1

Frank Reuter musste seinen Wagen weit vor der Absperrung abstellen.

»Am Kai herrscht das absolute Chaos, Herr Hauptkommissar. Da ist kein Platz mehr für weitere Fahrzeuge«, erklärte der Streifenbeamte.

Wie recht dieser hatte, erkannte Frank schon wenige Augenblicke später. Sein Blick wanderte über die Feuerwehrfahrzeuge und diverse Streifenwagen. Sogar ein Transporter des Bombenräumkommandos stand auf dem Kai.

»Wo finde ich Hauptkommissarin Saß?«, fragte Frank.

Er konnte die Kollegin nirgends ausmachen. Allein die Tatsache, dass Regina Saß ihn in den Ostuferhafen bestellt hatte, ließ nur einen Schluss zu: Die SOKO Kieler Woche stand offenbar vor ihrer zweiten Ermittlung.

»Sie müsste sich bei den Kollegen der Wasserschutzpolizei befinden. Dort drüben«, erwiderte der uniformierte Beamte.

Frank schaute in die angegebene Richtung und entdeckte so einen Kastenwagen, der ein wenig abseits stand. Auf dem Weg dorthin musste der Hauptkommissar über ausgerollte Schläuche steigen und Einsatzfahrzeuge umgehen. Der böige Wind trug den Gestank von verbranntem Gummi mit sich. Er verharrte einige Sekunden lang und schaute auf den Frachter, der eine bedenkliche Schlagseite aufwies. Dunkle Rauchwolken stiegen in den Himmel über die Kieler Förde auf und legten Zeugnis über ein immer noch wütendes Feuer an Bord des Frachters ab. Der Hauptkommissar ging weiter und registrierte mit einem Seitenblick den Heimathafen des verunglückten Schiffes.

»Gdynia«, murmelte er.

»Gut, dass Sie da sind«, rief eine Frauenstimme.

Die Leiterin der SOKO Kieler Woche hatte den Kollegen ausgemacht und rief Frank zu sich. Er musterte die weiße Jeans, die sich eng an die rundliche Figur der Hauptkommissarin schmiegte. Regina Saß war zwar nach wie vor ein wenig füllig, aber seit ihrer letzten Begegnung hatte sie definitiv abgenommen.

»Moin, Regina. Was zum Teufel ist denn hier passiert?«, erwiderte Frank.

Sie erwiderte den Gruß und kletterte zurück in den Transporter. Frank folgte ihr und verstand sofort, warum seine Kollegin den Platz im Wagen vorzog. Sobald er die Seitentür zugeschoben hatte, ließ der penetrante Gestank erheblich nach.

»Hauptkommissar Frank Reuter. Oberkommissar Jens Vogt«, stellte Regina Saß vor.

Frank nickte dem jüngeren Kollegen mit dem Blondschopf zu, der ein flüchtiges Grinsen aufblitzen ließ. Möglicherweise war es nicht nur ein Fall für die SOKO Kieler Woche, denn Vogt hatte im Jahr zuvor nicht zu den Mitgliedern des Teams gezählt.

»Die Kollegen der Wasserschutzpolizei waren zuerst vor Ort. Die Explosionen waren bis zu ihrer Station hier im Ostuferhafen zu hören. Als sie das Feuer an Bord des Frachters bemerkten, alarmierten sie die Feuerwehr und die Spezialisten des Bombenkommandos«, berichtete Regina.

Während er zuhörte, wanderte Franks Blick automatisch hinüber zu dem Schiff, auf dem die Feuerwehrleute weiterhin gegen die letzten Brandherde ankämpften. Er strich sich unwillkürlich durch das braune Haar und stellte sich vor, wie die Hitze und der Rauch an Bord den Einsatzkräften zu schaffen machten. Nachdem die Sprengstoffspezialisten ihre Arbeit getan hatten, sicherten die Kriminaltechniker bereits alle verwertbaren Spuren.

»Wurden Hinweise auf die verwendeten Bomben entdeckt?«, fragte er.

Der Oberkommissar drückte Frank eine Beweissicherungstüte in die Hand. Darin befand sich eine Platine, deren Bauteile zum Teil miteinander verschmolzen waren. »Das ist ein Steuerungsmodul, mit dem man einen Sprengsatz fernzünden kann«, sagte Vogt.

Verwundert hob Frank den Blick und schaute Regina an.

»Der Kollege gehört zur Abteilung 3 des LKA und hatte bereits mit ähnlichen Zündern zu tun«, erklärte sie.

»Der Staatsschutz interessiert sich für den Anschlag?«, staunte Frank.

»Vorerst müssen wir davon ausgehen, dass der Anschlag auf den Frachter politisch motiviert sein könnte. Diese Art Zünder wurden in der Vergangenheit bei Attentatsversuchen auf Landespolitiker eingesetzt«, antwortete Vogt.

Das war eindeutig nicht Franks Fachbereich und er fragte sich, warum Regina und er hier waren.

»Es wurde beschlossen, dass die SOKO Kieler Woche die Ermittlungen aufnimmt. Oberkommissar Vogt wird uns dabei unterstützen und seinen Vorgesetzten berichten«, beantwortete die Hauptkommissarin die nicht gestellte Frage.

»Wieso? Wenn es jetzt schon eindeutige Hinweise auf einen politischen Hintergrund gibt, sind wir doch nicht zuständig«, protestierte Frank.

Als er das gequälte Lächeln im Gesicht von Regina bemerkte, verstand Frank sofort.

»Es bleiben vorerst lediglich Vermutungen, die wir noch verifizieren müssen. Niemand möchte die Öffentlichkeit unnötig alarmieren«, antwortete Vogt.

Seine Fröhlichkeit passte nicht zu dieser Aussage. Frank spürte das übliche Ziehen in der Magengegend, wie immer, wenn sich bei Ermittlungen Politiker einschalteten. Er war ein einfacher Hauptkommissar und scherte sich nicht im Mindesten um deren Befindlichkeiten. Doch Frank wusste, dass seine Meinung wenig Gewicht haben würde.

»Können wir wieder die Räumlichkeiten in der Gartenstraße beziehen?«, fragte er nur.

Hauptkommissarin Saß stimmte zu.

»Das restliche Team wird sich vermutlich bereits eingefunden haben. Ich wollte aber, dass wir beide den gleichen Wissensstand haben. Sie werden auch bei dieser Ermittlung mein Stellvertreter sein«, erklärte Regina.

Frank und Regina Saß blieben eine weitere Stunde im Ostuferhafen. Nachdem die Feuerwehr die vielen Brandherde erfolgreich bekämpft hatte, stießen sie auf zwei tote Männer.

»Das sind höchstwahrscheinlich Matrosen, die Wachdienst hatten«, sagte ein Kollege der Wasserschutzpolizei.

»Dann haben wir es ab sofort mit einem Doppelmord zu tun«, stellte Regina fest.

*

Als Frank hinter Regina und dem blonden Oberkommissar in die Einsatzzentrale der SOKO Kieler Woche trat, herrschte dort bereits rege Betriebsamkeit. Er schaute hinüber zu Florian Koller, der mit einem Handy am Ohr neben einer Übersichtstafel stand. Der Assistent von Regina Saß nickte ihm zu und sprach weiter ins Telefon.

»Wenn du wieder dabei bist, sieht es echt übel aus«, meldete sich eine tiefe Bassstimme.

Frank drehte sich um und erwiderte das grimmige Lächeln des Glatzkopfes mit der Figur eines Verteidigers beim American Football. »Moin, Holly. Glückwunsch noch zur Beförderung«, begrüßte er Hauptkommissar Holger Fendt mit seinem Spitznamen.

»Kein großes Ding. Warst du mit der Chefin am Hafen?«, wollte er wissen.

Frank hatte den Bericht kaum angefangen, als eine dunkelhaarige Schönheit zu den beiden Männern trat. Holly grinste breit.

»Hallo, schöne Frau«, sagte er.

Kommissarin Rana Schami lächelte Frank warm an.

»Hallo, ihr beiden. Regina versammelt also wieder das alte Team um sich. Weiß jemand, wer der blonde Sonnyboy bei ihr ist?«, fragte sie.

Frank klärte seine Kollegen auf. Holly musterte Jens Vogt mir gefurchter Stirn, während Rana den Oberkommissar unbefangen anschaute. »Staatsschutz? Wenn es ein Fall für die ist, braucht man uns wohl kaum«, stellte sie fest.

»Leider doch, Rana. Vorerst soll dieser Zusammenhang nicht an die Öffentlichkeit kommen. Die SOKO wird also offen ermitteln, ohne sich zu sehr auf die politischen Hintergründe zu stürzen«, sagte Frank.

Florian Keller machte sich bemerkbar und sorgte für Ruhe unter den über 20 Ermittlern im Großraumbüro. Regina Saß trat neben ihn und ließ ihren Blick über die Gesichter der versammelten Kollegen wandern.

»Die meisten von Ihnen waren im vergangenen Jahr bereits dabei, als diese SOKO den Mord an Bernd Claasen aufgeklärt hat. Die neuen Kollegen wenden sich bei Fragen an meinen Stellvertreter, Hauptkommissar Reuter, oder an mich«, sagte sie.

In den folgenden 30 Minuten umriss Regina Saß den Stand der Fakten und verteilte anschließend die Aufgaben. Frank registrierte aufmerksam, dass sie die besondere Rolle von Oberkommissar Vogt nicht ansprach. Es wunderte ihn daher nicht, dass nach Ende der Einweisung die Leiterin mit Vogt und ihm in ihr winziges Büro am Ende des Ganges ging. Durch das geöffnete Fenster konnte er die Stimmen der Besucher auf dem Rathausmarkt sowie vereinzelte Musikfetzen hören. In weniger als einer Stunde würde es erheblich lauter werden, denn dann begannen die Liveauftritte der Bands überall auf den im Umkreis des Rathausplatzes verteilten Bühnen.

»Wenigstens kann man dieses Jahr lüften«, sagte Regina.

Während Vogt mit der Anspielung nichts anfangen konnte, musste Frank schmunzeln. Das diesjährige wechselhafte Wetter entsprach eher dem üblichen Standard während einer Kieler Woche. Im Vorjahr war es ungewöhnlich sonnig gewesen, und das hatte aus dem kleinen Büro regelmäßig eine Sauna gemacht. Sobald die Musiker auf den Bühnen loslegten, konnte man dieses Mal das Fenster schließen, ohne im eigenen Saft zu schmoren.

»Sie werden mit Frank ein Team bilden, Jens. Sollte es irgendwelche Entwicklungen geben, die ins Fachgebiet

Ihrer Abteilung fallen, will ich umgehend eingeweiht werden«, fuhr Regina fort.

Damit stand Franks Rolle bei dieser Ermittlung fest. Es behagte ihm zwar nicht, aber er konnte die Entscheidung von Regina nachvollziehen. Vogt nahm es ebenfalls kommentarlos auf.

»Dann gehen wir also den Hinweisen zu dem Zünder nach?«, fragte Frank.

»Ja, genau. Diesen Aspekt überlasse ich Ihnen beiden. Sie sollten aber mit Holly darüber sprechen. In seiner neuen Funktion weiß er eventuell, woher der Sprengstoff gekommen ist«, gab Regina zu Bedenken.

Im Jahr zuvor hatte der bullige Hauptkommissar noch zur Sitte gehört. Seit sechs Monaten führte Holly das Dezernat für Bandenkriminalität im LKA und damit die Ermittlungen gegen Rockerbanden. Zu deren ›Betätigungsfeld‹ gehörte die Beschaffung von Waffen sowie Explosivmitteln.

»Daran habe ich schon gedacht«, sagte Frank.

»Aber nur allgemein und nicht zielgerichtet auf den Zünder«, warf Jens ein.

Für seinen Einwand musste der Oberkommissar einen zurechtweisenden Blick von Regina einstecken. Er räusperte sich und hob entschuldigend eine Hand in die Höhe.

»Es sollte nicht wie eine Anweisung klingen, Frau Saß. Verzeihung«, sagte er.

Als sie kurze Zeit später ins Großraumbüro zurückkehrten, hatte es sich deutlich geleert.

»Florian ist in seinem Element«, kommentierte Frank trocken.

Den fragenden Seitenblick von Vogt nahm er zum Anlass, dem Oberkommissar die besondere Begabung des Assistenten für organisatorische Aufgaben zu erklären.

»Das kann nicht schaden, wenn jemand das Team so gut einsetzt«, erwiderte Jens.

»Mal sehen, ob Holly ein wenig Zeit für uns hat«, sagte Frank.

Sie gingen hinüber zu dem Schreibtisch des Kollegen, der lässig in seinem Bürostuhl saß und nicht unbedingt den Eindruck von konzentrierter Arbeit vermittelte.

»Können wir dich kurz sprechen?«, fragte Frank.

Holly deutete auf die beiden Besucherstühle neben dem zerkratzten Schreibtisch. »Nehmt Platz auf meinen Luxusmöbeln«, spottete er.

Auch in diesem Jahr hatte man offensichtlich das Inventar der SOKO aus den Kellerräumen in der Gartenstraße organisiert. Frank beäugte den für ihn gedachten Stuhl und zog es vor, sich lediglich gegen die Kante des Schreibtisches zu lehnen.

»Wir sollen uns um die Herkunft der Sprengladungen kümmern. Kannst du uns irgendwelche hilfreichen Tipps geben?«, fragte er dann.

»Da wüsste ich einige Kandidaten. Wissen wir schon mehr über die Beschaffenheit des Sprengstoffes oder welcher Zünder verwendet wurde?«, fragte Holly.

Frank überließ es Jens, die gewünschten Eingrenzungen vorzunehmen. Während er dem Gespräch seines Kollegen lauschte, ging sein Blick hinüber zu Rana Schami. Sie saß vor ihrem Computer, und Frank bemerkte ihren düsteren Gesichtsausdruck, der leicht abwesend wirkte. Der Hauptkommissar hatte nicht den Eindruck, dass sie mit den Gedanken bei der Ermittlung war.

»Sprecht ruhig weiter. Ich bin gleich wieder zurück«, sagte er.

Holly und Jens sahen ihn verblüfft an. Frank scherte

sich nicht darum und schlenderte hinüber zum Schreibtisch der Kollegin. Wortlos setzte er sich und musterte Rana. Sie schaute ihn an und lächelte bemüht.

»Was ist los? Brauchst du meine Hilfe?«, fragte sie.

»Nein. Ich wollte nur wissen, wie es dir geht«, antwortete er.

Rana legte ihre Stirn in Falten. Frank Reuter war im Laufe der zurückliegenden Monate ein Freund geworden. Sie vertraute ihm und schätzte seinen Rat. Nach wenigen Sekunden seufzte sie leise. »Es ist wegen meiner Verwandten in Aleppo. Sie schweben fast täglich in Lebensgefahr und wir können so gar nichts tun, obwohl wir es möchten.«

Ranas Eltern waren aus Syrien nach Kiel gekommen. Ihr Vater hatte an der Christian-Albrecht-Universität Medizin studiert. Sie blieben in der Stadt an der Förde und einige Jahre später kam Rana zur Welt. Als Christen gehörten sie in Aleppo zu einer Minderheit. Seit dem Ausbruch des Bürgerkrieges schätzten sie sich besonders glücklich, in Deutschland zu leben. Doch die Sorge um die in Syrien lebenden Verwandten und Freunde belastete sie sehr.

»Habt ihr denn einen Plan, wie man ihnen helfen könnte?«, fragte Frank.

Rana berichtete, dass ihre Eltern die Verwandten nach Kiel holen wollten. »Wir haben angeboten, für ihren Lebensunterhalt genauso zu sorgen wie für die Reisekosten. Die Behörden haben es dennoch abgelehnt«, erklärte sie.

Jetzt verstand Frank, warum seine Kollegin so bedrückt wirkte. Er konnte ihr keinen Ausweg aus dem juristischen Dilemma anbieten, nur seine Freundschaft. »Ich bin jederzeit für dich da. Ich hoffe, du denkst daran«, sagte er.

Rana drückte ihm dankbar die Hand und lächelte dieses Mal weniger verkrampft. »Ja, das tue ich. So und jetzt aber an die Arbeit, Herr Hauptkommissar«, sagte sie.

Frank beherzigte den Rat und kehrte zum Schreibtisch von Holly zurück. Der Hauptkommissar unterhielt sich lebhaft mit Jens Vogt. Offenbar verstanden sich die beiden Männer.

»Sorry, aber jetzt bin wieder bei euch«, sagte Frank.

»Holly hat mir drei Namen geliefert. Sie kommen alle als Lieferanten für den Sprengstoff in Betracht. Wir sollten mit Horst Wendt anfangen«, sagte Jens.

»Er hat einige Jahre in Braunschweig ein sogenanntes *Chapter* für die Satans Beasts aufgebaut, bevor er sich nach Skandinavien abgesetzt hat. Damals tobte ein blutiger Krieg zwischen seiner Rockerbande und ihren Konkurrenten.«

Frank wusste, dass es sich bei einem Chapter um die Unterstützer einer der bekannten Rockergangs handelte. Das Chapter musste diverse Geschäfte aufbauen und einen großen Teil der Einnahmen an die Gang abführen sowie gleichzeitig deren Konkurrenz bekämpfen. Da alle großen Rockergruppen so vorgingen, herrschte nahezu ständig Krieg auf den Straßen. Regelmäßig traf es Unschuldige.

»Demnach soll Wendt wieder in Deutschland sein? Hier bei uns in Kiel?«, fragte Frank.

Der umtriebige Mann hatte zusammen mit zwei Geschäftspartnern im Knooper Weg ein Geschäft eröffnet. Offiziell konnte man sich hier mit Spezialwerkzeug für Motorräder eindecken, aber im Hintergrund wurden diverse illegale Geschäfte abgewickelt.

»Hollys Dezernat arbeitet eng mit dem Verfassungsschutz zusammen. Wendt pflegt offenbar neuerdings sehr intensive Kontakte zur rechten Szene«, sprach Jens weiter.

Von solch unheiligen Allianzen hatte Frank bereits gehört, doch bislang hatte es keine seiner Ermittlungen tangiert. Auf der Fahrt zum Knooper Weg informierte Vogt ihn über die wichtigsten Fakten zu Wendt sowie dessen neue Geschäftspartner. Als der blonde Oberkommissar den Wagen in eine Parklücke gelenkt hatte, die schon an normalen Tagen als Glücksfall zu bezeichnen gewesen wäre, stieg er nicht sofort aus.

»Es wäre mir sehr recht, wenn meine Zugehörigkeit zur Abteilung 3 nicht zur Sprache käme«, sagte Jens.

Frank war klar, dass die SOKO quasi als verlängerter Arm des Staatsschutzes die Ermittlungen aufgenommen hatte. »Wir gehören während dieser Ermittlungen beide zur SOKO Kieler Woche. Mehr muss niemand wissen.«

Vogt nahm es mit Erleichterung auf und stieg aus. Frank verließ gleichzeitig den Wagen und schaute auf die Fassade des Hauses, in dem das Geschäft von Wendt untergebracht war. Der ehemals gelbe Stein des Gebäudes hatte im Laufe der Jahre durch die Abgase einen dunkleren Ton angenommen. Das Ladengeschäft wirkte auf den ersten Blick unauffällig, was sicherlich im Interesse der Inhaber lag. Als Frank die Tür aufstieß, erklang ein elektronisches Signal irgendwo weiter hinten im Geschäft. Jemand rief etwas Unverständliches, ein Stuhl wurde zurückgeschoben, und dann näherten sich schwere Schritte dem Durchgang zum Verkaufsraum.

»Moin. Sucht ihr etwas Bestimmtes oder wollt ihr euch nur einmal umsehen?«, fragte Wendt.

Anhand der Beschreibung von Jens erkannte Frank den dubiosen Mann auf Anhieb. Aus dem offenen Ausschnitt seines Shirts quollen graue Haare. Horst Wendt war 48 Jahre alt, hatte braune Haare mit vielen silbernen Fäden und kieselgraue Augen. Seine Hose war abgewetzt, genauso wie die Lederweste, die Wendt über dem ausgeblichenen Shirt trug.

»Horst Wendt?«, fragte Frank.

Ein verdrießlicher Ausdruck stieg in dessen Augen auf.

»Ja. Wer will das wissen?«, erwiderte er.

Frank und Jens hielten gleichzeitig die Ausweise hoch.

»Wir interessieren uns besonders für Ihr Angebot im Bereich Sprengstoffe, Herr Wendt«, sagte Frank.

Der kräftig gebaute Ladenbesitzer trat zwei Schritte zurück und lehnte sich gegen den Rand des Verkaufstresens.

»Da sind Sie im falschen Geschäft gelandet, Herr Kommissar«, erwiderte er spöttisch.

Frank nahm es mit einem leisen Schnauben zur Kenntnis und wandte sich einem der Regale zu. Jens wartete ab, bis Wendt sich umdrehte, und schob sich lautlos hinter den Tresen.

»Wir wissen sehr genau, dass Sie diesen Laden nur als Fassade betreiben. Der Anschlag auf den Frachter hat zwei Menschen das Leben gekostet und da verstehen wir absolut keinen Spaß«, fuhr Frank fort. Er hatte den verpackten Ersatzteilen lediglich einen flüchtigen Blick gegönnt, bevor er sich wieder Wendt zuwandte.

»Sie wissen mehr als ich. Gibt es so etwas wie einen Durchsuchungsbeschluss oder Haftbefehl?«, erwiderte Wendt.

In seinen Augen leuchtete es höhnisch auf. Vermutlich ahnte Wendt, dass die beiden Ermittler nur im Nebel herumstocherten. Mit lässig vor der Brust verschränkten Armen hielt er dem forschenden Blick von Frank stand. Wendts

Haltung drückte unmissverständlich aus, wie wenig Sorgen er sich machte.

»Was haben wir denn hier?«, meldete sich Jens Vogt.

Als Wendt erkannte, dass der Oberkommissar sich hinter dem Tresen aufhielt, verlor er schlagartig seine Überheblichkeit. Mit einem Ruck löste er sich vom Rand des Tresens und machte zwei Schritte auf Jens zu. Der schien die Bedrohung nicht wahrzunehmen und hielt dem Ladenbesitzer eine CD entgegen.

»Das ist unverkennbar ein Hakenkreuz und der Titel des Machwerkes enthält verbotene Symbole. Das sieht aber jetzt sehr übel für Sie aus, Herr Wendt«, sagte er. Seine kalte Stimme wollte so gar nicht zu dem fröhlichen Jungengesicht passen, und Frank erkannte, wie leicht man sich in ihm täuschen konnte.

Wendt fauchte wütend los. »Weg von meinem Tresen! Diese verdammte CD hat ein Kunde im Laden vergessen und ich habe sie nur aufgehoben, damit sie nicht in falsche Hände gerät«, stieß er hervor.

Jens schob sie kopfschüttelnd in die Seitentasche seiner Jacke. Wendt beugte sich vor und zog urplötzlich einen Baseballschläger unter dem Tresen hervor. Vogt reagierte blitzschnell, indem er das Handgelenk des Ladenbesitzers umfasste und es mit einer schnellen Bewegung gegen den Uhrzeigersinn drehte. Wendt heulte vor Schmerz auf und ließ den Baseballschläger los, nur um sich erneut vorzubeugen. Jens drückte den sich weiterhin wehrenden Mann zu Boden. Dabei glitt sein Blick zur Ablage unterhalb des Tresens.

»Da liegt auch noch ein Messer. Vermutlich wollte er uns damit angreifen«, erklärte er.

Frank erkannte das Vorhaben seines Kollegen und ging

zur Ladentür. Er langte nach dem Schlüsselbund und drehte den Schlüssel um, sodass das Geschäft nicht mehr betreten werden konnte.

»Das ist eine dämliche Unterstellung, Mann! Ich habe nie zu dem Messer greifen wollen«, geiferte Wendt. Seine Stimme wurde grell. Es konnte an der Wut über das Auftreten der Ermittler liegen oder ein Ausdruck des Schmerzes sein. Jens drückte ihm sein rechtes Knie in den Rücken und zerrte die Arme nach hinten, damit Frank dem Ladenbesitzer Handschellen anlegen konnte.

»Kümmerst du dich um einen Streifenwagen, der unseren Freund in die Gartenstraße bringt?«, fragte Jens.

»Mach ich. Was hast du vor?«, erwiderte Frank.

»Ich telefoniere mit der Staatsanwaltschaft und sorge dafür, dass unsere Durchsuchung rechtlich abgesegnet ist«, antwortete Jens.

Horst Wendt fluchte leise vor sich hin, blieb aber ruhig am Boden liegen. Während Frank den Streifenwagen anforderte, wanderte Jens mit dem Handy am Ohr am Tresen vorbei in die hinteren Räume. Sein Vorgehen war einigermaßen gewagt gewesen, aber Frank billigte es ohne Vorbehalte. Wendt hätte nicht so dumm sein dürfen, den Beamten einen Grund für seine Festnahme und die Durchsuchung seines Geschäftes zu liefern. Ein Richter würde ihnen den erforderlichen Beschluss ausstellen. Da Wendt in der Vergangenheit nicht durch besonders intelligentes Verhalten aufgefallen war, passte der Auftritt vermutlich zu seinem Charakter. Frank fragte sich, ob Jens von Anfang an diese Situation hatte provozieren wollen.

»Das ist wirklich ein sehr interessantes Geschäft. Allein wegen der verbotenen Devotionalien des Dritten Reiches erwartet Wendt ein Verfahren«, sagte Jens. Er war wieder im Durchgang hinter dem Tresen aufgetaucht und schaute an Frank vorbei zur Ladentür. »Die Kollegen sind heute von der schnellen Truppe. Wie erfreulich«, fuhr er fort.

Als Frank sich umdrehte, stiegen die uniformierten Beamten gerade aus ihrem Dienstwagen. Drei Minuten später waren die beiden Ermittler allein im Geschäft und Frank konnte sich selbst ein Bild von den Funden machen. In einem der Räume stapelten sich Kisten mit Armbinden und Prospekten, die Werbung für die verbotene White Youth Bewegung machten. In anderen Kartons fanden sich Schriften mit den Aufdrucken der Nationalen Liste und der ebenso verbotenen Nationalen Offensive.

»Hier sieht es wie in der Zentrale einer neuen Dachorganisation der rechten Gruppierungen aus«, staunte er.

Sie fanden weitere Messer, die denen von SS-Verbänden nachempfunden waren. Das Exemplar unter dem Tresen stellte somit in doppelter Hinsicht einen Grund für Wendts Festnahme dar. Frank sah sich die übrigen Räume an. Überall fanden sich Zeichen zu Wendts Gesinnung, aber keine Werkbank mit den Bauteilen oder Plänen der eingesetzten Sprengmittel.

»Wir müssen herausfinden, ob Wendt weitere Räume im Haus benutzt oder außerhalb angemietet hat«, sagte er.

»Ich schau mal in seine Buchhaltung. Wendt könnte dumm genug sein, so etwas offen über das Geschäft laufen zu lassen«, erwiderte Jens.

Dem konnte Frank nur zustimmen. »Ich spreche mit der Chefin und empfehle ihr, dass sie Kollegen zu den Mitinhabern des Geschäftes schickt. Möglicherweise unterhält einer von ihnen die Bombenwerkstatt in seinem Keller.«

In den kommenden Stunden konzentrierte ein Teil der SOKO ihre Ermittlungen auf Wendt. Regina würde für die weiteren nötigen Beschlüsse sorgen.

»Dann gibt es eventuell einen rechtsradikalen Hintergrund für den Anschlag?«, wollte sie wissen.

Frank gab die Frage an Jens weiter, obwohl er selbst einige Zweifel hegte.

»Wir sollten es nicht ausschließen, aber im Prinzip halte ich Wendt und seine Kumpane nur für Handlanger«, antwortete er.

Vorerst mussten sie jedoch das Material in dem Laden sicherstellen und nach weiterem belastendem Material suchen. Horst Wendt war nur eine kurze Zeit als Geschäftsmann vergönnt gewesen. Ihn erwartete zum wiederholten Male ein längerer Gefängnisaufenthalt.

KAPITEL 2

Es war generell ein ruhiger Arbeitsplatz, doch an einem Sonntag wirkten die Flure der Landesbank erwartungsgemäß völlig ausgestorben. Dr. Fabian Rose saß bereits über eine Stunde an seinem Schreibtisch und starrte auf die Zahlenkolonnen, die mit kalter Präzision seinen Untergang signalisierten.

»Es muss doch einen Ausweg geben?«, grübelte er laut vor sich hin.

Als Leiter des Geschäftsbereichs Shipping war Dr. Rose es gewohnt, mit riesigen Summen zu arbeiten. Die erforderlichen Kredite, um den Neubau oder Kauf eines Tankers zu ermöglichen, bewegten sich regelmäßig im siebenstelligen Bereich.

»Nur noch vier oder sechs Wochen, dann hätte ich es geschafft«, murmelte er.

Die Göttin Fortuna hatte sich vor einiger Zeit von ihm abgewandt. Er hatte sich nicht zum ersten Mal eine Art Spezialkredit genehmigt, mit dem er fünfstellige Beträge über ein Kontengeflecht auf sein eigenes Bankkonto umgeleitet hatte. Auf diese Weise konnte der erfolgreiche Bankmanager zeitweilige Engpässe immer wieder überbrücken.

»Diesen Investor schickt der Teufel persönlich«, fluchte Dr. Rose.

Die Krise hatte die Geschäfte der Landesbank Schleswig-Holstein getroffen. Der weltweite Einbruch im Frachtgeschäft der Reedereien führte automatisch zu hohen Ausfällen ihrer Kreditkunden. Dr. Fabian Rose hatte es trotzdem mit seiner Abteilung verstanden, einen guten Geschäftsbericht vorzulegen. Bis vor wenigen Tagen glaubte niemand, dass ein amerikanischer Investor Interesse an der Übernahme einer Reihe von Krediten der Shippingabteilung haben könnte.

Er musste Gelder umlenken, dachte Dr. Rose.

Auf sechs der Kreditkonten gab es Fehlbeträge, die dringend ausgeglichen werden mussten. Am morgigen Montag würde die Revision in seiner Abteilung starten, um die aktuellen Zahlen für die Verhandlungen mit den Amerikanern vorzubereiten. Dabei würden die Fehlbeträge entdeckt werden, und Dr. Rose hätte sich einer Menge ausgesprochen unschöner Fragen zu stellen.

»Das Konto der Konservativen Union. Warum habe ich nicht gleich daran gedacht?«, stieß Fabian Rose hervor.

Die Landesbank betreute eine Reihe institutioneller Kunden, um ihnen bei komplizierten Kapitalmarktgeschäften zu helfen. Dazu zählte eine konservative Partei, in der Rose bereits als Student aktiv geworden war. Er saß im Vorsitz der Landesgruppe und war der Schatzmeister, weshalb er über einen ungehinderten Zugang zu den Konten der Partei verfügte. Seine Finger huschten über die Tastatur, und bereits wenige Minuten später existierten die Fehlbeträge im Kreditbereich seiner Abteilung nicht mehr. Dafür war der größte Teil des Barvermögens der Konservativen Union auf verschlungenen Pfaden von den Konten verschwunden.

Damit hatte er wenigstens zehn Tage gewonnen, dachte Fabian Rose.

In seinem Kopf reifte bereits ein Plan, wie er das nötige Kapital zum Ausgleich der Konten beschaffen konnte. Dr. Rose verhielt sich wie alle Süchtigen. Er schätzte seine Fähigkeiten völlig falsch ein und rechnete mit einem Ende seiner Pechsträhne. Für den Augenblick hatte er die

Dinge allzu schwarzgesehen, doch durch seine Umbuchung erhellte sich die Welt schlagartig wieder. Er warf einen prüfenden Blick auf seine Armbanduhr und schaltete anschließend den Computer aus.

»Evelyn wird noch länger an der Kiellinie sein. Da bleibt mir genug Zeit«, murmelte er.

Auf sein eigenes Konto hatte der Bankmanager 13.000 Euro überwiesen, die er noch heute in wenigstens 20.000 oder 30.000 verwandeln wollte. Davon könnte er schon morgen den ersten Betrag auf das Parteikonto überweisen. Der Rest würde sich dann in den kommenden Tagen ergeben.

Während der Kieler Woche gab es immer genügend Spieltische mit solventen Dummköpfen, die beim Pokern ausschließlich auf ihr Glück setzten, dachte Fabian Rose.

Sein mathematisches Verständnis half ihm dabei, die Regeln des Spiels zu beherrschen. Er vertraute auf seine Fähigkeiten und nie auf Glück. Was Rose jedoch ausblendete, war die Tatsache, dass Profispieler über weitaus mehr Erfahrung verfügten, die sie zu ihrem Vorteil einsetzten. In solchen Pokerrunden verlor auch ein fähiger Amateur mit großer Regelmäßigkeit. Für ihn stellten die ausgestellten Schuldscheine kein Risiko dar, immerhin hatte er bisher alle einlösen können. Dass er eine höhere Summe gefährlichen Männern aus dem Rotlichtmilieu schuldete, verdrängte er gekonnt.

Zehn Minuten später eilte der Bankmanager in Richtung Holstenbrücke. Er hatte keinen Blick für die Aussteller auf dem internationalen Markt oder die Veranstaltungen auf den Bühnen. Fabian Rose war begierig darauf, endlich wieder Spielkarten in den Händen zu halten.

*

Der Sonntag fing für Frank mit einem Spaziergang im Regen an. Freiwillig hätte er sicherlich auf diesen Ausflug verzichtet, doch Butch bestand darauf. Die englische Bulldogge, die seiner Vermieterin gehörte, verstand das menschliche Bedürfnis nach gutem Wetter nicht.

»Dafür lässt du heute aber meine Möbel in Ruhe, verstanden?«, forderte Frank.

Der lange Blick seines vierbeinigen Freundes sprach Bände. Sobald der Kommissar den Weg in die Gartenstraße angetreten hatte, würde Butch seiner Lieblingsbeschäftigung nachgehen. Sie bestand darin, die Ledermöbel mit seinen Zähnen zu bearbeiten.

»Regina? Was treibt Sie denn in diese Gegend?« Frank hatte gerade die Haustür geöffnet, als die Leiterin der SOKO auf ihn zueilte. Ihr Gesichtsausdruck deutete darauf hin, dass er keine Antwort auf diese unwichtige Frage zu erwarten hatte. Es gab offenkundig Dringenderes zu besprechen. In der Wohnung trocknete er die Füße der Dogge ab und ignorierte den strafenden Blick, als Butch den nach unten geklappten Toilettendeckel bemerkte. Er müsste heute aus der dafür vorgesehenen Schüssel in der Küche trinken.

»Kann ich Ihnen einen Kaffee anbieten?«, fragte er.

»Ja, gerne. Wir haben ein neues Problem, über das ich mit Ihnen reden muss«, erwiderte Regina.

Sie kraulte den breiten Schädel von Butch, der die Hauptkommissarin im Vorjahr sofort bei ihrer ersten Begegnung ins Herz geschlossen hatte. Zum Glück beruhte es auf Gegenseitigkeit. Nicht jeder Mensch war ein Hundeliebhaber, und besonders der massige Körper der englischen Bulldogge schreckte viele ab.

»Was ist passiert?«

Regina nippte an dem Kaffee, den Reuters italienische Kaffeemaschine zubereitet hatte.

»Der schmeckt um Längen besser als der in der Gartenstraße. Unser Problem heißt Dr. Fabian Rose und liegt im Foyer der Landesbank«, sagte sie dann.

Frank wollte sich für das Kompliment bedanken, doch dann stolperte er über den zweiten Satz seiner Vorgesetzten. »Liegt im Foyer? Soll das etwa bedeuten, wir haben einen weiteren Mordfall?«, fragte er.

»Genau das heißt es. Dr. Rose ist ein Manager der Bank und wurde nach Aussage unseres Zeugen mit Absicht überfahren. Der Aufprall war so enorm, dass sein Körper durch die Glastür ins Foyer der Bank geschleudert wurde«, erwiderte Regina.

Frank trank seinen Kaffee im Stehen und stieg kurz darauf zu der Leiterin in den Dienstwagen. Zuvor lieferte er Butch bei seiner Vermieterin ab, die den Hauptkommissar ausdrücklich auf den erforderlichen Abendspaziergang hinwies.

»Kann Butch wirklich bis heute Abend aushalten? Muss der arme Kerl nicht schon früher an die Luft, um sich zu erleichtern?«, fragte Regina.

»Klar kann er. Falls Sie aber im Laufe des Tages vor seiner Wohnungstür aufkreuzen, wird Butch mit Begeisterung einem Ausflug zustimmen«, versicherte Frank.

Offenbar bestand ein unsichtbares Band zwischen der Dogge und Regina Saß. Frank hatte eine bestimmte Ahnung, behielt sie vorerst aber für sich. Butch hatte ein Gespür für Menschen, die seinem speziellen Charme erlagen.

»Wissen Sie schon mehr über diesen Dr. Rose?«, fragte er stattdessen.

»Nein, aber das werden wir hoffentlich gleich erfahren«, erwiderte sie.

Als Regina den Wagen wenige Minuten später durch die Absperrung an der Landesbank lenkte, ging Frank ein Licht auf. Er hätte schon früher daran denken müssen.

»Wieso wurde er von einem Wagen überfahren?«, fragte er. »Dazu muss der Fahrer über den Bordstein gefahren und anschließend wieder auf dem Gehweg geflüchtet sein.«

»Gute Frage. Zu diesem Detail sollten wir gleich eine Antwort der Kriminaltechniker bekommen«, sagte Regina.

Allein der Umstand, dass die Kollegen bereits den größten Teil der Spuren gesichert hatten, weckte Franks Argwohn.

»Warum werde ich das Gefühl nicht los, dass dieser Mord mit unüblichen Standards gemessen wird?«, wollte er wissen.

Seine Vorgesetzte verdrehte die Augen und deutete dann auf den Mann, der mit zwei Anzugträgern in einer Ecke des Foyers stand.

»Der Polizeipräsident höchstpersönlich lässt sich zu dieser unchristlichen Zeit an einem Tatort blicken? Läuft das hier unter der Rubrik VIP-Mord?«

Frank erhielt keine Antwort, da sie bei der Gruppe angekommen waren. Der übergewichtige Polizeipräsident stellte Regina und ihn mit wenigen Worten vor. »Frau Saß leitet die SOKO und Hauptkommissar Reuter ist ihr Stellvertreter. Wir haben uns darauf geeinigt, dass Herr Reuter die Ermittlungen im Mordfall Dr. Rose übernimmt«, sagte er.

Wer war denn wohl wir?, fragte sich Frank.

»Ja, so machen wir es. Angesichts des ungewöhnlichen Verlaufs dieses Mordes bauen wir auf Ihre Kooperation. Welchen Grund könnte jemand haben, Ihren Kollegen auf so brutale Weise umzubringen?«, wandte Regina sich an die beiden Vertreter der Landesbank.

Der ältere Mann mit den schlohweißen Haaren und der tiefen Gesichtsbräune war der Vorstandsvorsitzende. Frank kannte sein Gesicht und den Namen aus diversen Medienberichten.

»Dr. Rose leitete das Ressort Shipping in unserem Hause. Er ist verheiratet und liebt seine Familie abgöttisch. Mir will kein Grund oder eine bestimmte Person einfallen, die ihm schaden möchte«, antwortete Dr. Sigmund Brahms.

Es war die typische Antwort, die Frank und seine Kollegen in so einem frühen Stadium der Ermittlungen regelmäßig zu hören bekamen. Sobald sie auf die ersten Abweichungen im Berufs- oder Privatleben der Opfer stießen, passten die meisten Zeugen ihre Aussagen an. Sein Blick wanderte hinüber zu dem smarten Mann mit den dunkelbraunen Haaren und dem falschen Lächeln eines Werbeprofis.

»Und was sagen Sie, Herr …?«

»Francis Tenner. Ich bin der Pressesprecher der Bank und kannte Dr. Rose von vielen gemeinsamen Veranstaltungen. Er war ein angenehmer, zurückhaltender Mensch und machte sich generell keine Feinde. Dr. Rose passte nicht in das übliche Klischee eines Bankmanagers«, versicherte er.

Noch eine nichtssagende Antwort, die den Ermittlern kein Stück weiterhalf.

»Damit wäre das nun geklärt. Dr. Brahms, Hauptkommissar Reuter hat doch freie Hand, um die Befragung Ihrer Mitarbeiter aufzunehmen?«, fragte der Polizeipräsident.

Es war unfassbar, wie unterwürfig er gegenüber diesem

Mann auftrat. Frank verkniff sich ein verärgertes Aufstöhnen und schaute gleichzeitig auf die Spuren der Verwüstung. Der Wagen hatte offenbar Dr. Rose kurz vor der breiten Glastür erwischt und seinen Körper wie ein Rammbock hindurchgestoßen. Neben dem mittlerweile abgedeckten Leichnam erhob sich der Rechtsmediziner, zu dem Frank hinüberging.

»Ich dachte, du wolltest dieses Jahr einen weiten Bogen um die Kieler Woche machen?«, fragte er ihn.

Sven Radtke schaute seinen Freund mit einem schwer zu deutenden Ausdruck an, bevor er auf die provokante Frage erwiderte: »Zwei meiner sehr geschätzten Kollegen haben sich völlig unerwartet die Grippe eingefangen. Vermutlich verbringen sie ihre Zeit auf dem Achterdeck ihrer Jachten, während ich hier die Reste eines menschlichen Körpers begutachten muss.«

Radtke war normalerweise ein sehr umgänglicher Mensch und liebte seinen Beruf. Was er nicht gut vertragen konnte, waren solche Spielchen seiner Kollegen. Frank ließ daher das Thema schnell wieder fallen.

»So wie es aussieht, darf ich den Fall übernehmen. Was kann mir der beste Rechtsmediziner des gesamten Landes denn schon verraten?«

Seine Schmeicheleien provozierten Radtke immerhin zu dem Anflug eines säuerlichen Lächelns.

»Das Opfer wurde bei dem Zusammenstoß mit dem Wagen bereits erheblich verletzt. Doch die anschließende Kollision mit der Glastür hat weitaus schlimmere Folgen gehabt. Sieh es dir selbst an«, erklärte der Rechtsmediziner.

Es gehörte zu seinen Eigenarten, sich mit Nichtmedizinern in einer für sie verständlichen Form zu unterhalten. Dagegen würde der Obduktionsbericht mit Fachbegriffen, Diagrammen und Laborauswertungen gespickt sein. Frank ging neben Radtke in die Hocke und bereitete sich innerlich auf einen Schock vor. Es kam noch schlimmer als erwartet.

»Mein Gott! Sind wir sicher, dass das wirklich Dr. Rose ist?«, stieß er hervor.

Es kostete ihn einige Anstrengung, den Blick nicht sofort wieder von dem blutigen Klumpen Fleisch zu nehmen. Man benötigte sehr viel Vorstellungskraft, um darin ein menschliches Antlitz zu erkennen.

»Soweit ich weiß, bestehen kein Zweifel. Ein Sicherheitsmitarbeiter war wohl Zeuge des Anschlages, weil er das Opfer in die Bank lassen wollte«, antwortete Sven Radtke.

Mit einer Geste breitete er das Tuch wieder über den Leichnam und erhob sich. Frank atmete mehrfach tief durch. Im gleichen Augenblick trat Regina zu den beiden Männern.

»So schlimm?«

»Seine Familie sollte ihn keinesfalls zu Gesicht bekommen«, erwiderte Frank.

Einen Augenblick standen sie schweigend beieinander.

»Sie übernehmen dann, Frau Saß. Ich erwarte noch heute erste Ergebnisse«, meldete sich der Polizeipräsident. Er sprach betont laut, damit ihn vor allem die Vertreter der Landesbank hörten. Auf seinem Weg durch das Foyer machte der füllige Mann einen großen Bogen um den abgedeckten Leichnam.

»Der will nur noch weg von hier«, murmelte Frank verärgert.

Regina reagierte sachlicher und nickte dem Polizeipräsidenten knapp zu.

»Ich mach mich auf den Weg in die Gartenstraße. Koller wird Ihnen zwei oder drei Kollegen zuweisen. Haben Sie besondere Wünsche?«

Er musste nicht lange darüber nachdenken. »Vogt arbeitet ja sowieso mit mir. Rana wäre eine gute Verstärkung. Ansonsten überlasse ich es Koller«, antwortete Frank.

»Ich schicke Ihnen Jens und Rana gleich hierher«, versprach Regina.

Sie verließ zusammen mit dem Rechtsmediziner den Tatort, während Frank sich an einen der uniformierten Kollegen wandte. »Wo befindet sich der Mitarbeiter der Sicherheitsfirma, der alles mit angesehen hat?«, fragte er.

KAPITEL 3

Der Anruf und die vorgetragene Bitte hatten Heinrich Saß überrascht. Er war es gewohnt, dass seine Mandanten und besonders solche, die er zu seinen wenigen Freunden zählte, ihn an einem Sonntag nicht behelligten. Graf von Schönhorst hatte es jedoch getan und wollte partout keinen Grund dafür am Telefon nennen. Saß musste sich notgedrungen auf den Weg hinaus zum Gut des alten Parteifreundes machen. Die Uhr am Armaturenbrett seines Mercedes zeigte drei Minuten nach 14 Uhr, als der Rechtsanwalt das schmiedeeiserne Tor des Anwesens passierte. Auf der Stellfläche vor dem Treppenaufgang zum Haupthaus standen bereits vier Luxusfahrzeuge, deren Besitzer Heinrich Saß bestens bekannt waren. Was immer der Anlass für dieses Treffen war, es musste ungemein dringend sein. Schönhorst hatte den gesamten Landesvorstand auf sein Gut südöstlich von Kiel gerufen.

»Heinrich. Gut, dass Sie so schnell kommen konnten«, begrüßte der adlige Politiker seinen Gast.

Sie schüttelten einander die Hand, und dann führte der Graf den Rechtsanwalt hinaus auf die Terrasse, von der aus man über einen weitläufigen Park schauen konnte. An dem Tisch saßen die anderen Vorstandsmitglieder, die Saß mit einem knappen Gruß bedachte.

»Wenn wir uns hier alle treffen, muss etwas Ungewöhnliches geschehen sein. Was ist denn los?«, fragte er.

In dem schmalen Gesicht des Adligen blitzte ein Lächeln auf. Es verschwand so schnell, wie es gekommen war, und verströmte keine Wärme. »Diese Art, ohne Umschweife auf den Punkt zu kommen, zeichnet Sie aus. Es ist in der Tat sehr dringend, denn unsere Partei hat auf rätselhafte Weise einen großen Teil ihres Vermögens verloren.« Bei seinen Worten blickten drei der Gäste entsetzt auf. Ohne das beträchtliche Barvermögen büßte ihre Partei nahezu alle Möglichkeiten ein, die notwendigen Maßnahmen im Sinne ihrer Politik vorzunehmen.

»Das kann doch nicht sein! Unsere Konten werden von Dr. Rose bei der Landesbank betreut. Schließlich ist er unser Schatzmeister. Wieso ist er nicht hier?«, stieß Saß hervor.

Das Fehlen des Bankmanagers bemerkte der Rechtsanwalt erst in diesem Augenblick. Sein Verstand stellte umgehend die Verbindung zu dem verschwundenen Geld her.

»Rose hat sich mit unserem Geld abgesetzt?«, fragte er ungläubig.

Graf von Schönhorst stoppte die aufkommenden Ausrufe mit einer scharfen Geste. »Nein, das hat er nicht. Unser Parteifreund wurde das Opfer eines brutalen Verbrechens.« Sofort verstummten die einflussreichen Männer am Tisch.

Heinrich Saß verfügte über einen schnellen, analytischen Verstand. Doch die Flut an überraschenden Neuigkeiten konnte er nicht so schnell verarbeiten. »Rose ist tot? Ermordet?«, fragte er.

Der Graf schilderte die Vorkommnisse, die in den frühen Morgenstunden an diesem Sonntag zum Tod des Schatzmeisters geführt hatten. Sofort entbrannte eine hitzige Debatte, wie die Partei darauf reagieren sollte.

»Wir müssen dafür sorgen, dass in den Medien kein falscher Eindruck entsteht. Es darf nicht sein, dass ein Zusammenhang zwischen unserer Partei und dem Mord vermutet wird«, forderte der Inhaber einer Maschinenfabrik.

»Sie vergessen etwas, mein Freund«, mahnte von Schönhorst.

Als er das verständnislose Gesicht des Fabrikanten bemerkte, erinnerte er die Runde an das verschwundene Geld.

»Ohne unsere finanziellen Mittel verfügen wir kaum über den erforderlichen Einfluss, um die Berichterstattung in den Medien wirksam zu beeinflussen«, sagte er.

Der Schock saß tief bei den Männern und behinderte ihr Denken. Heinrich Saß erholte sich schneller als seine Parteifreunde. »Vorerst wissen nur wir davon. Solange unsere Gesprächspartner davon ausgehen müssen, dass wir immer noch über die Mittel verfügen, ändert sich nichts«, stellte er kühl fest.

Verblüffte Ausrufe wurden laut. Graf von Schönhorst schwieg und musterte den Rechtsanwalt mit einem seltsamen Ausdruck in den Augen. »Riskant, aber wirksam. Die Vorstandsmitglieder der Landesbank haben sofort eine Kontenprüfung vorgenommen, um eine entsprechende Verbindung ausschließen zu können. Dabei stießen sie auf den Fehlbetrag. Offenbar gab es eine Anzahl Tarnkonten, über die Dr. Rose das Geld umgeleitet hat. Es blieb aber nur kurze Zeit auf seinem Konto«, berichtete er dann.

»Dann hat er sich also an den Konten seiner Kunden bedient«, murmelte einer der Männer. Die Abscheu in seiner Stimme war unüberhörbar.

»Nur an dem Konto der Partei, soweit es die bisherige Revision herausgefunden hat«, schränkte von Schönhorst ein.

»Das ist seltsam. Wenn es Rose um Geld ging, hätte er doch weitaus höhere Beträge zusammenstellen können. So sieht es fast danach aus, als wenn er gezielt der Partei schaden wollte«, sprach Saß seine Überlegungen laut aus.

Erneut brandete eine heftige Diskussion auf. Keiner der Männer am Tisch wollte glauben, dass Dr. Fabian Rose ein Motiv für ein parteischädigendes Handeln gehabt hätte.

»Das ergibt alles keinen Sinn«, schimpfte der Fabrikant.

»Sie sagen es. Deswegen möchte ich Sie bitten, Heinrich, sich der Angelegenheit anzunehmen. Die Ermittlungen leitet ein gewisser Hauptkommissar Reuter von der SOKO Kieler Woche. Können Sie sich mit ihm treffen?« Der Graf schaute Heinrich Saß an, der ohne Zögern nickte.

»Kein Problem. Ich kenne Reuter. Er ist ein guter Ermittler und die SOKO wird, wie Sie wissen, von meiner Tochter geleitet«, erwiderte er.

Die Parteifreunde nahmen Saß' Aussage mit Erleichterung zur Kenntnis.

»Bevor ich mich mit dem Hauptkommissar treffe, muss ich aber etwas wissen«, fuhr Saß fort. Sein forschender Blick wanderte über die Gesichter der Männer und blieb zum Schluss beim Grafen hängen. »Gibt es Dinge, die uns bei den Ermittlungen in eine schwierige Situation manövrieren könnten? Egal was, ich muss es jetzt wissen«, fragte er.

Erboste Blicke waren in der Runde zu sehen, doch Graf von Schönhorst würgte sie erneut mit einer Geste ab. Das Lächeln auf seinem Gesicht verströmte immer noch keine Wärme.

»Nein, Heinrich. Sie haben mein Wort. Dieser Hauptkommissar wird auf keine ungereimten Vorfälle stoßen, die in irgendeinem Zusammenhang mit dem Verlust des Geldes oder dem Mord an Dr. Rose stehen.«

Saß registrierte sehr wohl die Reihenfolge. Der Graf war ein brillanter Kopf und lenkte die Geschicke der Partei seit über 40 Jahren. Er ordnete daher die Prioritäten nach ihrer Langzeitwirkung. Der Tod des Schatzmeisters würde bereits in wenigen Wochen als unschöne Randnotiz gehandelt werden. Der Verlust eines großen Teils ihrer finanziellen Basis wog schwerer, denn es nahm Einfluss auf viele erst in Zukunft geplanter Vorgänge.

»Dann fahre ich sofort zurück nach Kiel. Zunächst muss ich mich mit dem Vorstand der Landesbank besprechen. Anschließend treffe ich mich mit Reuter und meiner Tochter«, erklärte er.

Graf von Schönhorst führte den Rechtsanwalt zur Tür und reichte ihm zum Abschied die Hand. Als er Saß fixierte, lag eine Aufforderung in den grauen Augen des Adligen.

»Klären Sie es ohne zu viel Aufsehen. Ich verlasse mich auf Sie, Heinrich«, sagte er.

Saß kommentierte es nicht weiter. Vor ihm lag eine Herausforderung, die im Falle seines Scheiterns sehr lange nachwirken würde. Wenn er die Situation möglichst leise bereinigen könnte, waren ihm viele sehr einflussreiche Menschen zu großem Dank verpflichtet. Heinrich Saß schloss ein Scheitern kategorisch aus und legte sich bereits auf der Rückfahrt in die Landeshauptstadt eine Strategie zurecht. Als er den Mercedes an der Hörn entlang steuerte, warf er nur einen kurzen Blick auf die jubelnden Menschen. Es waren vor allem jüngere Besucher, die mit Begeisterung die Veranstaltungen der Wakeboarder verfolgten. Für ein solches Vergnügen blieb dem Rechtsanwalt keine Zeit.

*

Es bedurfte einer Menge Geduld, um dem völlig verstörten Mitarbeiter der Sicherheitsfirma seine Aussage zu entlocken.

»Dr. Rose war schon fast an der Tür. Dann sah ich den Wagen, der über den Gehweg auf ihn zuraste. Mein Gott, er hatte keine Chance. Ich dachte erst, der Kerl wäre besoffen«, berichtete Morten Kallweit.

Er gehörte seit über 15 Jahren dem Sicherheitsunternehmen an und tat seit fast drei Jahren seinen Dienst in der Landesbank.

»Früher machten mir die nächtlichen Streifenfahrten nichts aus, aber mittlerweile schätze ich den Innendienst doch mehr«, sagte Kallweit.

Frank bewahrte die Ruhe, obwohl es in ihm brodelte. Zuerst die Bombe im Hafen und nun dieser heimtückische Anschlag auf Dr. Rose. Er unterbrach die Befragung von Kallweit, denn mittlerweile waren Jens und Rana zusammen mit Julia Beck eingetroffen. Beim Anblick des Leichnams stöhnten die beiden Frauen auf.

»Wer das getan hat, hatte wohl großen Hass auf Rose«, stieß Frank hervor. Er setzte seine Mitarbeiter zur Zeugenbefragung ein, wobei er Rana und Julia nach draußen schickte. »Hier laufen ständig Menschen herum, die zwischen dem Rathausmarkt und der Kiellinie pendeln. Einige Zeugen befinden sich bestimmt noch unter den Schaulustigen«, sagte er.

Für Jens hatte er eine besondere Aufgabe. »Du nimmst die Aussagen der Herren vom Vorstand auf und schaust den Revisoren über die Schulter. Sie werden sich dagegen wehren wollen, aber du findest bestimmt einen Weg, sie zu überzeugen.«

Der Blondschopf benötigte keine weiteren Angaben und ging an die Arbeit. Nachdem Frank seine Mitarbeiter instruiert hatte, ging er mit Kallweit weiter dessen Aussage durch.

»Haben Sie versucht, Dr. Rose zu warnen?«, fragte er.

»Ja, sicherlich. Es ging aber viel zu schnell. Der Wagen erfasste ihn und dann krachte es schon fürchterlich. Ich habe mich nur durch einen Hechtsprung zur Seite retten können«, antwortete Kallweit.

Es war eine weitere Version seiner Aussage, die kaum von der vorherigen abwich. Der Sicherheitsmitarbeiter konnte weder etwas über die Automarke noch über das Kennzeichen sagen. Zurzeit fahndete die Polizei lediglich nach einem an der Frontpartie stark beschädigten Fahrzeug der Mittelklasse.

»Was für ein Mensch war Dr. Rose denn so?« Frank änderte die Zielrichtung seiner Fragen und wechselte zum persönlichen Eindruck von Morten Kallweit. Der schwärmte geradezu von dem höflichen, ruhigen und erfolgreichen Bankmanager.

»Könnte es vielleicht etwas geben, warum ihn jemand töten wollte? Haben Sie etwas mitgekriegt? Unzufriedene Kunden zum Beispiel?«, bohrte Frank weiter.

Die Befragung zog sich mehr als eine Stunde hin. Morten Kallweit war bislang der einzige mittelbare Augenzeuge, der den tödlichen Anschlag beobachtet hatte. Seine Aussage deckte sich mit den ersten Erkenntnissen der Kriminaltechniker, brachte darüber hinaus aber keine neuen Hinweise ein. Frank ließ ihn von einem Streifenbeamten in die Räume der SOKO in die Gartenstraße bringen, damit man dort die Aussage Kallweits aufnahm. Er selbst schlenderte hinüber zu dem zerstörten Eingangsbereich und versuchte, sich ein Bild über den Ablauf der Tat zu machen.

»Warum auf eine so brutale Art? Soll diese öffentliche Hinrichtung für jemanden ein Zeichen sein?«, sagte er sich.

Leise Schritte näherten sich und rissen Frank aus seinen Gedanken. Zu seiner Überraschung trat Heinrich Saß auf ihn zu. Er reichte dem Rechtsanwalt die Hand und fragte sich gleichzeitig, was Reginas Vater hier zu suchen hatte.

»Ein schrecklicher Anlass, bei dem wir uns wiedersehen. Meine Tochter berichtet mir ab und an von Ihrer Arbeit, Herr Reuter. Ich bin sehr froh, dass man Ihnen die Ermittlungen übertragen hat«, sagte Saß.

Frank wusste um das angespannte Verhältnis zwischen Vater und Tochter, daher nahm er den Hinweis auf Gespräche über seine Person als eine Höflichkeitsfloskel.

»Was führt Sie hierher?«, wollte er wissen.

Bevor der Rechtsanwalt antworten konnte, erschien Jens auf der Bildfläche. Er machte Frank ein Zeichen, der eine Entschuldigung murmelte und zu seinem Kollegen ging.

»Bei der Schnellrevision sind die Prüfer doch tatsächlich auf ein Konto gestoßen, das unter Roses Kontrolle stand und einen erheblichen Fehlbetrag aufweist«, berichtete Jens.

Als Frank hörte, wem dieses Konto gehörte, wanderte sein Blick automatisch zu dem wartenden Rechtsanwalt.

»Ich verstehe. Deswegen ist Saß also hier«, murmelte er.

»Saß? Ist das der berüchtigte Vater von unserer Chefin?«, fragte Jens.

»Genau der. Sonst noch irgendetwas von Bedeutung?«

Jens schüttelte den Kopf, aber Frank bemerkte das kurze Zögern.

»Raus mit der Sprache. Was geht dir durch den Kopf?«, forderte er ihn zum Reden auf.

»Es kann nur ein dummer Zufall sein, aber Rose war für den Bereich Shipping in der Landesbank verantwortlich«, erwiderte Jens.

Als er Frank das Aufgabengebiet erläuterte, erkannte der, worauf sein Kollege hinauswollte. »Du siehst eine Verbindung zu dem Anschlag auf den Frachter?«

Jens wiegte unsicher den Kopf. »Nicht wirklich. Es ist aber schon merkwürdig, dass ausgerechnet dieser Bankmanager einem Überfall zum Opfer fällt«, antwortete er.

»Bist du nur sauer, weil man uns von der Ermittlung abgezogen hat, oder glaubst du ehrlich an eine Verbindung?«, wollte Frank wissen.

»Sauer? Nö, kein bisschen. Ich habe nur ein Problem mit Zufällen«, erwiderte Jens sofort.

Dieses Gefühl war Frank ebenfalls nicht fremd. »Wir behalten es im Hinterkopf. Dass vom Konto der Partei Geld verschwunden ist, passt aber nicht zu deiner Theorie«, sagte Frank.

Jens zuckte mit den Achseln und musterte den Rechtsanwalt.

»Hören wir uns zunächst an, was Saß von uns will«, fuhr Frank fort und gab seinem Kollegen ein Zeichen, ihm zu folgen.

»Das ist Oberkommissar Vogt«, machte er die Männer miteinander bekannt.

»Vogt? Gehören Sie zu der Abteilung 3 des LKA?«, fragte Heinrich Saß.

Verblüfft schaute Frank in das Gesicht des Rechtsanwaltes.

»Normalerweise ja, aber zurzeit bin ich der SOKO Kieler Woche zugeteilt«, antwortete Jens.

Reuter erkannte, dass Saß erschrocken zusammenzuckte und dann sehr schnell zu einer distanzierten Haltung wechselte. Irgendetwas schien den Rechtsanwalt zu beunruhigen.

»Verraten Sie uns nun den Grund Ihrer Anwesenheit?«, fragte Frank laut.

»Darüber sollten wir lieber im Büro meiner Tochter reden. Können Sie schon weg von hier oder soll ich vorausfahren?«, antwortete Heinrich Saß.

Frank wollte noch einige Minuten in der Bank bleiben und schickte den Rechtsanwalt daher vor. Zusammen mit Jens schaute er zu, wie Saß vorsichtig über die Trümmerteile stieg und das Gebäude verließ. Im Hintergrund konnte man oberhalb der Fontäne im Kleinen Kiel einen Regenbogen erkennen. Dieser Sonntag machte seinem Namen alle Ehre und versöhnte die Besucher der Kieler Woche, die bisher meist dem durchwachsenen Wetter getrotzt hatten.

»Hattet ihr bereits miteinander zu tun? Du oder deine Dienststelle?«, fragte Frank.

Ein freches Grinsen blitzte im Gesicht seines Kollegen auf. »Mit Sicherheit, Frank. Wir haben permanent mit den Vertretern der etablierten Parteien zu tun. Warum Saß aber so offensichtlich erschrocken ist, kann ich dir nicht verraten«, antwortete Jens.

Der Hauptkommissar ließ es vorerst auf sich beruhen. Rana und Julia kamen über den breiten Gehweg auf sie zu.

*

Die Besprechung mit Regina und ihrem Vater führte lediglich dazu, dass die SOKO ab sofort unter dem Fokus der Partei stand. Deren einflussreiche Mitglieder konnten die

Ermittlungen befördern oder blockieren. Für Frank war es keine erfreuliche Entwicklung, daher sehnte er sich nach einem Feierabendbier. Um dem größten Getümmel zu entkommen, wanderte er zu einem Irish Pub in der Nähe der Sparkassenarena.

»Zwei Seelen, ein Gedanke«, sprach ihn eine Frauenstimme an.

Verblüfft drehte er sich um und schaute in Reginas lachende Augen.

»Mir war jetzt danach. Haben Sie schon einen freien Platz ausgemacht?«, antwortete er.

Regina schob sich durch die Tische unter den Sonnenschirmen und ergatterte zwei freie Stühle. Sie winkte Frank heran, der dem älteren Paar am Tisch freundlich zunickte.

»Der Besuch meines Vaters hat mir den Rest gegeben«, räumte Regina unumwunden ein. Sie streckte die Füße weit von sich und überließ es Frank, die Bedienung an den Tisch zu locken und zwei dunkle Biere zu ordern.

»Vertrackte Geschichte. Darf ich einmal eine persönliche Frage stellen?«

Regina hob überrascht die Augenbrauen, musterte Frank einen Augenblick und lächelte dann. »Kein Problem. Wir können uns gerne duzen«, erwiderte sie.

Jetzt war es an Frank, seine Kollegin verdutzt anzusehen. Das hatte er gar nicht gefragt.

»Ja, gerne. Es ging mehr um Rana und dich. Wie steht ihr denn jetzt zueinander?«, fragte er.

Die Kellnerin stellte die beiden Gläser Bier vor ihnen ab und das Ehepaar nutzte die Chance, ihre Rechnung zu begleichen, sodass Frank und Regina nun allein am Tisch saßen. Er prostete ihr zu und trank gierig einen großen Schluck des herb-würzigen Bieres.

»Wir haben uns quasi in Freundschaft getrennt«, lautete die verspätete Antwort.

»Verstehe. Ihr geht euch also nicht aus dem Weg, oder?«, hakte Frank nach. Der Eindruck hatte sich ihm aufgedrängt. Ihm war es wichtig, solche Probleme aus dem Ermittlerteam herauszuhalten.

»Na ja. Es ist nicht immer so leicht, aber unsere Arbeit leidet nicht darunter. Rana quälen zurzeit völlig andere Dinge«, sagte Regina.

Sie sprachen über die Probleme der Verwandtschaft ihrer Kollegin und über den syrischen Bürgerkrieg. Anschließend erkundigte Regina sich nach Butch. Frank konnte ihr neue Geschichten über die eigenwillige Dogge erzählen, bei denen sie mehrfach laut loslachen mussten. Sie tranken ein zweites Bier. Der Hauptkommissar spürte, wie seine innere Anspannung langsam nachließ, und seufzte zufrieden.

»Jetzt hätte ich einmal eine persönliche Frage. Gibt es noch Hoffnung für dich und Karin?«, fragte Regina.

Während ihres letzten Falles hatte Frank darum gekämpft, seine geschiedene Ehefrau wieder für sich zu gewinnen. Der Versuch scheiterte.

»Nein, das ist völlig ausgeschlossen. Karin und ich bleiben über Jasmin verbunden, aber mehr wird es nie wieder werden«, antwortete er. Vor einem halben Jahr hatte ihn diese Erkenntnis noch geschmerzt, doch mittlerweile akzeptierte Frank die Entwicklung. Solange sich das Verhältnis zu seiner Tochter nicht verschlechterte, war er zufrieden.

»Jasmin ist sicherlich sehr selbstständig, oder?«

»Ich nenne es ja eher dickköpfig, aber einer 16-Jährigen kann man nicht mehr nur Vorschriften machen«, erwiderte Reuter. »Trinken wir noch eins oder möchtest du lieber nach Hause?«

Regina schüttelte den Kopf. »Nicht nach Hause. Ich möchte mir das Konzert auf der Bühne des NDR anhören. Die spielen um diese Zeit die guten alten Hits aus den 80ern und 90ern«, sagte sie.

Allein wollte Frank nicht im Pub bleiben, daher stand er auch auf. Die Rechnung zahlte er für sie beide.

»Danke. Zieht es dich nach Hause oder kommst du noch mit zur Kiellinie?«

Mit dem Angebot hatte er nicht gerechnet, aber er ging gerne darauf ein. Sie schlenderten zwischen den Kielern und den Touristen durch die Altstadt hinunter zum Wasser. Auf der Wiese vor der Bühne hatte sich wie immer eine große Anzahl von Besuchern eingefunden, die entweder zur Musik tanzten oder einfach nur zuhörten. Frank blieb über eine Stunde und tauchte tief in die entspannte Atmosphäre ein, bevor die Zeit zum Aufbruch kam. Er hatte noch eine Aufgabe zu erledigen.

»So, ich mache mich auf den Heimweg. Dein vierbeiniger Freund wartet bestimmt schon auf seinen abendlichen Ausgang«, rief er Regina ins Ohr.

Sie lachte und umarmte Frank zum Abschied. Es war eine ungewohnt innige Geste, die so zwischen ihnen noch nicht vorgekommen war. Auf dem Weg zu seiner Wohnung dachte Frank über das veränderte Verhältnis zu seiner derzeitigen Vorgesetzten nach. Er schätzte Regina als kompetente Kriminalistin und immer mehr als Mensch. Frank hatte berufsbedingt wenige Freunde. Einer war der Rechtsmediziner, und so wie es aussah, kam Regina dazu. Bei ihnen durfte er auf Verständnis hoffen und konnte sich ungezwungen über seine Arbeit austauschen.

Als er später mit der ungeduldigen Dogge durch die Lornsenstraße spazierte, verhielt Butch sich auf einmal sehr unruhig. Immer wieder blieb er stehen oder knurrte verhalten. Frank sah sich um, ohne den Grund für die Nervosität zu entdecken.

»Beruhige dich. Wir sind allein unterwegs«, sagte Frank.

Völlig sicher war er sich jedoch nicht, auch wenn Butch danach entspannter wirkte.

»He, was ist denn?«, fragte er.

Die Dogge weigerte sich, den eingeschlagenen Weg fortzusetzen. Frank glaubte für einen Moment lang, einen Mann zwischen zwei Bäumen ausgemacht zu haben.

KAPITEL 4

Um diese Uhrzeit war es sehr ruhig im Hafen. Holly hatte sich über die Einladung zu dem Treffen gewundert. Die außergewöhnliche Tageszeit und der Treffpunkt ließen den Hauptkommissar vermuten, dass der ›schöne Freddy‹ ihm etwas Ungewöhnliches anvertrauen wollte.

›Morgen um 6 Uhr im Sporthafen‹, hatte die eindeutige Anweisung gelautet.

Holly kannte den Zuhälter noch aus seiner Zeit bei der Sitte. Freddy war keiner der besonders brutalen Männer in diesem Gewerbe und sehr unglücklich über die permanente Verrohung der Sitten.

»Seit dem Mauerfall ist es von Jahr zu Jahr schlimmer geworden. Die Typen haben kein Verständnis mehr für die Nachhaltigkeit unserer Tätigkeit. Die Frauen werden immer jünger und sie müssen viel zu viele Freier bedienen. Das versaut uns das Geschäft«, schimpfte er regelmäßig.

Während Holly über die Mole in Friedrichsort schlenderte, dachte er an Freddy. Der Zuhälter war einer vom alten Schlag, der noch die harten Zeiten auf dem Kiez in Hamburg erlebt hatte. Bei den dortigen Kämpfen wäre er um ein Haar ums Leben gekommen. Später verlegte er seine Geschäfte ins ruhige Kiel.

»Der Kommissar geht um.«

Die heisere Stimme war das Markenzeichen des ›schönen Freddy‹, genau wie das Narbengeflecht. Es zog sich von der linken Kieferseite bis hinauf zur Nasenwurzel und war das sichtbare Andenken an frühere Meinungsverschiedenheiten.

»Moin, Freddy. Seit wann gehörst du denn zu den Frühaufstehern?«, erwiderte Holly.

Der drahtige Zuhälter lehnte lässig an der Reling seiner Motorjacht, die zwischen den vielen Segelbooten fehl am Platz wirkte.

»Komm an Bord, Herr Kommissar«, rief er.

Holly ging über die kurze Gangway und warf einen prüfenden Blick hinauf zu dem Mann im Steuerstand. »Schickes Boot hast du dir da zugelegt. Oder hast du es nur für den Zeitraum der Kieler Woche gechartert?«, fragte er.

»Boot? Du bist und bleibst ein Banause, Holly. Das ist eine Sunseeker Manhattan 52. Dieses Schmuckstück kostet vermutlich mehr, als du in 20 Dienstjahren an Gehalt bekommst«, korrigierte Freddy.

Wie viele Männer in seinem Gewerbe umgab der Zuhälter sich gerne mit Luxusartikeln, einem exklusiven Sportwagen und einer teuren Jacht.

»Wolltest du mir nur dein neues Spielzeug vorführen oder gibt es einen ernsthaften Grund für dieses Treffen in aller Herrgottsfrühe?«, erkundigte sich Holly.

Zum Glück hatte der Regen nachgelassen, der im Laufe der Nacht über Kiel niedergegangen war. Der böige Wind war jedoch immer noch sehr frisch, sodass Holly nicht unbedingt auf einen Plausch an Deck der Jacht aus war.

»Lass uns hinunter in den Salon gehen«, erwiderte Freddy.

Er traute normalerweise niemandem, war stets sehr vorsichtig und war deswegen vermutlich noch am Leben. Im Salon dominierten hellbraunes Leder und verchromte Verstrebungen.

»Du trinkst sicherlich einen Kaffee, oder?«, fragte Freddy.

Holly nahm dankbar an und hoffte inständig, dass sich der Ausflug lohnen würde. Freddy würde sicher nicht dem Hauptkommissar nur seine Jacht vorführen wollen. Die Kaffeemaschine spuckte zwei Tassen Kaffee aus, die Freddy auf den Tisch stellte. Der Hauptkommissar nippte pflichtschuldig an dem Gebräu und musste einräumen, dass die braune Flüssigkeit wirklich sehr gut war.

»Damit du jetzt nicht glaubst, dass ich nur mit dir einen Kaffee trinken wollte: Es geht um den Anschlag auf den polnischen Frachter«, sagte Freddy.

Sofort vergaß Holly seinen Kaffee und starrte den Zuhälter überrascht an. »Du weißt mehr über den Anschlag?«

Der Zuhälter erzählte von einem Ausländer, der sich mit aller Macht in Kiel breitmachen wollte. »Er soll Ivo Tatai heißen und stammt vermutlich aus Ungarn. Er hat einen Trupp sehr übler Typen in die Stadt geschickt, um die bestehende Aufteilung zu zerstören«, erzählte Freddy.

Holly ließ sich berichten, was die Männer alles anstellten, um das bisherige Gefüge ins Wanken zu bringen. Es wunderte ihn kaum, dass die meisten Anschläge nie der Polizei gemeldet geworden waren. Der neue Mann aus dem Osten ließ seine Handlanger lediglich gegen illegale Einrichtungen vorgehen.

»Das klingt zwar sehr interessant, passt aber kaum zu dem Anschlag auf den Frachter. Wir haben die Reederei und Matrosen überprüft. Da gibt es keine Verbindung zu kriminellen Organisationen«, warf Holly ein.

Freddy schnaubte verächtlich auf. Bevor er jedoch

weiterreden konnte, erschien der Mann aus dem Steuerstand.

»Wir können jederzeit ablegen«, meldete er in gebrochenem Deutsch.

Holly betrachtete den Matrosen. Es war ein mittelgroßer Mann mit dunklen Haaren und ausdruckslosen grauen Augen. Die Bartstoppel am Kinn ließen ihn ein wenig ungepflegt wirken. Für einen kurzen Augenblick trafen sich ihre Blicke, doch der Matrose schaute gleich wieder auf Freddy.

»Dann legen wir ab«, befahl er.

Holly wollte schon dagegen protestieren, doch der Seitenblick des Zuhälters hielt ihn zurück. Offenbar verfolgte Freddy einen bestimmten Zweck damit, also fügte er sich weiter in sein Schicksal. Bis zum offiziellen Dienstbeginn blieb Holly noch mehr als eine Stunde Zeit. Sollte sich das Gespräch als wichtig für die laufenden Ermittlungen erweisen, würde er die erforderliche Geduld eben aufbringen.

»Es ist besser, wenn wir auf die Förde fahren. In letzter Zeit haben die Wände um mich herum Ohren bekommen«, sagte Freddy.

»Woher kommt dein Steuermann?«, fragte Holly.

»Joe habe ich mir ausgeliehen. Er spricht nur wenig Deutsch und wird uns daher kaum belauschen«, antwortete Freddy.

Der Steuermann hatte viele Jahre für einen dubiosen Jachtverleiher auf Korfu gearbeitet. Dabei hatte er sich mit Menschenschmugglern eingelassen und dabei unter anderem seine Organisation eingebüßt.

»Alle nennen den Steuermann nur Joe. Er versteht sein Handwerk und soll eine treue Seele sein«, erzählte Freddy.

Es war erstaunlich, mit welchen Voraussetzungen man in der Unterwelt oftmals an eine Vertrauensstellung kam. Meistens zählte die persönliche Empfehlung mehr als alles andere.

»Na dann. Erzähl mir mehr über den Anschlag auf den Frachter. Warum glaubst du, dass dieser Tatai dahintersteckt?«, wollte Holly wissen.

Nach einem Wendemanöver erhöhte sich vernehmlich die Drehzahl des starken Motors und die Jacht rauschte hinaus auf die Kieler Förde. Freddy servierte ihnen noch mal frischen Kaffee und sammelte seine Gedanken, bevor er Hollys Fragen beantwortete. Trotz ihrer nahezu freundschaftlichen Beziehung vergaß der Zuhälter nie, mit wem er gerade sprach.

»Der verwendete Sprengstoff und die Bauweise der Bombe sollte euch weiterbringen, doch dabei kann ich nicht helfen. Ihr solltet auch unbedingt die Hintergründe der Matrosen stärker untersuchen. In den Papieren des Frachters stehen aber nicht immer alle Personen, die an Bord waren«, sagte er schließlich.

Langsam fragte Holly sich, wer den Zuhälter vor seinen Karren spannte. So detailliert informierte Freddy ihn sonst nie, und das machte Holly stutzig.

»Menschenschmuggel?«

Freddy bestätigte die Annahme, ohne es weiter auszuführen.

»Kannst du mir nicht ein wenig mehr verraten?«, drängte Holly.

Doch Freddy ging nicht weiter auf das Thema ein. Das wiederum ließ Holly davon ausgehen, dass der Zuhälter als Sprecher einer Gruppe auftrat. Wenn der Krieg mit dem Unbekannten Freddy so weit trieb, sich mit Holly derart auszutauschen, dann drohte den Ermittlungsbehörden in absehbarer Zeit einiges an Ungemach.

»Gut, aber dann bring mich bitte zurück an Land. Mein Dienst beginnt demnächst und mein Wagen steht noch im Jachthafen«, bat Holly.

Das erwies sich als Irrtum. Freddy hatte einen seiner Leute den Wagen überlassen, der ihn nach Düsternbrook gefahren hatte. Holly hatte nicht einmal bemerkt, wie ihm der Zuhälter die Autoschlüssel abgenommen hatte.

»Warst du in deinem früheren Leben ein Taschendieb?«

Freddy schmunzelte nur und freute sich über den gelungenen Coup. Holly fand sein Auto an der beschriebenen Stelle und stieg ein. Sein Blick wanderte unwillkürlich hinauf zum Rückspiegel. Dort sah er die Gestalt des Steuermannes, der dem Ermittler hinterherschaute.

»Kannst du ihm wirklich trauen, Holly?«, murmelte er.

Zehn Minuten später betrat er die Räume der SOKO Kieler Woche, wo er zunächst auf Florian Koller traf.

»Wissen Sie mehr über einen schwelenden Konflikt im Rotlichtmilieu?«, fragte Holly.

Der normalerweise bestens informierte Assistent der Leiterin schürzte nachdenklich die Lippen. »Vereinzelte Gerüchte hat es gegeben. Gibt es Verbindungen zu unseren Ermittlungen?«, erwiderte er schließlich.

»Möglicherweise, Florian. Graben Sie bitte tiefer und sehen zu, ob Sie mehr als nur einige Gerüchte finden. Es gibt einen Namen dazu. Ivo Tatai. Vermutlich ein Ungar«, bat Holly.

Das war eine Aufgabe nach Kollers Geschmack. Der Oberkommissar war nicht der beste Mann, wenn es um

Ermittlungen auf der Straße ging. Er war aber unbestritten der beste Faktensammler.

*

Sein erster Weg führte Jens Vogt ins LKA. Dort traf er sich mit seinem Vorgesetzten, Kriminaloberrat Tobias Singer, der die Abteilung 3 leitete.

»Der verwendete Zünder stammt aus der gleichen Werkstatt«, sagte Singer.

Der Staatsschutz führte parallel eigene Ermittlungen und nutzte dazu andere Institute als die SOKO, um schnellere Ergebnisse zu erzielen.

»Ich kann aber immer noch keinen politischen Hintergrund erkennen. Später werde ich mit Reuter die Vernehmung von Wendt vornehmen. Möglicherweise gibt es Hinweise auf eine rechtsradikale Gruppierung«, erwiderte Jens.

Statt darauf einzugehen, schob Oberrat Singer eine Akte zu seinem Mitarbeiter über den Tisch. Jens schlug sie auf und überflog die wichtigsten Fakten.

»Und? Wie passt der Ungar ins Bild?«, fragte der Oberkommissar.

Sein Vorgesetzter verwies auf ähnliche Geschäfte, die der Ungar bereits seit den Tagen des Balkankrieges abgewickelt hatte. »Waffen und Sprengstoff sind eines seiner vielen Betätigungsfelder. Außerdem weitet er seine Geschäftsbeziehungen seit einigen Monaten nach Deutschland aus. Kiel soll eventuell eine herausragende Position dabei einnehmen«, sagte Singer.

Jens studierte daraufhin die Angaben in der Akte genauer und schüttelte verwundert den Kopf. »Warum liegt das in unserer Abteilung und nicht im Fachgebiet von Hauptkommissar Fendt? Betätigt Tatai sich immer noch als Waffenhändler?«, wollte er wissen.

»Diese Geschäfte sind nach wie vor sehr aktuell, und es gibt Hinweise, dass sich in Ungarn Kräfte des rechtsradikalen Spektrums bewaffnen. Denkbar ist, dass es Verbindungen zu ähnlichen Gruppen hier bei uns gibt«, erklärte Oberrat Singer.

Es waren diese ständig zunehmenden Vermischungen von kriminellen Aktivitäten und politischen Strömungen, die Jens aus tiefstem Herzen verabscheute.

»Sie gehen davon aus, dass es in Deutschland zu einer vergleichbaren Entwicklung kommt?«

»Können wir uns ein zweites Debakel wie bei der NSU leisten?«, lautete die Gegenfrage.

Es erübrigte sich jede Antwort. Jens schob die Akte zurück und schaute seinen Vorgesetzten fragend an.

»Vorerst bleiben diese Informationen unter Verschluss. Sollten sich aber bei den laufenden Ermittlungen passende Hinweise ergeben, muss ich es umgehend wissen«, wies ihn Singer an.

Jens verstand, warum sein Vorgesetzter ihm diese Informationen unbedingt vor der Vernehmung von Horst Wendt zugänglich gemacht hatte. Er verabschiedete sich und fuhr in die Gartenstraße. Es war noch mehr als eine halbe Stunde bis zum üblichen Dienstbeginn. Zu seiner Überraschung war er aber nicht der erste Ermittler der SOKO, der sich vorzeitig an seinem Schreibtisch einfand.

»Moin, Jens. Kaffee?«, fragte Holly.

Während die beiden Ermittler den ersten gemeinsamen Kaffee an diesem Montagmorgen tranken, telefonierte Oberkommissar Koller und hatte nicht mehr als einen flüchtigen Gruß für Jens übrig.

*

Nachdem alle Ermittler ihren Beitrag zu der Einsatzbesprechung geleistet hatten, wanderte Reginas Blick über die Gesichter.

»Da Frank und Jens die Vernehmung von Wendt übernehmen, fahren Rana und ich zur Ehefrau von Dr. Rose. Holly bleibt an dem Sprengstoff sowie dem Zündmechanismus dran und Julia nimmt sich zwei Kollegen, um den Hintergrund der beiden toten Matrosen zu durchleuchten. Florian koordiniert alle Ermittler und sammelt die neuen Ergebnisse. Noch Fragen?«

Nachdem Regina alle Aufgaben verteilt hatte, löste sich die Versammlung auf und jeder stürzte sich in seine Arbeit. Seit dem Anschlag auf den Frachter waren über 40 Stunden vergangen, aber die SOKO konnte nur mit mageren Ergebnissen aufwarten. Regina war heilfroh, dass es bislang keinen größeren Druck gab.

»Rana? Können wir los?«

Regina hatte sich die leichte Sommerjacke und ihre Handtasche aus dem Büro geholt, um die Fahrt in den Niemannsweg anzutreten.

»Ja, wir können«, erwiderte die aparte Kommissarin.

Regina überließ ihrer Mitarbeiterin das Lenkrad. Seit ihrer Trennung waren sie sich nur ein- oder zweimal zufällig begegnet. Zu einer echten Aussprache hatte es nicht gereicht, obwohl es Regina unter den Nägeln brannte.

»Hilft dir jemand bei der schlimmen Sache mit deiner Familie in Aleppo?«

Zu dieser Tageszeit gab es noch nicht so viele Besucherströme, die auf dem Weg zur Kiellinie oder in die Innenstadt waren. Rana fuhr daher am Hindenburgufer entlang. Während Regina auf eine Antwort wartete, fiel ihr Blick auf den Sitz der Landesregierung. Die Wegstrecke war zu kurz, um ein ausführliches Gespräch aufzubauen.

»Außer meinen Eltern meinst du? Frank hat sich erkundigt, aber ansonsten weiß niemand darüber Bescheid«, erwiderte Rana. Sie warf einen Blick auf ihre ehemalige Geliebte und bemerkte den Anflug von Traurigkeit in Reginas Augen. »Danke für dein Interesse. Wenn ich mit jemandem reden möchte, stehen du und Frank oben auf meiner Liste«, versicherte sie.

»Jederzeit. Du fehlst mir, Rana. Mehr als mir lieb ist«, erwiderte Regina. Sie hatte es nicht verraten wollen, doch jetzt war es zu spät. Ein Schimmer flog über das zarte Gesicht von Rana, sodass Regina ihre Wort sofort bedauerte. »Keine Angst. Ich will unsere Beziehung nicht wiederbeleben«, sagte sie schnell.

Die erkennbare Erleichterung im Gesicht der jungen Kommissarin versetzte Regina einen leichten Stich. Sie verfluchte ihre Gefühle und wusste doch, dass sie nichts dagegen tun konnte.

Nicht darüber reden wäre ein Anfang, dachte Regina verärgert.

Sieben Minuten später stellte Rana den Wagen vor der Villa der Familie Rose im Niemannsweg ab. Keiner von ihnen ging weiter auf das vorherige Gespräch ein. Neben der dunkelroten Tür in der mannshohen Mauer befand sich eine Gegensprechanlage mit Videoüberwachung. Rana stand schräg neben Regina, die bereits die Klingel gedrückt hatte.

»Ja, bitte?«

Die Stimme aus dem kleinen Lautsprecher war eindeutig weiblich, aber zu verzerrt, um auf das Alter der Sprecherin schließen zu können.

»Kriminalpolizei. Mein Name ist Hauptkommissarin Saß von der SOKO Kieler Woche. Bei mir ist Kommissarin Schami. Wir möchten mit Frau Rose sprechen«, erklärte Regina.

Sie hielt ihren Dienstausweis vor das Kameraauge und wartete geduldig, bis sich die Tür mit einem leisen Summen öffnete. Regina drückte sie auf und ließ Rana den Vortritt. Auf dem Weg zum Hauseingang wanderte ihr Blick automatisch über den gepflegten Rasen und die mit Kies bestreute Auffahrt zu einer Doppelgarage. Die Villa war aus gelben Steinen gebaut und bestand aus zwei Stockwerken, einem Anbau sowie einem Balkon an der nördlichen Giebelwand. Auf dem halbrunden Podest vor der Eingangstür stand eine Frau in schwarzer Kleidung. Ihre blonden Haare waren von den Händen eines guten Friseurs in Form gebracht worden und die Kosmetik schien nach Reginas Beobachtung von einer Fachfrau aufgetragen worden zu sein. Das musste die Witwe von Dr. Rose sein. Kein Hausmädchen würde sich einen solchen Aufwand leisten können.

»Frau Evelyn Rose?«, fragte sie.

»Ja, das bin ich. Kommen Sie bitte herein, Frau Saß«, erwiderte sie und die beiden Ermittlerinnen traten ins Haus. Regina schritt an Evelyn Rose vorbei und fand sich in einem hellen Vorflur wieder. Die Witwe führte ihre Besucher hinaus in einen prächtigen Wintergarten, der mit weiß gestrichenen Korbmöbeln ausgestattet war. Evelyn Rose bot Regina und Rana Platz an, bevor sie sich selbst in einem der bequemen Sessel niederließ.

»Ich möchte Ihnen zunächst mein tief empfundenes Beileid aussprechen, Frau Rose«, sagte Regina.

Es war mehr als nur eine Floskel. Regina hatte es bislang nicht geschafft, eine größere berufliche Distanz zu den Angehörigen von Mordopfern aufzubauen. Es berührte sie immer aufs Neue und bereitete ihr seelischen Kummer, den andere Kollegen nach eigener Aussage so nicht mehr spürten. Ob es die Witwe erkannte, konnte Regina nicht einschätzen. Vermutlich sprachen ihr ständig alle möglichen Menschen ihr Mitgefühl aus, sodass ein gewisser Abnutzungseffekt der Worte zu erwarten war.

»Wie kann ich Ihnen behilflich sein, Frau Saß?«

Dass Frau Rose so schnell zum Thema kam, untermauerte Reginas Annahme. Sie räusperte sich.

»Wir müssen in alle Richtungen ermitteln. So leid es mir tut, aber wir benötigen dazu sehr intime Informationen«, antwortete Regina.

Sie setzte dazu an, ihren Satz zu präzisieren, doch zu ihrer Verwunderung unterbrach Evelyn Rose sie.

»Sie können ruhig direkt fragen. Wenn Sie wissen wollen, wie es generell um unsere Ehe stand, lautet die Antwort durchschnittlich. Es war keine besonders gefühlsbetonte Beziehung, sondern eher eine partnerschaftliche Ehe. Fabian war ein nüchterner Mann und das in jeder Beziehung«, erklärte sie.

Ohne eine Spur von Beschämung beschrieb die Witwe ihr Liebesleben als langweilig und gestand, dass sie regelmäßig außereheliche Affären unterhielt.

»Seit unsere Kinder auf dem Internat sind, verlief unser Leben in sehr geordneten Bahnen. Fabian bezog mich nur dann in sein Berufsleben ein, wenn es unumgänglich war. Ansonsten würde ich unsere Ehe als eine gelungene Zweckgemeinschaft bezeichnen«, führte Evelyn Rose ihre Schilderung zu Ende.

Regina fragte sich, ob die Affären eventuell ein Streitfaktor im Hause Rose gewesen waren. Die Beschreibung der Witwe mochte stimmen, konnte aber genauso gut nur ihren eigenen Interessen dienen.

»Wie würden Sie die wirtschaftliche Situation Ihrer Familie bezeichnen? Gab es eventuell finanzielle Probleme?«, wollte Regina wissen.

»Nein, keine. Ich verfüge über eigenes Geld in ausreichendem Maße und Fabian verdiente in der Landesbank sehr gut. Wir befinden uns in der glücklichen Lage, wirtschaftlich unabhängig zu sein«, erwiderte Evelyn Rose.

Wenn man ihren Schilderungen Glauben schenken wollte, gab es keine Motive für den Mord im persönlichen Umfeld. Die SOKO würde dies jedoch überprüfen, denn welche Witwe sprach schon die Wahrheit, wenn sie Dreck am Stecken hatte?

»Hat Ihr Mann jemals über Bedrohungen geredet? Gab es möglicherweise Kollegen oder Kunden, die mit ihm eine Auseinandersetzung geführt haben?«, mischte Rana sich erstmals ein.

»Fabian hätte mir sicherlich erzählt, wenn es zu Zwischenfällen gekommen wäre. Ich glaube nicht, dass Sie den Anlass für den Mord dort finden«, antwortete sie.

Die klare Antwort überraschte Regina. »Wenn das Motiv weder im familiären Umfeld noch bei der Arbeit Ihres Mannes zu suchen ist, wo dann?«, fragte sie.

Dieses Mal nahm Evelyn Rose sich eine gewisse Bedenkzeit, bei der sie in den weitläufigen Garten hinausschaute. Schließlich seufzte sie verhalten und wandte ihren Kopf.

Regina hatte den Eindruck, dass der Tod ihres Mannes ihr doch mehr zusetzte, als sie nach außen erkennen ließ.

»Es gibt ein Kapitel im Leben meines Mannes, wo ich das Motiv für den Mord vermuten würde«, erwiderte sie.

Regina wurde hellhörig. Bislang wirkte Dr. Fabian Rose wie ein Mensch, der nur zufällig das Opfer eines Verbrechens geworden war. Die bisherige Vernehmung seiner Witwe hatte diesen Eindruck verstärkt, aber nun klang es auf einmal völlig anders.

»Erzählen Sie, Frau Rose. Was genau meinen Sie?«, forderte Regina die Witwe auf weiterzureden.

*

Eine Stunde später stieß Regina die Tür zu den Räumen der SOKO schwungvoll auf und warf ihre Umhängetasche auf den Schreibtisch von Oberkommissar Koller. Der schaute seine Vorgesetzte perplex an.

»Was haben Sie über das Leben von Dr. Fabian Rose herausgefunden, Florian?«

Die Frage hatte einen gefährlichen Beiklang. Der Assistent der Hauptkommissarin ahnte Ungemach auf sich zukommen.

»Er wurde 1963 in Wuppertal geboren, wuchs in einem bürgerlichen Elternhaus auf und hat nach dem Abitur Volkswirtschaftslehre in Bonn studiert. Sein Vater ...«, setzte Florian an.

Doch Regina schnitt ihm das Wort mit einer harten Geste ab, sodass er verblüfft verstummte. Frank hatte den Auftritt der Leiterin bislang genauso schweigend wie der Rest der anwesenden Ermittler verfolgt. Doch als er den betroffenen Ausdruck im Gesicht von Florian bemerkte, schritt er ein.

»Was ist denn passiert? Der Lebenslauf von Rose wurde bereits gründlich auseinandergenommen«, warf er ein.

Während Florian ihm einen dankbaren Blick schickte, wirbelte Regina mit erstaunlicher Beweglichkeit herum. In ihren Augen tanzten Funken der Wut, so wie Frank es noch nie bei der sonst so gelassenen Kollegin entdeckt hatte.

»Ach, wirklich? Na, dann ist euch sicherlich nicht entgangen, dass Rose ein Heimkind war«, stieß sie hervor.

Davon hörte Frank zum ersten Mal.

»Wie bitte? Dafür gibt es nicht den geringsten Hinweis!« Der Assistent von Regina war für seine penible Arbeitsweise geradezu berüchtigt und so musste ihm ein solcher Ermittlungsfehler wie eine persönliche Beleidigung erscheinen.

»Wer hat behauptet, dass Rose im Heim aufgewachsen ist?«, fragte Frank.

»Seine Witwe hat es uns erzählt. Frau Rose glaubt felsenfest daran, dass dort das Motiv für den Mord zu finden sein muss«, erwiderte Rana.

Ungläubiges Schweigen breitete sich aus. Über so eine wichtige Information hätten sie längst verfügen müssen. Frank schüttelte fassungslos den Kopf. »Dann hätten wir die ersten 48 Stunden vergeudet«, stellte er fest.

»So einen Mist können wir uns einfach nicht leisten, Florian.« Als Leiterin stand es Regina zu, jeden Fehler in den Ermittlungen deutlich anzusprechen. Doch dieses Mal hielt Frank es für unberechtigt. Er wollte jedoch nicht vor der gesamten Truppe mit ihr darüber sprechen, also trat er zu Regina und bat um ein Vieraugengespräch.

»Warum?«, wollte sie wissen.

»Die Kollegen lassen alles stehen und liegen, um die ersten Jahre in Fabian Roses Leben zu durchleuchten. Doch wir beide haben noch etwas anderes zu besprechen und das duldet keinen Aufschub«, antwortete Frank.

Sie erwiderte seinen zwingenden Blick und gab schließlich nach. Während Regina und Frank ins Büro der Leiterin gingen, wurde es in ihrem Rücken sehr lebendig. Als Frank die Tür hinter sich geschlossen hatte, ließ Regina sich schwer in den Schreibtischstuhl fallen.

»So einen Bock hätte Florian nicht schießen dürfen, Frank. Nicht er!«

Die Enttäuschung über ihren ansonsten so zuverlässigen Assistenten saß immer noch tief und verstellte Regina die nüchterne Sicht auf die Fakten.

»Er hat wie immer hervorragende Arbeit geleistet. Du verurteilst ihn vorschnell, Regina«, widersprach Frank.

Ein skeptischer Blick traf ihn.

»Wenn dieser Heimaufenthalt kein Hirngespinst ist, hat Rose vermutlich selbst dafür gesorgt, dass die Hinweise darauf verschwinden. Als ehemaliges Heimkind wäre ein derartiger gesellschaftlicher Aufstieg kaum denkbar gewesen und das wird er geahnt haben«, sprach Frank weiter.

Endlich tauchten erste Anzeichen für ein Verständnis gegenüber Kollers Schwierigkeiten bei seinen Recherchen im Gesicht von Regina auf. Schließlich erhob sie sich und ging an Frank vorbei zur Tür. Er folgte seiner Vorgesetzten und konnte mit ansehen, wie Regina sich nach einem Fehler verhielt.

»Florian? Ich möchte mich bei Ihnen entschuldigen. Mir ist klar, dass Sie gute Arbeit leisten und es war unfair, an Ihnen meine Wut auszulassen«, sagte sie.

Ihr Assistent wurde verlegen, doch Frank konnte in den Gesichtern der anderen Kollegen den Respekt für diese

Geste der Leiterin ablesen. Rana erwiderte seinen Blick und lächelte kaum merklich. Ihr war bewusst, wer den Sinneswandel bei Regina bewirkt hatte.

»Wir haben übrigens einen Tipp bekommen, dass eventuell ein Mann mit dem Namen Ivo Tatai etwas mit dem Sprengstoffanschlag zu tun haben könnte«, konnte Holly endlich seine Informationen loswerden. Die kurze Unterbrechung hatte ihn noch nicht dazu kommen lassen.

Regina ließ ihn berichten, doch vorerst gab es kaum mehr als den Namen. Jens Vogt ergänzte es mit seinem Wissen aus dem Gespräch mit Singer.

»Sobald ich der Heimgeschichte nachgegangen bin, beschaffe ich die Informationen zu Tatai«, versicherte Florian.

»Das könnte ich übernehmen. Meine Abteilung verfügt über einige zusätzliche Quellen, die dabei nützlich sein könnten«, bot Jens an.

»Einverstanden. Wenn Sie und Frank die Vernehmung von Wendt abgeschlossen haben, machen Sie damit weiter«, stimmte Regina zu.

KAPITEL 5

Für Heinrich Saß wurde die Geschichte mit dem veruntreuten Geld immer rätselhafter. Er hatte mittlerweile formell die Funktion des Schatzmeisters übernommen und verfügte dadurch über den freien Zugang zu allen Konten seiner Partei. Es war eine Frage der Gründlichkeit gewesen, dass Saß alle Konten überprüft hatte. Eine seiner Mitarbeiterinnen hatte die Daten zusammengetragen. Heinrich Saß starrte verwirrt auf die Zahlungsflüsse der Konten und konnte sich beim besten Willen keinen Reim darauf machen. Schließlich schob er die Ausdrucke zusammen und verstaute sie in seiner Aktenmappe.

»Sie finden mich im Büro der Fraktion, falls ich gesucht werde«, erklärte er seiner Sekretärin.

Auf der Fahrt zum Hindenburgufer musste Saß mehrfach den Scheibenwischer am Wagen betätigen. Aus dem zunächst sonnigen Start in die Woche entwickelte sich erneut ein von Regenschauern unterbrochener Sommertag. Als der Rechtsanwalt vom Parkplatz zum Eingang des Landtages eilte, schaute er automatisch hinüber zu den Besuchern an dem Stand mit Backfisch. Aus Erfahrung wusste Saß, dass die Anzahl der dort Versammelten ein guter Anhalt war, um auf die Gesamtbesucher der laufenden Kieler Woche an diesem Montag zu schließen.

»Es gibt kein schlechtes Wetter, nur die falsche Kleidung«, murmelte er.

Die Gäste standen in dichten Trauben am Backfischstand und störten sich offenkundig nicht an den Regengüssen. Fünf Minuten später wurde er zu Graf von Schönhorst vorgelassen, der seinen Besucher überrascht begrüßte.

»Was ist passiert, Heinrich? Sagen Sie jetzt bloß nicht, dass noch mehr Geld verschwunden ist.«

Die Sorgen ließen den Ehrenvorsitzenden der Landespartei noch älter als sonst aussehen. Er kämpfte um die Existenz seiner Partei.

»Im Gegenteil! Ich habe alle Konten überprüft und bin dabei auf etwas Seltsames gestoßen. Hier sind die Aufstellungen. Sehen Sie selbst«, antwortete Saß.

Von Schönhorst verteilte die Ausdrucke auf seinem Schreibtisch und schüttelte nach einer Weile verwundert den Kopf. »Das Geld vom Konto der Landesbank ist nur falsch gebucht worden? Es ist auf dem anderen Konto der Partei bei der Sparkasse gelandet?«, fragte er.

Saß zuckte ratlos mit den Schultern.

»So sieht es im Augenblick aus. Mir ist schleierhaft, wie es dazu kommen konnte. Rose war doch immer ein so akribischer Zahlenmensch. Ich kann gar nicht glauben, dass er ein solches Chaos auf den Konten hingenommen hätte«, erwiderte er.

Der Graf rieb sich nachdenklich das Kinn. Sein Blick wanderte von den Ausdrucken hinüber zum Telefon. »Mir wurde vorhin eine Information über die Fraktion der Sozialdemokraten zugespielt. Ich habe bisher angenommen, dass da nur jemand die Parteien verwechselt hat. Aber jetzt?«, sprach er leise zu Saß.

»Wieso? Um was ging es denn?«, fragte der.

»Angeblich soll ein riesiger Fehlbetrag auf ihrem Konto bei der Landesbank aufgefallen sein«, erwiderte von Schönhorst.

Heinrich Saß war so perplex, dass er sich in einen der Besucherstühle fallen ließ.

»Wie bitte? Jetzt verstehe ich gar nichts mehr. Kann es sein, dass die Verantwortlichen bei der Landesbank die Übersicht verloren haben?«, fragte er.

Von Schönhorst antwortete nicht sofort, sondern schaute den Rechtsanwalt forschend an. »Warum fahren Sie nicht hin und versuchen herauszufinden, was dort wirklich los ist?«

Saß verstand den Wink und erhob sich. »Das mache ich. Der Brahms wird mir Rede und Antwort stehen, schließlich hat er uns völlig unnötig in Unruhe versetzt.«

Schneller als erwartet verließ Heinrich Saß das Fraktionsbüro. Auf seinem Weg hinunter ins Foyer kam er an dem Gang vorbei, in dem die Sozialdemokraten ihre Räume hatten. Dort ging es zu wie in einem Bienenstock.

»Jetzt rotieren die Kollegen der anderen Fraktion. Meine Herren! Was für ein Chaos«, dachte Saß laut.

Auf der Fahrt zum Sitz der Landesbank brach die Sonne durch die Wolken und ein riesiger Regenbogen erschien über der Stadt. Heinrich Saß war zwar ein von Haus aus nüchterner Mensch, aber selbst er konnte sich an diesem Naturphänomen erfreuen. Er führte die zunehmende Völkerwanderung auf das Wissen der Besucher zurück, dass die Regenschauer im Laufe des Vormittags immer mehr nachlassen würden. Der Sprecher des Wetterberichtes im Autoradio verkündete den Wechsel und versicherte seinen Zuhörern, dass die nächste Regenfront erst in der kommenden Nacht von England kommend über Schleswig-Holstein ziehen würde. Kurze Zeit später wurde Heinrich Saß ins Büro des Vorstandsvorsitzenden der Bank geführt.

»Moin, Herr Saß«, begrüßte ihn Dr. Brahms.
Der war vermutlich heilfroh, dass er es war und nicht ein Vertreter der anderen Partei, ging es Saß durch den Kopf.
Leutselig bot der Bankmanager seinem Gast Kaffee an und setzte sich mit Saß an einen runden Tisch.
»Sie können mir glauben, dass wir alle im Haus sehr froh sind, dass es sich tatsächlich als Fehlbuchungen herausgestellt hat und es keinen Diebstahl gab«, sagte Brahms.
»Geht uns genauso, Dr. Brahms. Es verwundert mich ehrlich gesagt, dass dieses Chaos von Dr. Rose veranstaltet worden sein soll. Gibt es darüber wirklich keine Zweifel?«
Der Manager der Landesbank wand sich erkennbar, aber er konnte einer wichtigen Persönlichkeit, wie es der Rechtsanwalt nun einmal war, die Antwort schlecht verweigern. »Eine Führungskraft sollte eben besser nicht ins Tagesgeschäft eingreifen. Dafür haben wir qualifizierte Mitarbeiter, um uns nicht um solche Kleinigkeiten kümmern zu müssen«, erwiderte Brahms.
Es war offensichtlich, dass er einer direkten Antwort ausweichen wollte. Mit dieser Taktik würde er bei Saß keinen Erfolg haben. Als erfahrener Strafverteidiger kannte der sich mit Ausflüchten aus.
»Rose hat demnach persönlich Buchungen vorgenommen, die in der Konsequenz zu dem Chaos geführt haben. Das ist in der Tat sehr verwunderlich. Welche Gründe könnte er Ihrer Ansicht nach dafür gehabt haben?«
Während er genüsslich an seinem Kaffee nippte, verfolgte Saß die Reaktion seines Gegenübers. Er konnte einen Anflug von Unmut in den grauen Augen des Vorstandsvorsitzenden erkennen. Hinter der Fassade der Bank liefen offenkundig Prozesse ab, die man Außenstehenden lieber nicht zugänglich machen wollte. Heinrich Saß war

gespannt, ab wann Dr. Brahms die Informationen verweigern würde.

»Dazu kann ich Ihnen leider keine schlüssige Antwort geben, verehrter Herr Saß. Ich kann mir aber vorstellen, dass Dr. Rose nur einen Fehler eines Mitarbeiters beheben wollte und dabei leider für Verwirrung gesorgt hat«, lautete die Antwort.

Saß war nun klar, dass man ihm als Vertreter der Konservativen Union keinen Einblick in die Hintergründe des Bankhauses gewähren wollte. Sein beruflicher Instinkt schlug an und er war überzeugt, dass man innerhalb der Führung der Landesbank einen Zusammenhang zwischen den Buchungen und dem Mord an Dr. Fabian Rose sah.

»Ja, das könnte sein. Vielen Dank für Ihre Zeit, Herr Brahms. Ich muss weiter, und Sie haben bestimmt noch eine Menge Arbeit vor sich«, verabschiedete sich Saß kurz darauf.

Als er hinter dem Lenkrad seines Wagens saß, ging Saß das Gespräch nochmals gedanklich durch. Er konnte die Angelegenheit auf sich beruhen lassen. Seiner Partei war kein Schaden entstanden, und wie diese Fehlbuchungen mit dem Mord zusammenhängen, musste er nicht aufklären.

»Regina muss es aber wissen«, entschied er sich.

Saß war mit der Berufswahl seiner einzigen Tochter weiterhin nicht glücklich, aber er respektierte ihre Beharrlichkeit, als Kriminalistin ihren Weg zu gehen. Mit dem geplanten Gespräch verstieß er zudem nicht gegen bestehendes Recht oder das Ethos seines Berufsstandes. Als Heinrich Saß die Räume der SOKO betrat, lief er Holly in die Arme.

»Moin, Herr Saß. Wollen Sie zu Ihrer Tochter?«, fragte der Glatzkopf.

Die körperliche Präsenz des Ermittlers bereitete Heinrich Saß leichtes Unbehagen. Er war während seiner Kindheit wegen seiner schmächtigen Figur und vielen Ängsten das perfekte Opfer für körperlich überlegene Jungen gewesen. Seit dieser Zeit fühlte Saß sich in der Nähe von Menschen wie Hauptkommissar Fendt immer ein wenig unwohl.

»Ja. Ist sie in ihrem Büro?«, fragte er.

Der Hüne ging voraus, um der Leiterin den Besucher anzukündigen. Es war ein ungeschriebenes Gesetz, dass sich nur die Ermittler der SOKO frei in den Räumen bewegen durften. Regina hatte diese Regel deutlich hervorgehoben und alle hielten sich daran. Holly klopfte einmal gegen die Tür und steckte dann den Kopf hindurch.

»Sie haben Besuch. Ihr Vater ist hier«, sagte er.

Mit einem Schmunzeln registrierte Holly das nur mäßig unterdrückte Aufseufzen und ließ sich mehr Zeit als nötig, um dem Rechtsanwalt die Tür zu öffnen. Heinrich Saß übersah es geflissentlich.

»Moin, Vater. Komm rein und setz dich«, forderte Regina ihn auf.

Er blickte sich im Büro um und verkniff sich jeden Kommentar zu dessen Größe und Ausstattung. Hinter ihm schloss sich die Tür, sodass er ungestört mit seiner Tochter sprechen konnte.

»Ich wollte dir nur mitteilen, dass das verschwundene Geld meiner Partei wieder aufgetaucht ist«, berichtete Heinrich.

Regina lehnte sich zurück und hörte ihm zu, ohne ihre Verärgerung über sein formelles Auftreten erkennen zu lassen.

Typisch. Jeder andere Vater hätte sich erkundigt, wie es ihr ging. Ihm war stets anzusehen, dass sie in seinen Augen versagt hatte, dachte sie.

Nachdem Regina ihm vor vielen Jahren ihren Entschluss mitgeteilt hatte, nach dem Studium der Rechtswissenschaften nicht in seine Fußstapfen zu treten, sondern eine Karriere bei der Kriminalpolizei anzustreben, kam es zu einer Reihe heftiger Auseinandersetzungen. Am Ende blieb eine Distanz, geschaffen von zu vielen Aussagen, die jeder von ihnen getätigt hatte. Seit kurzer Zeit gab es zwar so etwas wie eine Annäherung, aber sie waren noch weit von einer herzlichen Vater-Tochter-Beziehung entfernt.

»Mir kommt die Angelegenheit spanisch vor. Dr. Rose war geradezu berüchtigt für seine penible Art, und dann soll er auf einmal alle Prinzipien über Bord geworfen und eine solche Flut von Fehlbuchungen ausgelöst haben?«, fragte Heinrich Saß.

Seine Schilderungen hatten dafür gesorgt, dass Regina ihren Gedanken keine Abschweifungen mehr erlaubte. Sie hörte konzentriert zu und teilte die Skepsis ihres Vaters. Es war offenkundig das Bestreben vom Vorstand der Landesbank, die Verhaltensweisen ihres Mitarbeiters nicht an die Öffentlichkeit gelangen zu lassen.

Sie sollten keine Pressekonferenz zu dem Thema einberufen, aber sie musste informiert werden, dachte Regina. Sie war überrascht, dass ihr Vater mit diesem Wissen zu ihr gekommen war und bereitwillig seine Schlussfolgerungen offenlegte.

»Jetzt weiß ich wenigstens, von wem ich meinen Instinkt habe«, sagte sie laut.

Ein verblüffter Ausdruck trat in die Augen ihres Vaters, der gleich darauf auflachte.

»Immerhin etwas. Ich möchte nur nicht, dass wichtige Hinweise in Bezug auf eure Ermittlungen unterdrückt werden. Bei allem Verständnis für Dr. Brahms und seine Vorstandskollegen«, erwiderte Heinrich Saß.

Wenige Augenblicke später brachte Regina ihn zur Ausgangstür. Bevor sie die Tür schloss, blickte sie ihm einige Sekunden nach, wie er mit forschen Schritten die Treppenstufen hinunterging.

*

Frank hatte nicht erwartet, dass Horst Wendt mit ihnen kooperieren würde.

»Kein Kommentar«, lautete seine Standardantwort.

Selbst wenn sein Verteidiger offenkundig einen Vorteil darin hätte sehen können, weigerte Wendt sich zu reden. Schweigen schien dem rechtsradikalen Mann der sicherste Weg zu sein, um nicht in größere Schwierigkeiten zu kommen. Mehrfach bat der Rechtsbeistand um kurze Unterbrechungen, um mit seinem Mandanten über ein Detail zu diskutieren.

»Wendt ist entweder zu blöd oder er hat zu viel Angst vor den Hintermännern«, stellte Frank in einer Pause fest.

Jens nippte an seinem Kaffee und zuckte ratlos mit den Schultern. »Ich halte Wendt zwar nicht für die Leuchte der Nation, aber nicht für dumm«, erwiderte er.

»Wer könnte einem Mann wie ihm solche Angst einflößen?«, fragte Frank.

Sie standen auf dem Flur vor dem Vernehmungszimmer und warteten darauf, dass der Verteidiger sie wieder ins Zimmer holte. Frank war sich sicher, dass sie höchstwahrscheinlich keine Fortschritte machen würden. Auch diese Unterbrechung würde kein Umdenken bei Horst Wendt einleiten.

»Wenn er den Sprengstoff an radikale Zellen geliefert hat, schweigt er aus Loyalität. Sollte es sich bei den Hintermännern aber um gewöhnliche Kriminelle handeln, müssten wir sie in der Oberliga suchen«, antwortete der Oberkommissar.

Es gab immer neue Gerüchte, wonach die Ermittlungen gegen die NSU nicht das komplette Netzwerk zerstört hätten. Doch selbst wenn ein kleiner Teil der radikalen Gruppe weiterhin unerkannt sein Unwesen treiben konnte, sah Frank in diesen nicht die Hintermänner für den Anschlag. Die Explosion im Hafen passte nicht zu den bisherigen Taten. Seine Überlegungen gingen in Richtung der Rockerbanden, die sich seit Monaten einen erbitterten Krieg in Schleswig-Holstein lieferten. Obwohl die Kollegen der SOKO Rocker sehr effektiv gegen die Banden vorgingen, blieben sie weiterhin extrem gefährlich.

»Vielleicht eine der Rockerbanden«, sprach er laut aus.

Jens wollte etwas erwidern, doch sein Handy meldete sich mit der Klingelmelodie einer alten Krimiserie. Frank kam nicht gleich darauf, welche es war. Dann fielen ihm die markanten Worte zur Einleitung wieder ein, in denen ein Sprecher aus dem Off den Zuschauern erklärte, dass es sich um die Nachstellung echter Kriminalfälle handelte. Die Sendung ›Stahlnetz‹ war dadurch zu einem Straßenfeger geworden und seine Erkennungsmelodie entsprechend eingängig.

»Herr Reuter? Wir könnten dann fortfahren«, sagte der Rechtsanwalt. Er hatte seinen Kopf zur Tür hinausgesteckt, und als er Frank allein auf dem Flur stehen sah, ihn direkt angesprochen. Schon der resignierte Gesichtsausdruck verriet Frank, dass Wendt weiterhin keine Aussagen machen wollte.

»Jens?« Als Frank seinem Kollegen ein Zeichen machen wollte, konnte er den Oberkommissar nirgends sehen. »Einen kleinen Augenblick, bitte«, sagte er.

Frank eilte zum Großraumbüro und schaute nach seinem Kollegen. Jens saß weder an seinem Schreibtisch noch unterhielt er sich mit einem anderen Ermittler.

»Hast du Jens vor Kurzem gesehen?«, fragte er Holly.

»Nö, der war mindestens seit einer Dreiviertelstunde nicht mehr hier. Vielleicht ist er ja bei der Chefin«, erwiderte er.

Als Frank seinen Partner nicht im Büro von Regina vorfand, spürte er Unmut in sich aufsteigen. Er fasste einen schnellen Entschluss und bat Koller, Wendt und seinen Rechtsbeistand über das vorläufige Ende der Vernehmung zu unterrichten. Die beiden Beamten aus Neumünster würden ihren Gefangenen wieder zurück in die Untersuchungshaft bringen. Frank hingegen schnappte sich die Tasche mit den Papieren und dem Zündschlüssel für einen der Dienstwagen und rannte aus dem Büro.

»Ich melde mich von unterwegs«, rief er Koller zu.

Der schaute ihm verblüfft hinterher und zuckte schließlich ergeben mit den Schultern.

»Da läuft doch etwas an der SOKO vorbei«, murmelte er.

Der plötzliche Abgang seines Partners ergab nur so einen Sinn. Reuter wollte herausfinden, welche separate Ermittlung der Staatsschutz betrieb. Er schaffte es, rechtzeitig den Wagen mit Jens am Steuer ausfindig zu machen. Nachdem er den Anschluss geschafft hatte, wählte er Reginas Dienstapparat über die Freisprecheinrichtung an.

»Frank hier. Ich verfolge Jens«, erklärte er.

Mit wenigen Sätzen umriss er das merkwürdige Verhalten des Kollegen und holte sich nachträglich die Zustimmung der Leiterin für sein ungewöhnliches Vorhaben ein.

»Sollte es wirklich eine parallel laufende Ermittlung der Abteilung 3 geben, werde ich es mit dem Präsidenten klären«, versprach Regina.

Der Hauptkommissar behielt seine Zweifel für sich, ob der höchste Chef des LKA ihr in diesem Falle beistehen würde. Die Ermittlungen des Staatsschutzes hatten besondere Priorität, gegen die normale Beamte wenig einwenden konnten. Vermutlich war der Präsident eingeweiht und deckte die eigenständige Ermittlung.

»Wir verlassen Kiel«, meldete Frank.

Er folgte Svens Fahrzeug auf die Umgehung, die in die Bundesstraße 404 einmündete. Bisher hatte sein Kollege nicht registriert, dass es einen Verfolger gab.

»Halte mich auf dem Laufenden, Frank. Wenn du zurück bist, müssen wir uns über Dr. Rose unterhalten. Wir wissen jetzt, dass der beschädigte Frachter über Fonds seiner Abteilung finanziert wurde«, sagte Regina.

Für einen Moment schaute Frank perplex und stumm auf die Fahrzeuge vor sich. »Dann gibt es eventuell doch eine Verbindung zwischen dem Anschlag und dem Mord?«, fragte er ungläubig.

»Das muss es nicht unbedingt bedeuten. Roses Abteilung hat jedes Jahr diverse Schiffsfinanzierungen auf die Beine gestellt. Es könnte sich nur um einen verrückten Zufall handeln«, wehrte Regina ab.

Zufall? Frank hatte die Erfahrung gemacht, dass dem meistens nicht so war.

»Wie weit ist Koller denn mit dem Vorleben von Rose? Gibt es schon neue Erkenntnisse über dessen Heimaufenthalt?«

Doch dieser Aspekt war immer noch kaum durchleuchtet. Wenn es jemals Dokumente dazu gegeben hatte, musste Rose oder jemand anderer mit viel Einfluss sie vernichtet haben. Fragte sich nur: Warum?

»Diese Ermittlung gleicht immer mehr einem Stochern im Nebel, Frank. Falls diese Informationen noch nicht genug Verwirrung gestiftet haben, sollte Hollys neueste Erkenntnis dazu beitragen«, erwiderte Regina. Sie berichtete von Hollys Ausflug auf der Jacht von Freddy Dombrowski.

»Das wird tatsächlich immer mysteriöser. Ich bin mir sicher, Wendt schweigt, weil er eine Heidenangst vor den Hintermännern hat. Bislang war ich davon ausgegangen, dass eine der Rockerbanden dahintersteckt. Doch jetzt könnte es Tatai sein.« Franks Konzentration reichte während der Verfolgung nicht aus, um die vielen Fäden der Ermittlung in einem Bild zu erfassen. »Ich denke darüber nach. Sobald ich weiß, wohin Jens so eilig musste, melde ich mich wieder«, verabschiedete er sich.

Eine Stunde später stoppte Frank den Wagen am Rande eines kleinen Dorfes in Ostholstein. Weiter konnte er Vogt nicht verfolgen, denn sein Kollege war in eine kleine Stichstraße abgebogen. An deren Ende wurde die mannshohe Begrenzungsmauer eines privaten Anwesens erkennbar. Über Funk beschaffte Frank sich den Namen des Eigentümers und starrte dann eine Weile nachdenklich auf die Mauer.

»Was hast du denn bei dem Fraktionsvorsitzenden der Sozialdemokraten zu suchen?«

Er wusste jetzt, wen Jens aufsuchte. Frank konnte nicht daraus schlussfolgern, warum dieser Besuch in aller Eile und im Stillen erfolgen musste. Er rief seine Vorgesetzte erneut an.

»Regina? Ich weiß jetzt, wohin Jens gefahren ist.«

Die Hauptkommissarin war genauso überrascht, verbot ihm jedoch, den Politiker aufzusuchen. »Ich muss erst herausfinden, was das alles zu bedeuten hat. Komm zurück nach Kiel«, ordnete Regina an.

Frank wendete den Wagen und fuhr in die Landeshauptstadt. Als er in der Gartenstraße eintraf, erwartete ihn dort eine ungewohnte Hektik.

»Was ist passiert?«, fragte er Koller.

»Wir haben den Geschäftspartner von Wendt ausfindig gemacht. Er hat sich nicht nach Skandinavien abgesetzt, sondern versteckt sich in einer Wohnung in Mettenhof«, antwortete Florian.

Holly hatte ein Team zusammengestellt und war bereits auf dem Weg hinaus in die Trabantensiedlung. Dort würden die Ermittler der SOKO sich mit dem SEK treffen, um gemeinsam die Wohnung zu stürmen. Frank wäre liebend gern ebenfalls dort hingefahren, aber dazu war es bereits zu spät. Er ging hinüber zum Büro von Regina, die ein Telefonat führte. Als er sich zurückziehen wollte, winkte sie ihn herein. Leise setzte Frank sich in den Besucherstuhl und versuchte aus den wenigen Kommentaren der Leiterin auf ihren Gesprächspartner zu schließen. Es war kein Gespräch, an dem Regina große Freude hatte.

»Ja, das habe ich verstanden. Dennoch protestiere ich gegen diese Einschränkung unserer Ermittlungen«, sagte sie und beendete danach das Telefonat.

»Probleme?«, fragte Frank.

Regina murmelte einen leisen Fluch und erhob sich, um das Fenster zu öffnen. Dann lehnte sie sich mit dem Rücken gegen die Fensterbank und holte zu Franks großer Verwunderung eine Packung Zigaretten hervor.

»Seit wann rauchst du?«

Regina verzog das Gesicht in gespielter Pein. »Ich habe vor einigen Monaten wieder angefangen. Solange wir die Ermittlungen führen müssen, kann ich es mir nicht wieder abgewöhnen«, erklärte sie.

Sie hatte sich die Zigarette angezündet und sog gierig den Rauch ein, um den Rest zum offenen Fenster hinauszupusten. Nur eine schwache Note des aromatischen Tabaks erreichte Franks Nase.

»Das war gerade eben unser verehrter Herr Polizeipräsident. Er hat mir deutlich zu verstehen gegeben, dass wir im Kreis der beiden Parteien nicht ermitteln sollen«, gab sie das Gespräch wieder.

Frank lachte kurz auf. »Hätte mich gewundert, wenn man uns nicht auf diese Art hätte ausbremsen wollen. Hängt das deiner Ansicht nach mit Svens Besuch bei dem Politbonzen zusammen?«

»Kann sein, kann nicht sein. Mir gefällt es nicht, wie die Kollegen der Abteilung 3 offenbar ihr eigenes Süppchen kochen.«

Florian Koller unterbrach die Diskussion der beiden, indem er den Kopf zur Tür hineinsteckte. Es gab Neuigkeiten, die Regina und Frank unbedingt sofort erfahren mussten.

KAPITEL 6

Jeder Polizeieinsatz in Mettenhof war eine komplizierte Angelegenheit. Ein hoher Anteil von Migranten der unterschiedlichsten Nationen lebte in den Hochhäusern und pflegte oft die eigene Kultur mehr als die ihrer neuen Heimat. Holly wusste aus leidvoller Erfahrung, wie schnell eine simple Befragung zu Missverständnissen und sogar Auseinandersetzungen zwischen Polizei und Bewohnern der Häuser führen konnte.

»Hier hätte man Grawert im Leben nicht vermutet«, sagte Rana.

Die Tatsache, dass der bekannte Anhänger der rechten Szene sich in dieser Ecke Kiels versteckt hielt, gab Holly zu denken.

»Er muss jemanden sehr fürchten, wenn er sich zu diesem Schritt entschieden hat«, stimmte er zu.

Sie saßen zu viert in einem zivilen Einsatzfahrzeug, während die uniformierten Kollegen des Sondereinsatzkommandos ihre Positionen einnahmen. Alle Einsatzkräfte trugen Headsets, um sich besser verständigen zu können.

Holly musterte seine Kollegen, die genau wie er Schutzwesten unter den Windjacken mit der Aufschrift *Polizei* trugen. »Sind jedem seine Aufgaben klar oder gibt es noch Fragen?«

Allgemeine Verneinung folgte und so stieß Holly die Beifahrertür auf. Seine Kollegen folgten ihm und dann wurden im Headset die Kommandos des Einsatzleiters des SEK vernehmbar. Ein halbes Dutzend Streifenwagen jagte heran und sperrte blitzschnell die Straßen rund um das Hochhaus ab, in dem sich Grawert aufhalten sollte. Es war bekannt, dass er stets bewaffnet war und keine Skrupel kannte. Holly rannte über den Parkplatz des Hauses und stieß gleich drauf die Eingangstür auf.

»Das ist ein Polizeieinsatz! Bleiben Sie in Ihrer Wohnung«, brüllte er.

Neugierige Gesichter waren in zwei Wohnungstüren aufgetaucht. Beim Anblick von Holly und dessen Dienstwaffe zogen sich die Bewohner schnell zurück. Aus dem zweiten Stockwerk ertönten laute Kommandos und das Geräusch von splitterndem Holz. Das SEK setzte die Ramme ein, um in die Wohnung einzudringen. Als Holly die letzten Stufen zum Absatz im zweiten Stockwerk nahm, fiel sein Blick auf die schief in den Angeln hängende Tür. Jetzt kamen lautenRufe aus dem Wohnungsinneren.

»Ich gehe zunächst allein hinein. Ihr sichert das Treppenhaus«, befahl er.

Holly ging vorsichtig in den Wohnungsflur und traf dort auf die vermummten Kollegen des SEK, die stumm den Kopf schüttelten.

»Das Objekt ist nicht in dieser Wohnung«, meldete der Einsatzleiter.

Holly schaute ihn ungläubig an. Er hatte keine Sekunde an dem Hinweis seines Informanten gezweifelt und musste nun die Niederlage einstecken.

»Halt, Polizei! Waffe fallen lassen!«

Es war die Stimme von Rana, die aus dem Treppenhaus zu vernehmen war. Holly wirbelte erschrocken herum und hörte einen donnernden Knall, während seine junge Kollegin unter der Wucht eines Einschlages zurücktaumelte. Auf einmal brach im Treppenhaus die Hölle los.

Die Spezialisten schoben sich eilig an Holly vorbei, um den Ermittlern zur Hilfe zu eilen. Weitere Schüsse krachten. Dann kehrte Ruhe ein.

»Was ist mit Rana?«, rief Holly. Sein Blick huschte von der Tür mit den Einschusslöchern zu seiner Kollegin, die er nur halb sehen konnte. Julia Beck und ein uniformierter Beamter beugten sich über die Kommissarin.

»Der Treffer ging auf die Weste. Rana ist lediglich ein wenig benommen«, erwiderte Julia.

Holly stieß die angehaltene Luft aus und wandte sich dem Einsatzleiter des SEK zu. »Wer hat geschossen?«

»Ihre Kollegin hat Grawert angeschossen. Der Tipp mit der Hausnummer sowie der Etage stimmte zwar, aber es war eben die Nachbarwohnung«, sagte der.

Er trat zur Seite, um die Rettungssanitäter und den Notarzt in die Wohnung zu lassen. Kaum war die Situation unter Kontrolle gebracht, hatte der Einsatzleiter die in Bereitschaft stehenden Mediziner ins Haus gerufen. Einer der Rettungssanitäter kniete neben Rana Schami auf der Treppenstufe und untersuchte vorsichtig ihren Brustkorb.

»Wie schlimm hat es Grawert erwischt?«, fragte Holly.

Der Notarzt antwortete, ohne den Kopf zu heben. »Zwei Kugeln stecken in seinem Oberkörper. Ein Projektil ist sehr nahe am oder sogar ins Herz eingedrungen. Unter kampfunfähig machen verstehe ich etwas anderes.«

»Sie dürfen gerne beim nächsten Mal als Erster vor der Tür stehen, wenn so ein Typ ohne jede Warnung das Feuer eröffnet«, sagte der Einsatzleiter.

Holly lag eine ähnlich scharfe Erwiderung auf der Zunge, doch er schluckte sie gleich wieder hinunter.

»Wie stehen seine Chancen?«, fragte er stattdessen.

»Wenn wir ihn schnell auf den Operationstisch bekommen, sind seine Überlebenschancen nicht schlecht.«

»Sie bewachen den Transport und das Krankenzimmer«, wies Holly den Einsatzleiter an.

Während die Sanitäter den schwer verletzten Grawert auf eine Trage legten und anschließend durchs Treppenhaus ins Freie beförderten, schaute Holly zu Rana. Sie war bleich im Gesicht und hielt den Oberkörper leicht gebeugt.

»Du solltest ins Krankenhaus fahren«, sagte Holly.

Obwohl sie es energisch ablehnte, bestand er darauf und bat Julia, die Kollegin zu begleiten. Erst danach betrat er die Wohnung von Grawert. Sie war mit verschlissenen Polstermöbeln und alten Eichenschränken ausgestattet. Auf dem schmalen Gang gab es lediglich einige Haken, die als Garderobenersatz in die Wand geschraubt worden waren. In der Küche stapelte sich schmutziges Geschirr und das Bettzeug im Schlafzimmer wies deutliche Spuren auf, die Holly zu einem angeekelten Ausruf veranlassten. Sie streiften Latexhandschuhe über und durchsuchten die Räume. Zwei Handys, eine Brieftasche sowie zwei Pistolen wurden in Beweissicherungstüten gesteckt.

»Na, toll. Hier hätte der Strafverteidiger schon sein erstes Entlastungsmaterial«, maulte einer der Ermittler.

Holly ging hinüber und warf einen Blick auf die Dokumente, die der Kollege soeben verstauen wollte. Bevor er so weit war, packte Holly sein Handgelenk und nahm ihm die Unterlagen ab. »Das könnte ein wichtiger Fund sein«, erklärte er.

Holly überließ die weitere Durchsuchung den Kollegen und schickte wenige Augenblicke später die Techniker der Spurensicherung hinein. Es gab das übliche Wortgeplänkel, weil die Ermittler sich schon in der Wohnung umgesehen hatten. Dies mochten die Techniker nicht. Nach ihrer Ansicht wurden dabei schlicht zu viele Spuren vernichtet.

»Ich bin es. Wir haben Grawert festgenommen«, sagte Holly. Er stand im Treppenhaus und gab einen kurzen Einsatzbericht an Regina per Handy durch. Zum Schluss kam er auf den Fund zu sprechen, der seine Aufmerksamkeit gefesselt hatte.

»Wir haben Unterlagen sicherstellen können, aus denen hervorgeht, dass Grawert in einem Heim für schwer erziehbare Kinder gewesen ist. Findest du nicht, dass es ein merkwürdiger Zufall ist?«, fragte Holly.

*

Regina hatte sich die Angaben ihres Kollegen notiert und ging damit zu Florian. Der warf einen Blick auf die Notiz und schaute seine Vorgesetzte dann überrascht an.

»Woher haben Sie das?«, fragte er.

»Holly hat einige Unterlagen gefunden. Demnach muss Thorge Grawert im Heim aufgewachsen sein.«

Ihr Assistent suchte sich eine Liste heraus, die auf einem Stapel mit Papieren lag. Er drückte sie Regina in die Hand und deutete dabei mit dem Zeigefinger auf einen Namen. »Ich konnte die Heime einkreisen, in denen im fraglichen Zeitraum ein Fabian gelebt hat. Den Nachnamen wissen wir nicht, aber einer der Jungen könnte Dr. Fabian Rose sein«, sagte er.

Regina erkannte das Suchmuster ihres Mitarbeiters, der sich vom Elternhaus Roses in immer größeren Kreisen die Heime angesehen hatte. Die Liste in ihrer Hand wurde durch Hollys Fund besonders wertvoll.

»Grawert war eventuell im gleichen Heim wie Fabian Rose? Wollen Sie das andeuten?«, fragte sie verblüfft.

Es war unwahrscheinlich, dass in der Ermittlung zwei Heimkinder der gleichen Einrichtung zufällig verwickelt sein sollten.

»Ich setze mich mit der Heimleitung in Verbindung und lasse mir die Vermittlungsakten der Jungen mit dem Vornamen Fabian zusenden. Falls ich richtig liege, müssten dann die Mitglieder der Familie Rose als aufnehmende Personen genannt werden.«

Regina ließ ihrem Assistenten freie Hand und kehrte sehr nachdenklich in ihr Büro zurück. Dort suchte bereits Frank nach ihr.

»Es gibt weitere Neuigkeiten. Julia hat in Danzig angefragt, um mehr über die toten Matrosen zu erfahren. Das ist das Ergebnis«, sagte er.

Erneut streckte einer ihrer Mitarbeiter Regina ein Schreiben hin, und als sie die wichtigsten Daten überflogen hatte, schüttelte sie erstaunt den Kopf.

»Der Dienstag ist fast vorbei und bis jetzt hatten wir nur eine Reihe von nicht zusammenpassenden Fakten. Dann findet Holly einen Hinweis, der zu den Recherchen von Florian passt, und von den polnischen Kollegen kommt ein weiteres Puzzlestück hinzu«, stellte sie fest.

Einer der bei dem Anschlag ums Leben gekommenen Matrosen war einschlägig vorbestraft. Als die polnischen Kollegen aufgrund der Anfrage ihrer Kieler Kollegen in Danzig weitere Nachforschungen anstellten, stießen sie bei Jakub Mazur auf eine Halle. Der Matrose hatte sie in einem abgelegenen Winkel des Hafens angemietet. Als die polnischen Polizisten das Schloss aufbrachen und sich umschauten, kamen sie aus dem Staunen kaum mehr heraus.

»Das muss ja ein gewaltiges Warenlager sein«, staunte Regina.

»So wie es bisher aussieht, war Mazur für eine größere Organisation als Zwischenhändler aktiv«, stimmte Frank zu.

Regina hob den Blick, als ihr der Unterton in seiner Stimme aufging. »Du denkst dabei an Ivo Tatai?«

Es war zwar nur eine Ahnung, aber diese Verbindung drängte sich nach Franks Ansicht förmlich auf.

»Passt das mit den Informationen zusammen, die Holly erhalten hat? Tatai würde kaum seinen eigenen Frachter in die Luft sprengen, oder?«, zeigte Regina sich skeptisch.

»Darüber sollten wir mit Holly sprechen. Vielleicht kann er ein Treffen mit Freddy arrangieren, der ja offenbar bestens informiert zu sein scheint«, schlug Frank vor.

Regina fand den Vorschlag gut, doch vorerst war Holly noch in Mettenhof gebunden. Als sie Frank von dem dortigen Aktenfund berichtete, stieß ihr Stellvertreter einen überraschten Pfiff aus.

»Das wäre eine völlig neue Zielrichtung für unsere Ermittlungen. Ist der Name Fabian Rose denn jemals mit der rechten Szene in Verbindung gebracht worden?«, fragte er.

»Ich habe bereits bei der Abteilung 3 des Staatsschutzes angefragt, aber vermutlich gibt es gerade dringendere Angelegenheiten als meine«, sagte Regina.

»Jens hat sich bei dir nicht offiziell abgemeldet?«

»Nein, das hat Kriminaloberrat Singer übernommen. Er hat mich angerufen und mitgeteilt, dass Oberkommissar Vogt für einige Stunden der SOKO leider nicht zur Verfügung stehe«, erwiderte Regina.

»Mensch, das stinkt doch zum Himmel! Was sagt der Polizeipräsident zu diesem Versteckspiel?«, wollte Frank wissen.

Regina lächelte maliziös und zuckte dabei mit den Schultern. Frank schüttelte nur den Kopf. Der höchste Vorgesetzte von ihm und Regina beherrschte die Kunst, sich in unangenehmen Situationen unsichtbar zu machen.

»Was willst du machen? Soll ich allein weiterarbeiten oder kann ich Rana als Partnerin bekommen?«, fragte er.

»Oh, das habe ich völlig vergessen. Rana wurde bei dem Einsatz in Mettenhof angeschossen. Julia hat sie ins Universitätsklinikum gebracht«, sagte sie.

Frank zuckte erschrocken zusammen, doch Regina hob besänftigend eine Hand hoch. »Keine Panik, Frank. Sie hat Grawert gestellt, der ohne Vorwarnung geschossen hat. Das Projektil ist von der Schutzweste gestoppt wurden. Wir wollen nur auf Nummer sicher gehen und schwere Verletzungen durch eine Untersuchung ausschließen«, versicherte Regina.

Sie schaute in Franks betroffenes Gesicht und entschied sich kurzerhand zu einem gemeinsamen Besuch der Kollegin im Krankenhaus. »Wir hatten beide noch keine Pause, seit wir heute Morgen den Dienst angetreten haben. Was würdest du zu einem leckeren Krankenhauskaffee sagen?«

Ein erleichtertes Grinsen huschte über Franks Gesicht. »Eine sehr gute Idee, Chefin. Ich lade dich sogar dazu ein.«

Regina und Frank meldeten sich ab und kämpften sich durch den dichten Verkehr zur Feldstraße. Die Besucher der Kieler Woche strömten wie üblich zu den Veranstaltungsorten in der Innenstadt und der Kiellinie. An den

Bushaltestellen warteten oftmals mehr Fahrgäste, als die einzelnen Busse aufnehmen konnten.

Am Klinikum angekommen fragten Regina und Frank sich durch, bis sie auf Julia trafen.

»Rana spricht mit dem Arzt, der die Röntgenuntersuchung angeordnet hat. So wie es bisher aussieht, könnten eine oder zwei Rippen angeknackst sein. Eventuell hat sie eine Verletzung am Zwerchfells erlitten«, schilderte Beck die bisherigen Ergebnisse der ärztlichen Untersuchungen.

Bereits fünf Minuten später konnte Rana selbst Rede und Antwort stehen. Sie wirkte gefasst, auch wenn sie sich langsamer als gewohnt bewegte.

»Ich habe einen Stützverband angelegt bekommen. Zwei Rippen sind in Mitleidenschaft gezogen«, erklärte sie. Die Prellung des Zwerchfells würde vermutlich sehr bald abklingen, während die Heilung der Rippen mehr Zeit in Anspruch nahm. »Ich darf aber weiterhin Außendienst machen, solange ich keine Klettereinlagen oder Nahkämpfe bestreite«, versicherte Rana.

Ihr tat das deutlich gezeigte Mitgefühl von Regina und Frank sehr gut. Als die Kollegen gerade mit ihr aufbrechen wollten, eilte Dr. Radtke um die Ecke und hielt verdutzt an.

»Hallo. Was ist denn hier los?«, fragte er.

Frank klärte seinen Freund auf, der einen prüfenden Blick in Ranas Richtung schickte.

»Könnte ich Sie einen Moment unter vier Augen sprechen?«, fragte Sven die verletzte Polizistin.

Rana willigte voller Neugier ein. Der sympathische Rechtsmediziner hatte ihr auf Anhieb sehr gefallen.

»Wir fahren schon einmal voraus. Julia wartet auf dem Parkplatz auf dich«, sagte Regina.

Die Kollegen verabschiedeten sich von Sven, der sich nun an Rana wandte: »Frank hat mir von Ihrer Familiensituation berichtet. Dürfen Ihre Verwandten immer noch nicht nach Deutschland einreisen?«

Rana wusste, dass Frank mit dem Rechtsmediziner befreundet war. »Nein, es gibt keine ausreichende Begründung. So heißt es jedenfalls im offiziellen Sprachgebrauch«, antwortete sie.

Sven legte den Kopf leicht schräg und musterte Rana eindringlich. »Könnte es sein, dass Ihre Verwandten gesundheitliche Probleme haben, die derzeit in Aleppo nicht ausreichend behandelt werden können?«

Rana stutzte kurz, bevor sie antwortete. »Sowohl meine Tante als auch mein Onkel benötigen Medikamente und regelmäßige Untersuchungen, die ihnen seit Wochen verwehrt werden müssen. In den noch intakten Krankenhäusern werden alle Mittel zur Behandlung der durch den Krieg verursachten Verletzten benötigt.«

Zu ihrer Verwunderung trat ein zufriedenes Leuchten in Svens Augen. »Verstehen Sie mich jetzt bitte nicht falsch, aber das ist ausgesprochen hilfreich. Ich habe einen Freund bei Ärzte ohne Grenzen, den ich gerne auf die Schwierigkeiten Ihrer Familienangehörigen aufmerksam machen würde. Bei vorliegenden medizinischen Notfällen gibt es Ausnahmeregelungen, die eine beschleunigte Einreise nach Deutschland vorsehen.«

Es dauerte einige Sekunden, bis Rana begriff, was er ihr soeben anbot. Sie schaute Sven an. »Warum wollen Sie sich für meine Familie einsetzen?«, fragte sie.

»Sie gehören genau wie ich zu Franks Freunden und da müssen wir uns doch untereinander helfen. Soll ich mit meinem Freund Kontakt aufnehmen?«

Rana konnte sich diesen Hoffnungsschimmer einfach nicht entgehen lassen, daher schrieb sie ihm Namen sowie Anschrift ihrer Verwandten in Aleppo auf.

»Ich kann nichts versprechen, Rana. Sobald ich etwas erfahre, melde ich mich bei Ihnen.«

Sie war so dankbar, dass sie den Rechtsmediziner umarmen musste. »Danke, vielen Dank.« Mehr brachte Rana nicht hervor. Sven räusperte sich und entschuldigte sich dann mit dringenden Terminen.

Als Rana wenige Minuten später zu ihrer Kollegin ins Auto stieg, schaute Julia sie forschend an.

»Das Gespräch hat dir offenbar gutgetan«, stellte sie fest.

Rana lächelte sie nur an und genoss das warme Gefühl, welches die Hoffnung auf ein baldiges Wiedersehen mit ihrer Tante und ihrem Onkel bei ihr auslöste.

*

Für Freddy war die Welt nicht mehr so, wie er sie kennengelernt hatte. In den Anfangsjahren auf dem Kiez in Hamburg hatte er einen humaneren Umgang mit Prostituierten eingetrichtert bekommen, und dass man sein Revier mit allen Mitteln verteidigte.

»Damals hieß es aber immer noch, dass man seinen Rivalen zunächst eine Warnung zukommen ließ. Heute jagen sie dir einfach eine Kugel in den Schädel«, sprach er zu sich.

Die zurückliegenden Wochen zeigten dem alternden Zuhälter, dass seine Zeit langsam aber unerbittlich ablief. Die neue Generation sah in den Frauen lediglich eine Ware, die sie notfalls wie ein unbrauchbar gewordenes Handy wegwarfen. Es gab keine Regeln mehr, und das machte Freddy zunehmend zu schaffen.

»Noch bin ich aber im Ring, und das werdet ihr Dreckskerle zu spüren bekommen«, murmelte er.

Am Abend zuvor und dann am frühen Nachmittag dieses Tages war es zu weiteren Zwischenfällen gekommen. Langsam sprach es sich bei den Freiern herum, dass man seinem Vergnügen in Freddys Bordellen nicht mehr ungefährdet nachgehen konnte. Das konnte er nicht zulassen und plante deswegen einen Gegenschlag, den dieser Tatai so sicherlich kaum erwarten würde.

»Ja, verdammt! Es ist wichtig und geht uns alle an. Dein Haus in Strande hat doch schon gebrannt. Willst du tatenlos zusehen, bis es eines deiner anderen Einrichtungen trifft?«

Seit zwei Stunden telefonierte Freddy mit den Konkurrenten, die genau wie er zur Zielscheibe des Ungarn geworden waren. Es kostete ihn einiges an Überredungskunst, die Männer zu einem heimlichen Treffen zu bewegen. Alle hatten Angst, in eine Falle gelockt zu werden.

»Verflucht noch eins, Andy! Habe ich jemals einen von euch mit hinterlistigen Tricks reingelegt?«, fuhr er seinen Gesprächspartner an.

Für einige Sekunden blieb es still in der Leitung, bis endlich die erlösende Zustimmung kam. Freddy nannte Ort und Zeitpunkt für das Treffen, bevor er das Gespräch beendete. Ihm blieben noch vier Stunden, um die Vorsichtsmaßnahmen abzuschließen. Er traute nur wenigen Männern ohne Einschränkung, und die mussten während seiner Abwesenheit auf die Bordelle achtgeben. Freddy dachte angestrengt nach und trank dabei seinen Whisky. Schließlich sah er ein, dass ein gewisses Risiko übrig blieb.

Er griff erneut zum Handy und rief seinen Steuermann an, damit dieser die Jacht zum Auslaufen bereit machte.

»Ich erwarte einige Gäste, die ohne viel Aufsehen an Bord gehen müssen. Sorgen Sie dafür, dass wir in drei Stunden ablegen können«, ordnete Freddy an.

Er räumte sich ein Sicherheitspolster von einer Stunde ein, weil er seine Konkurrenten bestens kannte. Andy würde vermutlich zwei seiner Leute vorschicken, die sich im Jachthafen umsehen sollten. Trotzki würde erst in allerletzter Sekunde eintreffen, nachdem er die anderen Männer an Bord hatte gehen sehen.

»Ich verlasse mich auf Sie«, schloss er das Gespräch.

Joe würde dafür sorgen, dass genügend Getränke an Bord wären. Außerdem sollte er ausreichend Treibstoff bunkern, damit die Jacht notfalls einen längeren Törn über die Ostsee antreten konnte. Für Freddy war nicht absehbar, wie lange sich die Aussprache hinziehen würde.

»Dieses verfluchte Misstrauen macht alles noch komplizierter«, schimpfte er halblaut.

Vor 20 Jahren hatte das Wort eines Mannes auf dem Kiez genügt, um eine offene Aussprache zu gewähren. Heutzutage traute niemand mehr dem anderen und erwartete ständig, aufs Kreuz gelegt zu werden.

»Junge Angeber mit Hosen, die in den Kniekehlen hängen und die mit Maschinenpistolen um sich ballern. Scheiß neue Zeit!«, murrte Freddy.

Nicht einmal sich selbst gegenüber mochte der Zuhälter eingestehen, dass ihm ebenfalls die Angst im Nacken saß. Ivo Tatai ging den Weg aller Gangster. Er drängte mit großer Brutalität in den Markt, tötete seine Konkurrenten öffentlichkeitswirksam, um damit den restlichen Kriminellen eine Heidenangst einzujagen. In ihrer Panik griffen die Männer ebenfalls zu rabiaten Methoden, was wiederum zu Massakern unter den Banden führte.

»Das scheint diesen Ungarn ja nicht zu stören. Vollidiot!«, knurrte Freddy.

Mit dem angesetzten Treffen wollte er die weitere negative Entwicklung verhindern. Sie mussten gegen Tatai zusammenhalten und ihm die Stirn bieten. Wenn er keinen schnellen Zugang in den Markt erzwingen konnte, würde der Ungar sich vermutlich nach Lübeck oder Schleswig umorientieren. Es musste einfach klappen. Die Konkurrenten würden erkennen, was für jeden Einzelnen von ihnen auf dem Spiel stand und dass sie nur als geschlossene Front etwas gegen Tatai ausrichten konnten.

»Wenn das fehlschlägt, wird es blutig in Kiel«, sagte sich Freddy.

Sollte Ivo Tatai vorzeitig von der sich entwickelnden Allianz erfahren oder beim Aufflackern der Kämpfe einer der Konkurrenten einknicken, würde er brutal zuschlagen. Freddy war sich nicht sicher, ob er so weit gehen wollte. Vielleicht war seine Zeit wirklich abgelaufen.

»Aber den Zeitpunkt bestimme ich und nicht so ein verfluchter Schafhirte«, murmelte er trotzig.

KAPITEL 7

Der Besuch bei dem Landesvorsitzenden der Sozialdemokraten hatte Jens in Erklärungsnot gebracht.

»Wenn diese Hinweise sich als korrekt herausstellen, sieht es schlimm aus«, meldete er seinem Vorgesetzten.

Jens war ein Wagen aufgefallen, der ihn verfolgt hatte. Der Fahrer hatte sich nicht dumm angestellt, verfügte aber offenkundig nicht über seine Erfahrung. Jens hatte einen Blick auf das Kennzeichen erhaschen können und kurze Zeit später gewusst, wer ihn beschattet hatte.

»Hauptkommissar Reuter war von Anfang an sehr misstrauisch. Wenn wir ihm keine schlüssige Erklärung liefern können, wird er damit die Saß anstecken«, erklärte er.

Jens schaute den Oberrat auffordernd an. Seine Mission war an einem Punkt angelangt, an dem die Entscheidung erforderlich wurde. Der Politiker, der eine wichtige Rolle auf Landes- und Bundesebene spielte, hatte ihn eindringlich gewarnt.

»Sie schätzen es also so ein, dass wir jetzt nicht mehr unter der Deckung der SOKO weitermachen können. Verstehe ich Sie da richtig?«, wollte Singer wissen.

Jens verkniff sich ein verärgertes Aufseufzen. Männer wie Singer waren nicht durch schnelles Handeln auf ihrem Stuhl gelandet, sondern weil sie ausgesprochen geschickt manövrieren konnten. Der Oberrat überließ seinem Untergebenen die Entscheidung.

»Entweder wir weihen Hauptkommissarin Saß und ihren Stellvertreter ein oder gehen ab sofort eigene Wege«, erwiderte Jens.

Singer lehnte sich zurück und massierte nachdenklich die Nasenwurzel. Jens wartete ab. Die Sekunden dehnten sich zu zwei Minuten, bevor der Leiter der Abteilung 3 sich räusperte.

»Wir wählen den Mittelweg, Vogt. Ich kläre es mit Saß ab. Sie machen sich umgehend auf den Weg nach Danzig und recherchieren dort weiter. Wir brauchen schnelle Ergebnisse, wie Ihnen hoffentlich bewusst ist«, sagte der Oberrat.

Nachdem Singer seine Anweisungen erteilt hatte, durfte Jens gehen. Sosehr ihm diese Lösung missfiel, Singer war weisungsbefugt. Er hatte sich so positioniert, dass er jederzeit auf der richtigen Seite stehen würde. Erwiesen sich die Anschuldigungen des Politikers als übertrieben oder gar völlig aus der Luft gegriffen, würde Jens' Vorgesetzter seinen Mitarbeiter wieder als Teil der SOKO ansehen. Sollte er jedoch tatsächlich Verbindungen zwischen terroristischen Anschlägen, dem organisierten Verbrechen sowie hochrangigen Politikern aufdecken, müssten die Ermittlungen vom Staatsschutz geführt werden.

Wehe, wenn es der Wahrheit entsprach. Dann wäre es echt übel, dachte er.

Er würde in absehbarer Zeit nicht mehr in die Gartenstraße zurückkehren, sondern wie so oft auf sich allein gestellt ermitteln. Diese Art der Arbeit gehörte zu seinem Alltag, aber die Zusammenarbeit mit Frank hatte ihm gefallen. Jens wurde dadurch an seine Anfangszeit im LKA erinnert, wo er ebenfalls mit einem Partner Dienst geschoben hatte.

»Immer den Blick nach vorne richten«, ermahnte er sich.

Während er in seine Wohnung fuhr, um die Reisetasche zu packen, buchte seine Dienststelle bereits den Flug nach Danzig. Keine Stunde später starrte Jens durch das kleine Fenster der Turbo-Prop-Maschine hinunter auf die leuchtenden Segel der Regattaboote auf der Kieler Förde. Sein Ausflug in die polnische Küstenstadt verhinderte leider, dass er den Auftritt seiner Lieblingsband mitverfolgen konnte.

Wieder ein Tag ohne die guten alten Hits von Led Zeppelin und Uriah Heep, dachte er wehmütig. Die Coverband *Bassdreams* trat regelmäßig während der Kieler Woche auf, und sofern es sein Dienstplan zuließ, gehörte er zu den treuesten Besuchern. Dieses Mal musste er fern bleiben. Jens summte unwillkürlich ›Lady in Black‹ von Uriah Heep, während er über seinen bevorstehenden Besuch in Danzig nachdachte.

Er würde sehen, ob die polnischen Kollegen ebenfalls schon eine Verbindung zu Tatai hergestellt hatten.

In der Vergangenheit hatte es tödliche Anschläge auf Politiker in verschiedenen europäischen Staaten gegeben, die von Angehörigen krimineller Organisationen als Auftragsarbeit erledigt worden waren. Sollte es bei der aktuellen Ermittlung eine solche Verbindung zu Tatai geben, standen dem Staatsschutz möglicherweise schwere Zeiten bevor.

*

Die Stimmen aus dem Großraumbüro drangen nur gedämpft in das Büro von Regina. Sie schaute von Frank, der lässig an der Wand lehnte, hinüber zu Holly. Der hünenhafte Glatzkopf saß auf dem einzigen Besucherstuhl und schüttelte verärgert den Kopf.

»Die Herren des Staatsschutzes fahren also zweigleisig

und wir werden bestenfalls darüber informiert, wenn Jens eine Weile nicht für die Arbeit in der SOKO zur Verfügung steht«, fasste Holly die Ausführungen von Regina zusammen.

»Exakt. Oberrat Singer hat mir mitgeteilt, dass es einen Teilaspekt unserer Ermittlungen gibt, dem Jens zurzeit nachgeht«, ergänzte Regina.

»Er hält es aber nicht für nötig, dich über die Details zu informieren«, warf Frank ein. Sein düsterer Blick fixierte einen Punkt auf dem Schreibtisch der Leiterin.

Regina zuckte lediglich mit den Achseln. »Wir müssen es vorerst akzeptieren, Frank. Singer war immerhin so entgegenkommend, mir einen Rat zu erteilen«, erwiderte sie.

Der aalglatte Leiter der Fachabteilung 3 des LKA hatte Regina vorgeschlagen, die Ermittler der SOKO vorerst mit Nachforschungen zum Privatleben von Dr. Rose zu beschäftigen.

»Indem er dir gegenüber andeutet, dass es dunkle Stellen im Leben des Bankmanagers gibt? Und gleichzeitig lassen wir die Nachforschungen in Bezug auf den Anschlag im Ostuferhafen ruhen?«, fragte Frank spöttisch. Er war müde und frustriert. Die Ermittlungen kamen nur sehr zäh voran und durch die Heimlichtuerei des Staatsschutzes fühlte er sich behindert. Die Alleingänge von Jens deuteten eine Richtung an, die seiner Auffassung nach dringend verfolgt werden müsste. Doch der Einfluss des Staatsschutzes reichte sogar so weit, dass Oberrat Singer gewisse Verbote aussprechen konnte.

»Wir müssen es erst einmal hinnehmen, Frank. Sobald Jens sich wieder hier blicken lässt, werde ich mich sehr ausführlich mit ihm unterhalten«, sagte Regina.

Er nahm Saß' letzten Satz hin und warf einen Blick auf seine Armbanduhr. Regina griff die Andeutung sofort auf.

»Machen wir Feierabend für heute. Holly muss seine Kinder wenigstens einmal am Tag sehen und Butch scharrt garantiert schon mit den Hufen«, stellte sie fest.

»Hufe? Hältst du Butch etwa für ein Pferd?«, fragte Frank gespielt entrüstet.

»Pony träfe es vermutlich besser«, warf Holly schmunzelnd ein.

Frank schnaubte nur.

»Nein, Butch ist eine besondere Mischung aus Dogge und Mensch«, ließ sich Regina vernehmen und lachte.

Diese Einschätzung fand Frank zutreffend und ließ sie unkommentiert stehen. Er verließ das Büro der Leiterin und ging zu seinem Schreibtisch, um seine Jacke und das Handy zu holen. Zu seiner Verwunderung stand Sven am Schreibtisch von Rana. Neugierig ging Frank hinüber und legte seinem Freund die Hand auf die Schulter. Der Rechtsmediziner zuckte zusammen und schaute Frank strafend an.

»Musst du einen so erschrecken?«, beschwerte er sich.

Offenbar fühlte er sich erwischt. Frank wusste nur nicht, wobei und warum.

»Sven war so lieb, einem Freund bei der Organisation Ärzte ohne Grenzen auf die Situation meiner Verwandten aufmerksam zu machen. Er wollte mir nur mitteilen, dass man sich jetzt kümmert«, erklärte Rana. Sie strahlte den Rechtsmediziner mit ihren dunklen Augen an, und auf einmal verstand Frank die Verunsicherung seines Freundes.

»Dann sollten wir es feiern, oder nicht? Ich wollte an die Kiellinie, um einen Happen zu essen und ein oder zwei Bier zu trinken. Schließt ihr euch an?«, schlug er vor.

Franks Vorschlag wurde mit Begeisterung akzeptiert. Er wies nur darauf hin, dass er zuvor noch Butch bei seiner Vermieterin abholen musste.

»Diese verfressene Dogge soll mitkommen? Dann müssen wir gut auf unser Essen aufpassen«, sagte Sven.

Rana lachte laut auf und hakte sich kurz darauf bei den beiden Männern unter.

*

Der Anruf erwischte Regina mitten beim Kochen. Die Witwe von Rose ordnete das Klirren von Besteck richtig ein und wollte sich später noch einmal melden, wenn es der Hauptkommissarin besser passen würde.

»Ich habe noch nicht angefangen«, lehnte sie die Entschuldigung ab.

Doch Evelyn Roses Vorschlag war dazu angetan, Reginas Hunger in den Hintergrund zu drängen.

»Sie möchten jetzt mit mir sprechen? Kann es nicht bis morgen warten?«, fragte sie ungläubig. Es graute Regina davor, den Abend mit einer trauernden Witwe zu verbringen. Die anfängliche Reserviertheit, mit der sie auf die Nachricht des Todes ihres Ehemannes reagiert hatte, war möglicherweise lediglich ein Schutzreflex gewesen.

»Ich habe einige Dinge im Arbeitszimmer meines Mannes gefunden, die mir keine Ruhe lassen. Möglicherweise habe ich mich in Bezug auf das Motiv für seinen Tod getäuscht«, erklärte Evelyn.

Die Stimme der Witwe klang fest und keineswegs weinerlich, wie Regina erkennen musste. Sie warf einen prüfenden Blick auf die Schale in der Mikrowelle, die vor wenigen Sekunden geklingelt hatte.

»Ich bin in einer halben Stunde bei Ihnen«, erwiderte Regina schließlich.

Daraufhin beförderte sie die aufgewärmte Lasagne in den Mülleimer und schlüpfte in einen Hosenanzug, der nicht zu elegant und trotzdem formell genug wirkte. Auf der Fahrt durch die Innenstadt, in der es noch lebhafter als üblich zuging, grübelte Regina über den seltsamen Anruf nach.

»Was hat sie wohl im Arbeitszimmer gefunden?«

Es war eine müßige Beschäftigung, die zu keinem brauchbaren Ergebnis führen konnte. Als Regina schließlich vor der Villa im Niemannsweg stand und hinauf zur Kameralinse schaute, spürte sie eine wachsende Neugier. Vielleicht würde dieser Besuch der Durchbruch für ihre Ermittlungen darstellen.

»Danke, dass Sie so spät noch Zeit für mich haben«, begrüßte sie Evelyn.

Das schmale Etuikleid betonte die Figur der Witwe. Schwarz stand der Blondine sehr gut und wurde durch das bunte Tuch aufgelockert, welches Evelyn sich um die Schultern drapiert hatte. Regina kam der Aufforderung nach und ging durch die weitläufige Diele ins Wohnzimmer.

»Ich habe mir einen Überblick über die Unterlagen in Fabians Arbeitszimmer verschaffen wollen. Dr. Brahms hat mich darum gebeten, für den Fall, dass sich vertrauliche Unterlagen der Bank darunter befinden sollten«, erklärte Evelyn.

Sie führte Regina ins Arbeitszimmer und deutete auf die auf der Schreibtischplatte ausgebreiteten Dokumente.

»Dabei bin ich auf diese Sammlung von Schuldscheinen gestoßen«, schloss Evelyn ihren Bericht.

Das Wort löste die Alarmglocken bei Regina aus.

»Schuldscheine? Wir waren bisher davon ausgegangen, dass die finanzielle Situation Ihres Haushaltes unbelastet sei«, staunte sie.

Die Witwe rieb die Hände und schaute ratlos auf den Schreibtisch. »Ja, ich ebenfalls. Fabian hätte mich doch jederzeit fragen können, wenn er Geldprobleme hatte. Ich verstehe es selbst nicht«, erwiderte sie.

Regina zog sich die Latexhandschuhe aus ihrer Umhängetasche über und betrachtete die Schuldscheine. Bei den Summen, die auf den Scheinen aufgeführt wurden, wurde es Regina ein wenig schwindlig.

»Kennen Sie die Namen der Gläubiger?«, fragte sie.

Evelyn schüttelte stumm den Kopf. Regina kannte sie umso besser. Die Kriminaltechniker würden sich die Schuldscheine genau ansehen.

»Wenn ich die Summen addiere, kommt ein hoher fünfstelliger Betrag zusammen. Wofür könnte Ihr Mann so viel Geld benötigt haben?«, fragte Regina.

»Darüber zerbreche ich mir den Kopf, seitdem ich diese Papiere gefunden habe. Ehrlich? Ich habe nicht die geringste Ahnung, Frau Saß«, antwortete Evelyn.

Sie wirkte aufrichtig und so bezweifelte Regina die Aussage nicht. Dr. Fabian Rose barg mehr Geheimnisse, als man bislang vermutet hatte. Das Bild des seriösen Bankmanagers ohne Feinde wurde immer löchriger.

»Die Frage wird Ihnen vermutlich unpassend erscheinen, Frau Rose. Ich muss sie trotzdem stellen. Kann es sein, dass Ihr Mann das Geld für Frauen oder Drogen ausgegeben hat?«

Ein Schatten glitt über das schmale Gesicht der Witwe. Regina empfand Mitleid mit der Frau, auch wenn diese ihr eigenes Leben neben der Ehe geführt hatte. Der brutale

Mord hatte ihr Bild von der Ehe ins Wanken gebracht. Der Fund dieser Schuldscheine und die daraus abzuleitenden Schlussfolgerungen warfen ein zerstörerisches Licht auf die sorgsam gepflegte Fassade der Familie Rose.

»Vor wenigen Tagen hätte ich es rundweg als Unfug abgetan, Frau Saß. Heute kann ich es nicht mehr ausschließen. Fabian hat offenbar ein Doppelleben geführt, von dem ich keine Ahnung hatte«, antwortete Evelyn sehr freimütig.

Im Augenblick konnte Regina nichts anderes machen, als das Arbeitszimmer zu versiegeln und die Techniker anzufordern. Angesichts der späten Abendstunde durfte sie nicht erwarten, dass die Spezialisten noch anrücken würden. Es gab dringlichere Einsätze, weshalb die Auswertung erst am kommenden Tag beginnen konnte.

»Haben Sie noch nicht zu Abend gegessen?«, fragte Evelyn in der Diele.

Regina dachte an die aufgewärmte Lasagne und schüttelte mit einem Lächeln den Kopf. »Nein, aber das hole ich gleich nach«, versicherte sie.

Evelyn machte eine einladende Geste in Richtung des Wintergartens, in dem Windlichter aufgestellt waren. »Unsere Haushälterin hat mir ein sehr üppiges Büfett angerichtet. Die Gute hat vergessen, dass Fabian nicht zum Essen kommt. Würden Sie mir die Freude machen und mit mir speisen?«

Die Einladung kam völlig unerwartet und im ersten Reflex wollte Regina rundweg ablehnen. Doch dann überlegte sie es sich anders. Bei dieser Gelegenheit ließen sich zwei Dinge miteinander verbinden. Regina bekam eine gute Mahlzeit und konnte so nebenbei Evelyn nach ihrem Zusammenleben mit dem Opfer ausfragen.

*

Das anhaltende Läuten der Türklingel wurde von dem unwilligen Knurren der englischen Dogge untermalt. Frank öffnete ein Auge und starrte den Digitalwecker auf seinem Nachtschrank an. Er hätte noch fast eine Stunde schlafen können.

»Wetten, das ist Jasmin? Die junge Lady hat vermutlich wieder den Haustürschlüssel vergessen«, brummte Frank.

Seine Tochter benutzte den Schlüssel zur Wohnung ihres Vaters nur selten. Meistens kam sie zu der verabredeten Zeit und läutete nur, wenn sie den Schlüssel verlegt hatte. Auf dem Weg zur Tür schnappte Frank sich seine Jeans und stieg hinein, bevor er öffnete.

»Na, wieder einmal ….«

Die restlichen Worte blieben ungesagt, weil nicht Jasmin vor seiner Tür stand. Das freudige Japsen von Butch entlockte Regina ein erfreutes Lächeln. Sie hob eine Papiertüte mit dem Logo einer bekannten Bäckerei hoch und schaute Frank entschuldigend an.

»Ich weiß, dass es noch sehr früh ist. Deswegen die Brötchen. Ich muss mit dir sprechen und das Thema eignet sich nicht fürs Büro«, sagte sie.

Frank trat zurück und ließ seine Vorgesetzte in die Wohnung. »Dann springe ich erst einmal unter die Dusche. Die Küche ist da drüben, und solange der Kaffee durchläuft, kannst du mit Butch eine Runde um den Block drehen«, erklärte er.

Die Dogge grunzte und kläffte vor Begeisterung. Regina lachte laut los und legte salutierend eine Hand an die Schläfe.

»Jawohl, Herr Hauptkommissar«, erwiderte sie.

Ihre gute Laune machte Frank stutzig. Was immer

sie mit ihm zu besprechen hatte, schien jedenfalls nicht schlimmer Natur zu sein. Er würde es schon bald erfahren, aber vorher musste das heiße Wasser aus der Dusche seine Lebensgeister wecken. Als er sich 15 Minuten später die Haare mit dem Handtuch trocken rieb, hörte er Regina an der Wohnungstür. Sekunden später schob sich der breite Schädel von Butch durch die Tür.

»Vergiss es, Kumpel. Deine Schüssel mit Wasser steht in der Küche und jetzt raus hier«, sagte Frank.

Die Dogge warf einen abschätzigen Blick zur Toilette, deren Deckel wie üblich nach unten geklappt war. Frank hängte das Handtuch auf die Stange und öffnete das Fenster. Anschließend schlüpfte er in ein frisches Hemd und tappte dann auf nackten Füßen in die Küche. Regina hatte bereits den Tisch gedeckt und zwei Becher mit heißem Kaffee aufgefüllt.

»Alles recht so?«, fragte sie.

In ihren Augen leuchtete es verdächtig und auf einmal wusste Frank, worüber Regina mit ihm sprechen wollte. Gleichzeitig spürte er ein leichtes Kribbeln in der Magengegend. Für einen Moment kehrten die Erinnerungen an den vorherigen Abend zurück, an dem er Zeuge der Verliebtheit zweier Menschen geworden war. Hoffentlich waren Reginas Gefühle nicht dazu geeignet, ein emotionales Chaos zu erzeugen. Frank war sich sicher, dass Regina immer noch sehr viel für Rana empfand.

»Ausgezeichnet. Und nun endlich raus mit der Sprache. Was ist denn so Ungewöhnliches passiert, dass du nur hier darüber reden kannst?«, erwiderte er.

»Ich habe die letzte Nacht mit Evelyn Rose verbracht«, antwortete Regina.

Der Kaffee in seinem Mund verhinderte eine unmittelbare Reaktion. Frank würgte ihn hinunter und verschluckte sich prompt, was einen heftigen Hustenreiz auslöste. »Das soll hoffentlich ein Witz sein?«

Sie schüttelte mit einem zarten Lächeln den Kopf, was Frank zu einem leisen Fluch veranlasste. Er gönnte ihr eine neue Liebe von ganzem Herzen. Durch ihre Zusammenarbeit im Mordfall Bernd Claasen hatte Frank seine aktuelle Vorgesetzte näher kennen und schätzen gelernt.

»Du bist verrückt«, konstatierte er nach kurzem Schweigen.

Regina zuckte hilflos mit den Schultern. »Es ist einfach passiert. Klingt blöd, ich weiß, aber es war nun einmal so«, sagte sie ernst.

Jetzt verstand Frank, warum sie dieses Gespräch unbedingt vor dem Dienstbeginn in seiner Wohnung führen wollte. Es war klar, was Regina jetzt von ihm erwartete.

»Du hast letztes Mal zu mir gestanden, obwohl ich wegen der Verwicklung von Jasmin vom Fall abgezogen hätte werden müssen«, sagte er.

Regina nippte an ihrem Kaffee und schwieg.

»Es gelten die gleichen Bedingungen für dich wie damals für mich. Einverstanden?«

Das erleichterte Lächeln war Antwort genug. Frank seufzte theatralisch. »Als wenn diese Ermittlung nicht schon kompliziert genug wäre«, grummelte er.

Regina strich mit den Fingerkuppen über seine Hand, die neben dem Teller lag. »Danke«, sagte sie nur.

Frank grinste sie verschwörerisch an und schnitt ihnen dann jeweils ein Brötchen auf.

*

Die morgendliche Einsatzbesprechung dauerte länger als sonst. Neben den neuen Erkenntnissen des Vortages kamen noch die ersten Ergebnisse der spurentechnischen Auswertung aus dem Arbeitszimmer von Dr. Fabian Rose hinzu.

»Die Kollegen der Kriminaltechnik sind zuerst in die Villa gefahren, um alle Dokumente zu sichern. Die Namen auf den Schuldscheinen sind mittlerweile jedem hier bekannt und wer diese Männer sind, muss ich wohl niemanden im Raum erklären«, führte Regina aus.

Zustimmendes Gemurmel ertönte. Wenn der Bankmanager bei diesen Männern Schulden hatte, gab es nur einen Grund dafür.

»Wir dürfen davon ausgehen, dass Dr. Rose ein notorischer Spieler war. Holly wird die weiteren Untersuchungen dazu leiten. Sozusagen aus alter Verbundenheit zu dem Klientel«, fuhr Regina fort.

Leises Gelächter kam auf. Jeder der Männer, dem Rose Geld schuldete, gehörte gleichzeitig ins Rotlichtmilieu. Holly grinste pflichtschuldig, während Rana die Hand hob.

»Ja, bitte?«, fragte Regina.

»Müssen wir dann nicht annehmen, dass zwischen dem Anschlag auf den Frachter und dem Mord an Dr. Rose kein Zusammenhang besteht? Die Schulden deuten doch darauf hin, dass er vermutlich Schwierigkeiten mit einigen Größen des Rotlichtmilieus hat«, wandte Rana ein.

»Diese Möglichkeit besteht. Leider gehen unsere Ermittlungen in Bezug auf den Sprengstoffanschlag weniger zügig voran«, stimmte Regina zu.

»Wo ist Jens? Geht er Hinweisen nach?« Julia hatte die unvermeidliche Frage gestellt.

Florian Koller stimmte sich mit einem kurzen Blick zur Leiterin ab, bevor er die Antwort gab.

»Richtig geraten. Der Kollege Vogt geht einer Spur nach, über die wir zurzeit aber nicht weiter diskutieren können.«

Verwunderte Blicke schossen durch den Raum, aber Regina stoppte die Flut an Fragen mit einer knappen Geste.

»Das hat nichts mit Geheimniskrämerei unsererseits zu tun. Es gibt aber Querverbindungen zur Politik«, sagte sie.

Weitere Auskünfte würde sie sich nicht entlocken lassen, was aber nicht erforderlich war. Jeder Ermittler im Raum kannte Jens' Zugehörigkeit zum Staatsschutz und konnte sich so seinen eigenen Reim darauf machen.

»Florian? Haben Sie noch Ergänzungen?«, fragte Regina.

»Ich konnte mittlerweile das Heim ausfindig machen, in dem Dr. Rose bis zu seiner Adaption gelebt hat. Er war zusammen mit seinem älteren Bruder dort eingewiesen worden, nachdem ihre Eltern ums Leben gekommen waren.« Florian neigte zu langatmigen Vorträgen, die bei dem ein oder anderen einschläfernd wirkten. Er hatte jedoch dazugelernt und ließ Sekunden später die Bombe platzen.

»Der Nachname von Fabian lautet wie der seines Bruders Thorge. Also Grawert«, sagte er leise.

Es dauerte einige Sekunden, bevor alle Ermittler die Tragweite dieser Eröffnung erfasst hatten. Frank dagegen traf die Eröffnung nicht unvorbereitet. Florian hatte Regina und ihn zuvor über diese Entwicklung informiert. Das Stimmengewirr ebbte ab und alle Blicke hafteten sich auf Frank.

»Ich denke, dass niemand mehr daran zweifelt, dass wir ausreichend Arbeit vor uns haben. Jedes neue Detail aus dem Leben von Dr. Rose muss untersucht und auf ein mögliches Motiv für den Mord überprüft werden«, sagte er.

Als er die Zustimmung in den Gesichtern bemerkte, nickte Frank Florian zu. Er würde die Aufgaben verteilen, so wie Regina es zuvor mit ihm besprochen hatte.

Holly hatte sich unterdessen ans andere Ende des Raumes zurückgezogen, um einen Anruf entgegenzunehmen.

KAPITEL 8

Die Stimmung unter den Männern war extrem angespannt. Freddy Dombrowski hatte nicht erwartet, dass es einfach werden würde.

»Wenn wir uns nicht einmal einigen können, wenn jemand von draußen den gesamten Markt übernehmen will, können wir gleich in Rente gehen«, rief er aus.

Wütende Blicke trafen ihn, doch das beeindruckte den Zuhälter nicht.

»Jeder misstraut jedem. Was für Scheißzeiten sind das eigentlich? Bislang lief es für uns alle wirklich gut in Kiel. Doch jetzt kommt so ein Angeber daher und will uns alle nacheinander aus dem Weg räumen. Und das wollt ihr im Alleingang bewältigen?«, fuhr er unerbittlich fort.

Andreas ›Andy‹ Kammholz leerte sein Glas in einem Zug und füllte sich großzügig aus der Whiskyflasche nach. Dann erwiderte er Freddys zwingenden Blick.

»Ich habe dem Ungarn bereits eine Lektion erteilt. Der wird sich gut überlegen, ob er sich noch einmal mit mir anlegt«, sagte er.

Einige der Männer schauten ihn ratlos an. Freddy hatte geahnt, dass Andy hinter dem brutalen Anschlag steckte. Kammholz hatte schon in der Vergangenheit auf Handlanger der rechten Szene zurückgegriffen.

»Und du glaubst wirklich, dass Tatai sich davon beeindrucken lässt, wenn du einen seiner Frachter in die Luft sprengst?«, fragte er daher.

Überraschte Rufe wurden laut. Gregor, der neben Andy auf der Lederbank saß, klopfte diesem anerkennend auf die Schulter.

»Die Botschaft dürfte angekommen sein. Falls du Probleme mit harten Bandagen hast, kannst du mir gerne dein Geschäft überschreiben«, erwiderte Andy.

Freddy erhob sich langsam. Alle an Bord verfolgten seine Reaktion. Es wurde Zeit, seinem Konkurrenten eine Lektion zu erteilen. »Ich schalte mein Hirn ein, bevor ich rede. Fällt euch nichts auf? So in Bezug auf dieses Treffen?«, fragte er.

»Worauf willst du hinaus?«, reagierte Gregor, der nicht dafür bekannt war, besonders geduldig zu sein.

»Wer sagt euch, dass ich euch nicht im Auftrag von Tatai hierher gelockt habe? Vielleicht nutze ich aber nur die Gelegenheit, um ohne sein Wissen lästige Konkurrenz auszuschalten. Ihr sitzt hier auf meiner Jacht, die weit draußen auf der Förde fährt, und habt nichts Besseres zu tun, als euch gegenseitig den harten Kerl vorzuspielen. Wie armselig!«

Freddys Worte brachten die Männer zum Schweigen. Andy und Gregor rutschten ein Stück auseinander, während ihre Hände unter die Jacken glitten. Das Misstrauen untereinander war spürbar, doch keiner der Anwesenden spuckte mehr große Töne.

»Es ist keine Falle, verdammt noch mal! Ich erwarte aber, dass ihr endlich aufhört, den Kopf in den Sand zu stecken. Wir müssen gemeinsam gegen Tatai vorgehen, wenn wir eine Chance haben wollen. Ist das endlich in euren Holzköpfen angekommen?«, fuhr Freddy fort.

Das kleine Intermezzo reinigte die Luft und verhalf Freddy zu der Aufmerksamkeit, die er so dringend benötigte. Ihm musste es gelingen, die Kräfte zu bündeln und den Angriff des Ungarn abzuwenden.

»Tatai muss erkennen, dass der Preis zu hoch ist. Sobald er das kapiert hat, wird er Kiel von seiner Speisekarte streichen«, erklärte Freddy.

Seine Argumentation leuchtete allen ein und nach vielen Stunden unnützer Diskussionen steckten die einflussreichsten Männer der Kieler Unterwelt endlich die Köpfe zusammen. Freddy hatte einen grundsätzlichen Plan entwickelt und besprach ihn mit seinen Konkurrenten.

»Machen wir eine Pause. Ich habe einen Catering-Service beauftragt, uns einen kleinen Imbiss vorzubereiten«, sagte er eine Stunde später.

Freddy holte die Platten aus der Kombüse und stellte sie auf dem Tisch ab. Das Servicepersonal hatte an Land bleiben müssen, da ihre Zusammenkunft zu heikel war, um fremde Ohren in der Nähe zu dulden.

»Greift zu. Ich habe genug vorbereiten lassen, damit wir später nochmals einen Happen zu uns nehmen können«, forderte Freddy seine Gäste auf.

Er warf danach einen prüfenden Blick auf die Uhr und schüttelte leicht den Kopf. Der Dienstag neigte sich bereits seinem Ende entgegen und bislang hatte er nur wenig erreicht.

Wenigstens redeten sie miteinander, statt sich gegenseitig zu belauern, dachte er.

Mit ein wenig Glück konnten sie gegen Mitternacht wieder anlegen und jeder von ihnen kannte seine Aufgabe. Sollte Tatai in den kommenden 48 Stunden keine weiteren Aktionen starten, standen ihre Chancen sehr gut, dem Ungarn einige böse Überraschungen zu bereiten.

*

Als Jens von einem uniformierten Beamten zum Büro des leitenden Ermittlers geführt wurde, staunte er über die Ruhe in dem Gebäude. Nur einmal vernahm er das Geräusch schneller Schritte und lautes Rufen. Schließlich blieb der Polizist vor einer Tür stehen und klopfte an. Er machte Jens ein Zeichen, dass der Oberkommissar im Gang warten sollte. Keine Minute später öffnete sich die Tür wieder und ein kleiner Mann mit viel Bauch winkte ihn herein.

»Sie kommen aus Kiel?«, fragte er.

Die Aussprache war zwar gewöhnungsbedürftig, aber der Kollege sprach fließend Deutsch.

»Ja, Oberkommissar Vogt. Meine Dienststelle sollte mich angemeldet haben«, erwiderte er. Sein Blick wanderte hinüber zur Fensterbank, die mehrere Reihen unterschiedlicher Kakteen beherbergte.

»Stanislaw Lewinski. Sagen Sie einfach nur Stan, das reicht völlig«, stellte der Pole sich vor.

Jens löste den Blick von den Kakteen und setzte sich auf den angebotenen Stuhl an einen runden Tisch, der mit Aktenstapeln und einer Sammlung loser Blätter belegt war. Lewinski schnappte sich eines davon und wedelte damit herum.

»Das ist Ihre Anmeldung, Jens. Man hat Sie an mich verwiesen, weil der Name Ivo Tatai darin auftaucht«, sagte er.

Seine joviale Art irritierte Jens ein wenig, aber er drängte seine Zweifel über Lewinskis Kompetenz zurück. Während er seinen polnischen Kollegen mit den gefilterten Informationen der Vorfälle in Kiel versorgte, schaltete der quirlige Stan eine Kaffeemaschine ein. Schließlich blubberte das urtümliche Gerät vor sich hin und der aromatische Duft von frisch aufgebrühtem Kaffee verbreitete sich im Büro. Jens fühlte sich um 50 Jahre in die Vergangenheit zurück versetzt.

»Sie tun gut daran, hierherzukommen. Wir haben mit Tatai schon seit zwei Jahren zu kämpfen und bislang gewinnt der Ungar jede Runde«, räumte Stan freimütig ein.

Jens fragte sich, ob es eventuell mit korrupten Ermittlern zu tun haben könnte. In der Bekämpfung von organisierter Kriminalität machten bestechliche Kollegen nicht nur der polnischen Polizei schwer zu schaffen. Immerhin konnte Stan ihm mit wichtigen Informationen über die Geschäfte von Ivo Tatai weiterhelfen. Er war der Sohn serbischer Kaufleute aus Subotica. Seine Eltern hatten sich nur drei Jahre nach Ivos Geburt getrennt. Als er zehn Jahre alt war, hatte sich seine Mutter in einen Händler aus Szeged verliebt. Sie hatte ihn geheiratet und war mit Ivo nach Ungarn umgesiedelt, wo er als Serbe mit Diskriminierungen zu leben hatte. Er kehrte als junger Mann in seine Heimat zurück und erhielt während des Balkankrieges den Spitznamen *Ungar*.

»Er sondiert immer zunächst den vorhandenen Markt, bevor er dann gezielt die Übernahmen vornimmt«, sagte der Danziger Kollege.

Nach und nach zauberte Stan dicke Akten hervor, in denen die bekannten Straftaten des Ungarn festgehalten worden waren. Seine dicken Finger blätterten erstaunlich flink durch die Seiten, um Jens einige der besonders delikaten Vorkommnisse vorzulesen. Es schien ein Markenzeichen von Tatai zu sein, mit großer Brutalität vorzugehen.

»Wir haben wichtige Hintergrundinformationen der

Kollegen aus Belgrad erhalten. Demnach war Tatai ein Waffenhändler, der während des Balkankrieges alle Seiten versorgt hat. Später kam noch Menschenhandel dazu und vermutlich eine Reihe weiterer lukrativer Geschäfte«, teilte Stan mit.

Mittlerweile hatte die lärmende Kaffeemaschine ihre Arbeit erledigt und vor Jens stand ein Becher mit dem dampfenden Gebräu. Vorsichtig nippte er daran und wurde mit einer Flut unerwarteter Aromen in seinem Mund belohnt.

»Das überrascht Sie, nicht wahr?«, freute Stan sich diebisch. Er ließ es sich nicht nehmen, dem Gast aus Kiel die spezielle Zusammenstellung seiner Kaffeemischung zu erläutern. Offenkundig war Stanislaw Lewinski vor allem ein Genussmensch.

Zwei Stunden nach seinem Eintreffen im Polizeihauptquartier von Danzig verfügte der Oberkommissar über eine Menge neuer Informationen zur Organisation des Ungarn und mit welcher Brutalität er seine Geschäfte aufzog. Jens zog die Verbindung zum Bombenanschlag in Kiel und hakte nach.

»Könnte Jakub Mazur für Tatai gearbeitet haben?«, wollte er zum Schluss noch wissen.

Erneut zog Stan eine Akte aus einem der Stapel auf dem Tisch und blätterte sie schnell durch. Er fand die gesuchte Stelle und übersetzte für seinen deutschen Kollegen die Einträge. Demnach hatte die kleine Frachtreederei, für die Mazur schon viele Jahre als Matrose tätig war, schon immer krumme Geschäfte getätigt.

»Das Netzwerk der Reederei reicht von St. Petersburg über Riga bis nach Kiel, von Göteborg bis nach Southampton. Diese Verbindungen waren einfach zu verlockend, als dass Tatai sie nicht übernehmen wollte«, sagte Stan.

Wie immer hatte der Ungar sich zunächst sorgfältig mit den kriminellen Seiten Danzigs auseinandergesetzt, bevor er seine Übernahme gestartet hatte.

»Zurzeit kontrolliert Tatai vermutlich über 60 Prozent aller krummen Geschäfte. Wo immer er einen schnellen Profit wittert, drängt er sich hinein und hinterlässt eine blutige Spur«, berichtete Stan mit hörbarer Verbitterung.

Es war für Jens nachvollziehbar, wie machtlos der Ermittler aus Danzig sich vorkommen musste. Er grübelte eine Weile über das Gesagte nach und schrak auf, als der rundliche Pole in die Hände klatschte und aufsprang.

»Es wird Zeit, Ihnen die netten Seiten meiner Heimatstadt zu zeigen. Kommen Sie«, rief Stan.

Jens' Protest wurde von der unerwarteten Resolutheit seines polnischen Kollegen weggewischt und so fand er sich 40 Minuten später in einem gemütlichen Restaurant in der Frauengasse im Stadtteil Rechtstadt wieder. Stan hatte sich zuvor als Fremdenführer betätigt und die Restaurierung der historischen Gebäude geschildert. Vogt waren besonders die terrassenartigen Vorbauten an den Häusern aufgefallen. Vor einem der aufwendig restaurierten Häuser war Stan deshalb stehen geblieben.

»Das Restaurant gehört der Familie von Halina, meiner wunderbaren Geliebten«, sagte der Pole.

Als sie unmittelbar nach ihrem Eintreffen im Restaurant von einer blonden Frau mit lachenden Augen und tiefen Grübchen in den Wangen begrüßt wurden, staunte Jens nicht schlecht. Halina Dzierwa musste etwa zehn Jahre jünger als Stanislaw sein. Dazu war sie ausgesprochen hübsch und wollte nicht recht zu dem rundlichen

Mann mit der Vorliebe für Kakteen passen. In den folgenden Stunden entspannte Jens sich und vergaß für eine Weile Ivo Tatai.

*

Sie hatte sowieso mit Evelyn Rose reden müssen. Regina meldete sich bei Florian ab und fuhr hinauf in den Niemannsweg. Als die beiden Frauen sich in der Diele gegenüberstanden, musterten sie sich voller Befangenheit.

»War es ein Fehler?«, fragte Evelyn zaghaft.

Spontan schloss Regina die zierliche Blondine in ihre Arme und küsste Evelyn voller Leidenschaft. Die anfängliche Verkrampfung löste sich und dann erwiderte die Witwe den Kuss. Regina zwang sich schließlich, die Intimität zu beenden, und trat schwer atmend zurück. Der Glanz in Evelyns Augen verriet ihre Erregung, die sich vermutlich genauso in Reginas Gesicht ablesen ließ.

»Wir müssen uns nur vorsehen, solange die Ermittlungen laufen«, mahnte Regina.

Das Leuchten in Evelyns Augen erfreute sie und gab Regina die Hoffnung, in naher Zukunft eine mögliche Partnerin gefunden zu haben. Seit sich Rana von ihr getrennt hatte, gab es eine Leere in ihrem Leben.

»Dann wäre das geklärt. Ich bin sehr froh, dass ich mich nicht getäuscht habe«, sagte Evelyn.

»Ich auch. Jetzt muss ich aber noch einmal mit dir über deinen Mann reden. Kennst du seinen Namen, mit dem er ins Heim gekommen ist?«, fragte Regina.

Sie schlenderten nebeneinander durchs Wohnzimmer und traten hinaus auf die Terrasse. Am Himmel über Kiel waren nur wenige Wolken zu sehen und so versprach dieser Dienstag, ein toller Abend für die Veranstalter der Kieler Woche zu werden.

»Du meinst seinen ursprünglichen Familiennamen?«, fragte Evelyn.

»Ja, genau.«

»Grawert hießen seine Eltern. Eine sehr traurige Geschichte, die bei Fabian tiefe Wunden hinterlassen hat«, antwortete Evelyn.

Regina wollte alles erfahren, was die Witwe über die frühen Jahre ihres Ehemannes wusste.

»Ich mach uns schnell einen Kaffee, einverstanden?«, schlug Evelyn vor.

Regina folgte ihr in die großzügig geschnittene Landhausküche, sodass sie ihr nebenbei weiter berichten konnte.

»Die Eltern hatten ein kleines Geschäft in der Nähe von Fulda. Der Altersunterschied muss erheblich gewesen sein, denn Fabians Vater hat noch im Krieg gedient«, berichtete sie.

Nach und nach erfuhr Regina von der schweren Kindheit der beiden Brüder. Ihr Vater blieb zeitlebens ein glühender Anhänger der Nationalsozialisten und vergiftete mit seinem Gedankengut immer mehr seine Söhne.

»Der Mutter kämpfte dagegen an und muss wenigstens bei Fabian rechtzeitig die Notbremse gezogen haben. Der Vater hatte ihn bereits bei einer rechten Jugendorganisation angemeldet«, erzählte Evelyn weiter.

Die merkwürdige Formulierung in Bezug auf das Verhalten der Mutter machte Regina hellhörig.

»Was meinst du mit Notbremse?«, hakte sie ein.

Der Kaffee war fertig und Evelyn hatte ein Tablett mit Tassen, Tellern sowie einer Schale mit englischem Gebäck angerichtet. Sie trug es hinaus auf die Terrasse, wohin ihr Regina mit der Thermoskanne folgte.

»Es wurde offiziell als Unglücksfall gewertet, aber Fabian war sich immer sicher, dass seine Mutter für die Explosion verantwortlich war«, fuhr Evelyn mit ihrer Erzählung fort.

Der angebliche Unfall ereignete sich nur drei Tage nach Fabians sechstem Geburtstag. Er und Thorge besuchten die Eltern ihrer Mutter, die nahe der Stadt Dipperz Landwirtschaft betrieben. Am Abend sollten die Eltern nachkommen, doch stattdessen erschienen Mitarbeiter vom Jugendamt.

»Im Elternhaus hatte es eine Explosion gegeben. Der Öltank ging in Flammen auf und vernichtete das Haus samt Garage, bevor die Feuerwehr eingreifen konnte«, sagte Evelyn.

»Und dabei kamen die Eltern ums Leben?«, fragte Regina.

»Ja, und die beiden Jungen mussten ins Heim. Obwohl die Großeltern sich um die Adoption bemühten, wurde es ihnen versagt, sich um die beiden zu kümmern. Warum man so entschied, konnte Fabian mir aber nicht sagen«, schloss Evelyn den Bericht.

Regina trank einen Schluck Kaffee und aß anschließend einen Keks. Vor ihrem inneren Augen lief der Film ab, wie Fabians Mutter in ihrer Verzweiflung wahrscheinlich den Öltank manipuliert und nur durch den Tod den Schutz ihrer Söhne ermöglicht hatte.

»Ziemlich mutig von Fabians Mutter«, murmelte sie.

»Ja, das fand ich auch immer. Es hat ihn davor bewahrt, den falschen Weg einzuschlagen. Zum Glück blieb er nur neun Monate in dem Heim, bevor das Ehepaar Rose ihn adoptierte«, sagte Evelyn.

Seinem älteren Bruder war das Schicksal weniger gnädig gestimmt gewesen. Thorge durchlief die typische Heimkarriere und kam bereits als 15-Jähriger mit dem Gesetz in Konflikt.

»In der Besserungsanstalt kam er mit Neonazis in Kontakt und schloss sich ihnen sofort an«, wusste Evelyn zu berichten.

Seinen weiteren Lebensweg kannte Regina aus den Akten.

»Standen Fabian und Thorge in regelmäßigem Kontakt?«, fragte sie.

Evelyn zögerte einen Moment mit der Antwort, doch dann rang sie sich dazu durch. »Früher nicht. Erst seit einigen Monaten. Thorge war länger im Ausland und hat sich nach seiner Rückkehr bei Fabian gemeldet«, sagte sie.

Für Regina stellte sich die Frage, ob die Übersiedlung nach Kiel ein glücklicher Zufall für die Brüder gewesen war oder ob mehr dahintersteckte.

»Dann haben sich Fabian und Thorge in den zurückliegenden Wochen öfter gesehen?«, bohrte sie weiter.

Zum ersten Mal reagierte Evelyn mit erkennbarem Widerwillen. Als sie dann antwortete, erkannte Regina, dass es nicht an ihrem Nachhaken lag.

»Leider ja. Ehrlich gesagt, fand ich Thorge reichlich anstrengend und abschreckend zugleich«, sagte sie.

Auf Bitten Reginas führte Evelyn einige Beispiele an, die ihre Haltung verdeutlichten.

»Er hat ein total wirres Weltbild und löst Probleme gerne mit Gewalt. Fabian und er haben wenig gemeinsam«, führte sie aus. Evelyn krauste die Stirn und versank für einen Moment in ihren Gedanken.

Regina gewährte ihr gerne diese Pause und trank ihren Kaffee aus. Über den Rand ihrer Tasse musterte sie verstohlen ihr Gegenüber. Ihr erschien es absurd, dass sie ausgerechnet in Evelyn eine neue Liebe finden sollte. Doch das schmale Gesicht mit den hohen Wangenknochen, dem ein wenig zu spitzen Kinn und den geschwungenen Augenbrauen über den azurblauen Augen löste eine Flut der schönsten Gefühle bei Regina aus.

»Du hast recht«, unterbrach Evelyn die Betrachtung.

»Womit?«

»Na, dass Fabian sich seit der Ankunft seines Bruder verändert hat. Hat Thorge ihn in seine krummen Geschäfte gezogen? Musste er deswegen sterben?«, fragte Evelyn aufgebracht.

Die Überlegung war nicht von der Hand zu weisen, und wenn Regina den Gedanken fortführte, passten viele Details des Sprengstoffanschlages in ein solches Bild.

»Bisher haben wir keine Anzeichen für eine solche Verwicklung, Evelyn. Könnte Fabian seinem Bruder Geld geliehen haben? Wenn er deine Abneigung gegenüber Thorge gespürt hat, wollte er dich vielleicht nicht darum bitten und hat stattdessen lieber Schuldscheine unterschrieben«, suchte Regina nach weiteren Indizien.

Evelyn stellte die Tasse ab, arrangierte unbewusst ihr Tuch und starrte Regina dabei nachdenklich an. »Ja, das wäre möglich. Fabian war feinfühlig und wird meine Abneigung bemerkt haben. Dann wäre ich Mitschuld an seinem Tod«, stieß sie hervor.

Die Schultern der zierlichen Frau verkrampften sich. Erschrocken sprang Regina auf und nahm Evelyn beschwichtigend in den Arm.

»Halt. Du verrennst dich da gerade in eine völlig falsche Vorstellung. Ich stelle nur Fragen, weil ich selbst nach Antworten suche«, mahnte sie.

Unter Reginas Händen löste sich die Anspannung. Evelyn wandte den Kopf und lächelte sie dankbar an.

»Verzeih mir. Ich ertrage den Gedanken nicht, möglicherweise einen Teil der Schuld an Fabians Tod zu tragen. Wir haben uns im Laufe der Jahre zwar auseinandergelebt, blieben aber gute Freunde«, entschuldigte sie sich.

Mit einem leichten Kopfschütteln erhob Regina sich wieder und kehrte zu ihrem Stuhl zurück. Wie gerne hätte sie die intime Nähe aufrechterhalten, doch damit würde sie nur gegen die Abmachung mit Frank verstoßen. Selbst wenn sie es für sehr unwahrscheinlich hielt, musste Regina in dem Fall neutral bleiben. Denn die Statistik sprach dafür – die meisten Tötungsdelikte wurden im unmittelbaren Bekanntenkreis verübt – und besonders unter den veränderten Vorzeichen durfte Regina keine leichtsinnigen Fehler machen.

»Meine nächste Frage ist besonders heikel und ich bitte dich daher schon vorher um Entschuldigung«, sagte sie.

Evelyn hob verwundert die Augenbrauen und legte den Kopf leicht schräg.

»Kann es sein, dass Fabian dem rechten Gedankengut nicht so fernstand, wie du es vermutest?«

»Nein! Niemals hätte Fabian sich so verstellen können. Es gab meines Erachtens nur wenig, was Thorge und ihn verband. Dessen braune Gesinnung war einer der Gründe, warum die Verbindung vor vielen Jahren abgerissen ist«, widersprach Evelyn vehement.

Hatte ihr Mann sie eventuell nur aus diesem Bereich seines Lebens ausgesperrt? War Thorges Wohnortwechsel in die Hauptstadt an der Förde tatsächlich reiner Zufall? Regina musste damit leben, dass aus jeder Antwort wenigstens zwei oder drei neue Fragen entstanden.

»Danke für deine Offenheit. Ich muss zurück in mein Büro«, sagte Regina und erhob sich.

Evelyn begleitete sie zur Tür. Die beiden Frauen umarmten sich und tauschten einen letzten zärtlichen Kuss aus, bevor Regina die Villa verließ. Auf der Rückfahrt sortierte sie ihre Gedanken und drängte die Gefühle für die Witwe entschieden zurück.

KAPITEL 9

Für Holly entwickelte sich der Nachmittag zu einer einzigen Serie von Fehlschlägen.

»Du siehst aus, als wenn dir jemand deinen geliebten Oldtimer gestohlen hätte«, sagte Julia.

Sie ließ sich mit einem amüsierten Lächeln in den Besucherstuhl sinken. Hollys Vorliebe für seinen Opel Kapitän aus den Sechzigern war allgemein bekannt und auch, wie sehr er an dem Wagen hing.

»Nahe dran. Seit Stunden versuche ich, mit meinen Kontaktleuten aus dem Milieu zu sprechen. Ständig wimmeln mich deren Handlanger mit fadenscheinigen Ausreden ab. Da braut sich etwas zusammen, Julia. Darauf verwette ich sogar meinen Kapitän«, erwiderte Holly.

»So sicher bist du dir?«, staunte sie.

Er strich sich mit der flachen Hand über den polierten Schädel und brummte zustimmend. Schließlich stand Holly auf und nahm seine Pistole aus der Schublade.

»Was kommt denn jetzt?«, fragte Julia.

»Ich trete einigen Leuten in altbewährter Manier auf die Plattfüße. Dabei kommt erfahrungsgemäß einfach mehr bei raus.« Dann ging er hinüber zu Florian. »Ich bin für die nächsten zwei Stunden unterwegs. Du weißt schon, wo. Man blockt gerade seltsamerweise alle meine Anrufe ab und das macht mich stutzig«, teilte er mit.

Während Florian Hollys Abwesenheit sogleich auf dem Whiteboard notierte, stieß der Glatzkopf im Gang vor dem Großraumbüro auf Frank.

»Welche Laus ist dir denn über die Leber gelaufen?«, staunte Holly.

»Mir fällt die Decke auf den Kopf. Jens geht irgendwelchen Hinweisen nach, die garantiert mit dem Sprengstoffanschlag zu tun haben. Regina vernimmt Evelyn Rose und mir fehlt ein Ansatz für eigene Ermittlungen«, beschwerte Frank sich.

Der Hüne grinste verstehend. »Dann komm mit und hilf mir, den Zuhältern und ihren Türstehern auf den Zahn zu fühlen.«

Er schilderte Frank seine fehlgeschlagenen Versuche, mit den Leuten aus dem Milieu in Verbindung zu treten.

»Florian?«

Der Oberkommissar wandte den Kopf, als Frank nach ihm rief.

»Ich begleite Holly auf der Tour. Falls sich da wirklich etwas zusammenbraut, sollten wir besser zu zweit sein«, rief er.

Florian hob bestätigend die Hand und setzte Franks Namen mit auf die Abwesenheitsliste.

»Auf geht's«, rief der dann munter. Seine Laune hatte sich sofort aufgehellt. In der ersten Stunde klapperten die beiden Kommissare einige Klubs mit vornehmlich roter Beleuchtung ab. Die käuflichen Damen lockten zwar immer weniger Besucher an, doch bislang schienen diese Unternehmen keine Geldsorgen zu plagen.

»Vermutlich nur noch Fassade für völlig andere Geschäfte«, sagte Holly.

Die Qualität der Türsteher untermauerte diese Annahme noch, wie Frank für sich feststellte.

»Andy? Der ist nicht hier«, lautete die Auskunft eines bulligen Mannes, der seine Haare zu einem Zopf zurückgebunden hatte und den Frank und Holly nur zu gut kannten.

»Ach, nein? Davon überzeugen wir uns besser persönlich«, erwiderte Holly. Er trat näher und für einen winzigen Augenblick schien es fast so, als wenn der Türsteher den Weg versperren wollte. Dann trat er zur Seite und ließ die beiden Ermittler herein. Im Lokal erwartete sie die übliche Schummerbeleuchtung, die über die schäbige Einrichtung hinwegtäuschen sollte.

»Moin, Dolly. Wo treibt sich denn dein Boss heute so herum?« Holly begrüßte die stark geschminkte Barfrau, die sein Lächeln offen erwiderte. Ihr Blick streifte neugierig über Frank, bevor sie sich zu einer Antwort bequemte.

»Nicht hier. Ich dachte, dass er von dem Treffen längst wieder zurück sein müsste. Ist er aber nicht«, antwortete sie.

Dolly quetschte die Worte an dem Mundstück einer Zigarettenspitze vorbei, die dabei leicht wippte.

»Treffen? Wo und mit wem?«, hakte Holly nach.

Der erschrockene Gesichtsausdruck von Dolly bestätigte Franks Ahnung. Die Barfrau hatte sich verplappert und so etwas schätzten Zuhälter wie Andreas Kammholz nicht.

»Andy hat nur gesagt, dass er sich mit jemandem trifft und später reinschaut«, lautete die vage Auskunft.

»Du weißt, wie leicht ich Lügen erkenne«, mahnte Holly.

»Außerdem wollen wir wirklich nur mit ihm reden. Ihr Boss kann uns vermutlich weiterhelfen und es drängt ein wenig«, insistierte Frank.

Der Blick der Barfrau wanderte zwischen den beiden Ermittlern hin und her. Es bereitete Dolly einige Mühe, mit der für sie verfahrenen Situation umzugehen. »Ich darf euch nichts verraten«, stieß sie hervor.

Die bislang freundliche Miene von Holly verfinsterte sich schlagartig und machte einem bedrohlichen Ausdruck Platz. Er wollte gerade den Druck auf die Frau mit den platinblonden Haaren erhöhen, als der Türsteher angerannt kam. Franks Hand fuhr automatisch unter die Jacke, um im Notfall schnell an die Pistole zu kommen.

»Die Jacht von Freddy ist in die Luft geflogen!«, rief er.

Dolly wurde wachsbleich und die beiden Kommissare erfassten sofort den Zusammenhang.

»War Andy auf der Jacht? Sollte dort das Treffen stattfinden?«, fragte Holly.

Die Barfrau bestätigte es voller Entsetzen. Die beiden Ermittler verließen den Klub. Auf der Straße blieb Holly auf einmal stehen und zog sein Handy heraus.

»Wir können über Funk mehr herausbekommen. Lass uns fahren«, drängte Frank.

Sein Kollege hob abwehrend eine Hand und sprach gleich los. Frank wartete ab, bis Holly mit steinerner Miene das Gespräch beendete und sein Handy zurück in die Jackentasche schob. »Es war ein Treffen, an dem nicht nur Freddy und Andy teilgenommen haben. Anscheinend hat sich die Prominenz der Kieler Unterwelt auf der Jacht versammelt«, erklärte er.

Sie eilten zum Dienstwagen. Frank übernahm das Steuer und Holly fragte über Funk nach, was mit der Jacht geschehen war.

»Schwer beschädigt? Treibt brennend mitten auf der Förde?«, wiederholte er ungläubig.

Frank fuhr ans Hindenburgufer hinunter und steuerte den Bereich des Hafens an, in dem die Einsatzboote der Wasserschutzpolizei ihren Liegeplatz hatten. »Wenn wir Glück haben, ist die Falshöft noch nicht ausgelaufen«, sagte er.

Im Vorjahr hatten Rana und er schon einmal mit den Kollegen der Wasserschutzpolizei erfolgreich zusammengearbeitet. Auf dem Pier kamen sie jedoch trotz eingeschaltetem Blaulicht nur im Schritttempo voran. Endlich konnten sie die Sperre passieren und stiegen aus dem Wagen.

»Hauptkommissar Reuter von der SOKO Kieler Woche. Wer leitet den Einsatz wegen der Jacht von Freddy Dombrowski?«, fragte Frank.

In der kleinen Wachstation herrschte hektische Betriebsamkeit. Einer der Uniformierten packte Frank am Arm und schob ihn hinaus, ohne auf den lauten Protest des Kommissars zu achten.

»Kommen Sie mit! Wir laufen sofort aus«, rief er.

Frank rannte neben dem Kollegen der Wasserschutzpolizei zu dem kleinen Streifenboot. Während des Ablegemanövers mussten Frank und Holly Schwimmwesten anlegen. Sie standen hinter dem Ruderhaus und kämpften um ihr Gleichgewicht, während sich das kleine Boot rückwärts vom Liegeplatz entfernte.

»Die Explosion ereignete sich vor gut einer halben Stunde. Alle verfügbaren Einheiten, sogar von den Marineschiffen der anderen Nationen, beteiligen sich an der Bergung der Verletzten«, teilte der Oberkommissar der Wasserschutzpolizei mit.

Frank hielt sich an die Stange neben der Tür zum Führerstand fest und schaute hinaus auf die Förde. Dunkle Rauchwolken und Wasserdampf markierten die Stelle, an der die verunglückte Jacht im Wasser trieb.

»Wissen Sie schon mehr, was genau passiert ist?«, wollte Holly wissen.

Der bärtige Oberkommissar schüttelte den Kopf. »Nein. Es gab offenbar eine schwere Explosion und dabei wurden zwei Segelboote in Mitleidenschaft gezogen, die sich in der Nähe der Jacht aufhielten«, antwortete er.

»Ist einer von Ihnen Hauptkommissar Reuter?« Der Steuermann schaute über die Schulter und deutete auf das Handmikrofon des Funkgerätes.

Frank trat neben ihn. Seine Vorgesetzte war in der Leitung. »Holly und ich sind bereits auf einem Boot der Wasserschutzpolizei. Wir wissen bislang nur, dass es angeblich ein Treffen der Unterwelt auf seiner Jacht gegeben haben soll. Die treibt jetzt brennend in der Förde«, meldete er.

Regina war vor wenigen Minuten in die Gartenstraße zurückgekehrt und hatte die Meldungen über die erneute Explosion in der Kieler Förde erhalten.

»Sobald wir mehr wissen, melde ich mich wieder«, versprach Frank.

Als er gleich danach wieder das Steuerhaus verließ, hatten sie sich der brennenden Jacht erheblich genähert. Frank starrte auf das Wrack und beobachtete die Wasserstrahlen der Löschbooten. Im öligen Wasser der Förde trieben Trümmerteile umher und Rufe wurden laut.

»Was für ein Mensch macht so etwas?«, murmelte der Oberkommissar.

Der bärtige Kollege von Frank und Holly schluckte schwer. »Wir werden es herausfinden«, erwiderte Holly. Seine Stimme war belegt. Es war schwer zu beurteilen, ob es der Schock über die Bilder oder die Wut über den zweiten Anschlag war. Franks Blick erfasste eine Whiskyflasche, die halb geleert war und nun wie eine kleine Boje im Wasser dümpelte.

*

Die Krisensitzung fand in einem Konferenzraum des Innenministeriums statt. Regina traf unmittelbar nach dem Polizeipräsidenten ein.

»Sind Sie mit den Ermittlungen überfordert?«, fragte er ketzerisch.

Obwohl sie genau wusste, dass es eine politisch motivierte Handlung des Polizeipräsidenten war, zuckte Regina verärgert zusammen.

»Suchen Sie jetzt schon nach einem Sündenbock?«, schoss sie zurück.

Das Gesicht des fülligen Mannes lief dunkelrot an. In diesem Augenblick traf der Innenminister ein und alle Anwesenden richteten ihre Aufmerksamkeit auf ihn.

»Die Details bitte. Zuerst die Wasserschutzpolizei«, forderte er.

In knappen Sätzen gab jeder der Fachbereichsleiter seinen Wissensstand weiter. Zum Schluss war Regina an der Reihe und bedankte sich innerlich bei ihren beiden Mitarbeitern, die so schnell reagiert hatten. Durch deren Anwesenheit auf dem Boot der Wasserschutzpolizei verfügte Regina über eine erweiterte Faktenlage.

»Die Jacht gehörte einem Mitglied der Kieler Unterwelt. Sein Name lautet Freddy Dombrowski«, sagte sie.

»Der Dombrowski, der früher auf dem Hamburger Kiez eine große Rolle gespielt hat?«, warf der Innenminister ein.

Für einen Augenblick war Regina überrascht, dass er den Zuhälter so gut kannte. Dann erinnerte sie sich daran, dass er früher selbst Polizist gewesen war.

»Genau, Herr Minister. Nach unseren ersten Erkenntnissen hat vermutlich ein Treffen der örtlichen Unterweltgrößen auf seiner Jacht stattgefunden«, erwiderte Regina.

Verblüffte Gesichter waren zu sehen. Der Polizeipräsident warf einen verärgerten Blick auf seinen Kollegen vom LKA.

»Woher haben Sie dieses Wissen?«, fragte der.

Regina beschrieb die Ermittlungen von Holly und Frank, die zu diesem Ergebnis geführt hatten.

»Gute Arbeit, Frau Saß. Erkennen Sie eine Verbindung zu dem Anschlag auf den polnischen Frachter oder dem Mord an Dr. Rose?« Der Innenminister ignorierte das Geplänkel der beiden hochrangigen Beamten. Seine braunen Augen lagen forschend auf Reginas Gesicht.

»Das wäre reine Spekulation. Es muss zunächst ermittelt werden, was die Explosion an Bord der Jacht ausgelöst hat. Streng genommen dürften wir noch nicht einmal von einem Anschlag sprechen«, wehrte sie ab.

»Unfug! Der Zusammenhang besteht allein schon dadurch, dass Dombrowski und seine Kumpane mit Ivo Tatai im Clinch liegen. Nach Informationen aus Danzig soll er früher schon Anschläge gegen Personen aus der Wirtschaft befohlen haben«, widersprach der Direktor des LKA vehement.

Regina starrte ihn ungläubig an. Ihr lagen keine neuen Erkenntnisse aus der polnischen Hafenstadt vor.

»Diese Information stand Ihnen nicht zur Verfügung, Frau Saß?«, erkundigte sich der Innenminister.

Sie schüttelte in stummer Verärgerung den Kopf. »Es gibt einige Einschränkungen für unsere Ermittlungen, Herr Minister«, stieß sie hervor.

Sowie sie ihre Worte gesagt hatte, erkannte Regina ihren Fauxpas. Diese Offenheit würde die weitere Zusammenarbeit mit der Abteilung 3 des LKA höchstwahrscheinlich beenden. Zum Teufel damit! Das war nie eine echte Zusammenarbeit, dachte sie im nächsten Augenblick.

Der Innenminister hatte seine Stirn in Falten gelegt und schaute Regina streng an.

»Einschränkungen? Das müssen Sie mir ein wenig genauer erklären«, forderte er sie auf.

Regina übersah den mahnenden Blick des Polizeipräsidenten genauso wie die verkniffene Miene des Direktors vom LKA. »Es gibt scheinbar einige Aspekte der laufenden Ermittlungen, die in das Aufgabengebiet des Staatsschutzes fallen. Der beim Anschlag auf den Frachter verwendete Sprengstoff wurde angeblich früher bereits eingesetzt, und zwar bei politisch motivierten Verbrechen«, antwortete sie.

Die Augen des Ministers verdunkelten sich weiter. »Um es völlig unmissverständlich für alle Anwesenden auszudrücken. Hauptkommissarin Saß wird ab sofort ihre Ermittlungen ohne jede Einschränkung fortsetzen können! Habe ich mich klar ausgedrückt?«

Unter seinem zwingenden Blick brachten es weder der Polizeipräsident noch der Direktor des LKA fertig, mehr als ein bestätigendes Nicken als Antwort zu geben. Zufrieden mit ihrer Reaktion wandte sich der Innenminister wieder Regina zu.

»Ich möchte Sie jetzt nicht weiter von Ihrer Arbeit abhalten. Sollte es vonnöten sein, können Sie mich jederzeit erreichen. Vielen Dank, Frau Saß«, sagte er.

Es war ein freundlich formulierter Rauswurf, den Regina nur zu gerne befolgte. Vermutlich durften sich der Polizeipräsident und der Direktor des LKA noch einige unschöne Vorwürfe anhören oder mussten dem Minister detailliert erklären, was für Spielchen der Staatsschutz mit der SOKO Kieler Woche so trieb. Ihr war es egal. Regina wollte nur so schnell es ging zurück in die Gartenstraße und sehen, was es mit dem Anschlag auf sich hatte.

Sie würde zu gerne erfahren, wer über Tatais Rolle im LKA mehr wusste. Der Staatsschutz oder noch andere Abteilungen?, fragte sie sich.

Der Dienstag neigte sich bereits dem Abend zu, und bislang hatte die SOKO noch nicht einmal einen Verdächtigen für den Anschlag oder den Mord an Dr. Rose aufzuweisen. Lag es nur an dem vorenthaltenen Wissen oder leistete ihr Team keine gute Ermittlungsarbeit?

*

Es war ein zähes Ringen gewesen, doch schließlich konnte Freddy seine Konkurrenten einen nach dem anderen von einer befristeten Zusammenarbeit überzeugen.

»Einzeln können wir gegen Tatai nicht bestehen. Nur gemeinsam haben wir eine Chance«, lautete sein Credo.

Erst als die Wolken im Osten sich bereits rötlich einfärbten, kam ein Kompromiss zustande.

»Vier Wochen, mehr Zeit gebe ich uns nicht«, sagte Andy.

Er war so etwas wie der Sprecher der Konkurrenten im Laufe des Tages geworden. Nachdem wenigstens dieser Zeitraum für eine Kooperation zugesichert worden war, holte Freddy den Champagner aus dem Kühlschrank und ließ die Korken knallen.

»Wer hat uns verraten?«

Der glühende Schmerz an seiner rechten Hüfte unterbrach den Gedankenstrom des Zuhälters. Bei dem dritten Korken bockte urplötzlich der Boden unter der Jacht und brachte Freddy ins Straucheln. Bevor er noch richtig erfasste, was soeben um ihn herum geschah, schleuderte ihn die Druckwelle gegen das Schott. Er zog sich instinktiv in den Raum dahinter zurück und schlug die mit Holz vertäfelte Stahltür hinter sich zu.

»Sie werden es nicht rechtzeitig schaffen«, murmelte Freddy unter Schmerzen.

Der Raum füllte sich mit Wasser und Rauch quoll aus einem breiten Spalt in der gegenüberliegenden Wand. Er schaute zum wiederholten Male auf die Anzeigen seiner wasserdichten Uhr und kam zu dem Ergebnis, dass seit der großen Explosion mehr als 20 Minuten vergangen waren.

Joe? Der Hundesohn musste es gewesen sein, dachte Freddy.

Der Steuermann war käuflich. Jemand musste ihm genügend Geld in die Hand gedrückt haben, um an die erforderlichen Informationen dieses Treffens zu kommen.

»Wahrscheinlich hast du sogar noch geholfen, die Scheißbombe an Bord zu schmuggeln«, fluchte Freddy.

Er musste husten und sah, wie sich Blutspritzer auf dem Glas der Armbanduhr sammelten. So schlecht stand es also um ihn.

»Hierher! Ich bin eingeklemmt!«, brüllte Freddy.

Das Geräusch schwerer Stiefel kam vom Oberdeck. Er schrie, so laut er konnte, nur um sich anschließend wieder die Lunge aus dem Leib zu husten. Das Zischen irritierte Freddy zuerst, bevor er den Ursprung richtig zuordnen konnte.

»Sie löschen die Flammen. Gut, Männer. Und jetzt durchsucht die Räume«, lobte er sie.

Das Licht um Freddy herum wurde weniger. Hatte der Rauch zugenommen?

»Nein, nicht so«, flehte er, kaum dass ihm die Wahrheit dämmerte.

Ob es nun am hohen Blutverlust lag oder andere Verletzungen Freddy die Lebenskraft raubten, er versank in

Dunkelheit. Es vergingen weitere sieben Minuten, bevor die Feuerwehrmänner das verbogene Schott öffneten.

»Wir haben noch einen Toten unter Deck gefunden«, meldete der Truppführer.

Freddys Körper lehnte an der Wand, und er blickte dem Feuerwehrmann aus gebrochenen Augen entgegen.

KAPITEL 10

Der Wind trieb die Rauchschwaden immer wieder in Richtung des Polizeibootes, sodass Frank und Holly husten mussten.

»Sie haben einen weiteren Toten gefunden. Es ist der Besitzer der Jacht, ein gewisser Dombrowski«, meldete der Steuermann.

Holly umklammerte die Reling so fest, dass seine Knöchel weiß in der Dämmerung schimmerten. Der Oberkommissar bemerkte es und warf Frank einen fragenden Blick zu. »Freddy Dombrowski war ein wichtiger Informant und wir müssen jetzt annehmen, dass diese Explosion kein Unfall, sondern ein gezielter Anschlag war«, erklärte er.

Frank schaute hinüber zum Wrack und fragte sich, ob die Feuerwehr nicht zu viel riskierte. Was, wenn noch eine Bombe an Bord war und jeden Augenblick in die Luft flog? »Wie viele Menschen befanden sich zum Zeitpunkt der Explosion auf der Jacht?«

Der Oberkommissar schaute hinüber zu seinem Kollegen am Steuerruder.

»Uns wurden bislang drei Tote und ein Verletzter gemeldet. Das Logbuch wurde noch nicht gefunden, daher existieren keine gesicherten Erkenntnisse über die Anzahl der Personen«, lautete dessen Antwort.

Das Polizeiboot schob sich in konzentrischen Kreisen durch das ölige Wasser, immer auf der Suche nach Überlebenden. Frank und Holly starrten auf die herumschwimmenden Trümmerteile, bis sie eine dunkle Jacke entdeckten.

»Da drüben!«, rief Frank.

Er deutete mit ausgestreckter Hand auf die Stelle, damit der Steuermann das Boot dorthin navigieren konnte. Als der Oberkommissar mit einer Holzstange nach der Jacke griff. Er ließ das angesengte Kleidungsstück auf das Deck fallen.

»Teures Stück. Vielleicht haben wir Glück und wir finden einen Hinweis auf ihren Besitzer«, sagte Holly.

Er ging in die Hocke und breitete die Jacke vorsichtig aus. Dann entleerte er die Taschen und entdeckte dabei einen Geldbeutel in der linken Innentasche. Als Holly ihn aufklappte und den Namen vom Personalausweis laut vorlas, stieß Frank einen leisen Pfiff aus.

»Das könnte bedeuten, dass Kammholz sich mit einem Sprung ins Wasser retten konnte. Möglicherweise hat er die Jacke nur ausgezogen, um besser schwimmen zu können«, sagte er.

Er ließ sich über Funk mit der SOKO verbinden. Florian wollte umgehend eine Fahndung nach Andreas Kammholz einleiten.

»Warten Sie, Frank. Die Chefin möchte noch mit Ihnen sprechen«, sagte er zum Schluss.

Zunächst ließ Regina sich schildern, wie sich die Lage auf der Förde darstellte. Dann berichtete sie von dem Treffen mit dem Innenminister und welche Neuigkeiten sie anschließend vom Leiter des Staatsschutzes erfahren hatte.

*

Jens hatte sich für das Telefonat ins Freie begeben. Das Restaurant von Halina Dzierwa war mittlerweile bis auf den letzten Platz besetzt, sodass man kaum sein eigenes Wort verstand. Als sein Handy in der Hosentasche vibrierte, entschuldigte er sich und eilte hinaus auf die Frauengasse. Der Oberkommissar marschierte ein kleines Stück vom Restaurant weg und drückte sich dann in den Schatten einer der Terrassen.

»Was ist passiert?«, fragte er kurz darauf.

Sein Vorgesetzter erzählte von dem Treffen im Innenministerium und der Zusage, dass die SOKO ab sofort über jedes Detail ihrer Ermittlungen informiert werden musste.

»Das können wir unmöglich riskieren«, protestierte Jens. In seinem Kopf jagten sich die Gedanken. Von Stanislaus Lewinski hatte er im Laufe des Abends genügend Informationen erhalten, um seine Operation gegen die Organisation von Ivo Tatai mit neuen Augen zu sehen.

»Ich sehe eine Möglichkeit, wie wir Tatai für unsere Zwecke nutzen können«, sagte er.

In wenigen Sätzen umriss er die Grundstruktur seines Plans, der jedoch zunächst auf Skepsis bei Oberrat Singer stieß.

»Ich bin mir bewusst, wie gefährlich es ist. Wir müssen die Legende so aufbauen, dass sie einer Überprüfung standhält. Selbst wenn sie von einem hochrangigen Beamten der Polizei vorgenommen wird«, blieb Jens hartnäckig.

Seit zwei Jahren jagte er diejenigen, die verschiedene Attentate auf Landespolitiker versucht hatten. Einen der Männer hatten sie ausfindig gemacht. Bei der geplanten Festnahme wurde er von einem Beamten des SEK erschossen.

»Wir kommen nie an die Hintermänner, wenn wir über keinen Informanten innerhalb von Tatais Organisation verfügen. Sie wissen selbst, wie handverlesen seine Leute auf der Führungsebene sind. Von denen drehen wir keinen um«, drängte Jens.

Für einige Sekunden vernahm er nur das statische Rauschen aus dem kleinen Lautsprecher seines Handys. Oberrat Singer war nicht mehr völlig abgeneigt.

»Bleiben Sie an Lewinski dran und holen so viel Informationen wie möglich aus ihm heraus. Wir telefonieren morgen wieder. Dann sage ich Ihnen, ob wir Ihren Plan aufgreifen oder nicht«, sagte er schließlich.

Das musste Jens vorerst genügen. Zufrieden mit seinem Ergebnis kehrte er ins Restaurant zurück, wo ihn ein milde lächelnder Stan erwartete. Jens führte es auf die vielen Gläser Wodka zurück, die sein polnischer Kollege intus hatte.

»Na, hast du deinem Boss Bericht erstatten müssen?«, fragte Stan.

»Deutsche Gründlichkeit. Kennst du doch«, erwiderte er lachend. Dann wechselte Jens das Thema und erwähnte für längere Zeit den Namen Tatai nicht mehr. Stan sollte nicht misstrauisch werden.

*

Der Spaziergang mit Butch fiel an diesem Abend kürzer als gewohnt aus. Die englische Dogge nahm es mit Gelassenheit, da Frank aus Versehen anschließend den Futternapf zu voll füllte.

»Sieh es als kleine Entschuldigung für den kurzen Ausflug. Deiner Figur ist es wenig zuträglich«, sagte er.

Die schmatzenden Geräusche, unterbrochen von gelegentlichem Grunzen oder Schnauben, verfolgten Frank bis ins Wohnzimmer. Dort sichtete er seine Post, trank ein Glas Rotwein und legte sich auf die Liege, um ein wenig

Smooth-Jazz zu lauschen. Seine Gedanken schweiften immer mehr ab und die Erschöpfung forderte ihren Tribut.

Er wurde wach, weil er fror. Verwirrt richtete Frank sich auf und starrte verständnislos auf die Balkontür, die einen Spalt weit geöffnet war. Die bodenlangen Vorhänge bauschten sich auf und ein greller Blitz erhellte das Wohnzimmer.

»Butch! Du schnarchst«, rief Frank.

Die satte Dogge hatte es sich auf der Ledercouch gemütlich gemacht und schaffte es sogar, den Donner zu übertönen. Mürrisch erhob Frank sich und reckte die Arme gegen die Decke.

»Schon nach zwei Uhr. Wird Zeit, ins Bett zu gehen«, murmelte er.

Um diese Uhrzeit konnte er Butch unmöglich zurück zu seiner Vermieterin bringen, also ließ er die Dogge einfach, wo sie war. Frank putzte sich die Zähne und schlüpfte dann aus der Kleidung. Als er fünf Minuten später den Kopf auf sein Kissen ablegte, kehrte ein Teil des wirren Traumes von vorhin zurück. Er hatte einen gesichtslosen Mann verfolgt, der Dynamitstangen mit brennender Lunte in eine Menschenansammlung auf dem Rathausplatz warf. Vermutlich eine Folge seiner gedanklichen Auseinandersetzung mit dem Ungarn.

»Tatai? Wer bist du und was treibt Jens deinetwegen in Danzig?«

Diese Information hatte Regina dem Leiter der Abteilung 3 entlocken können. Der Name des Ungarn tauchte bereits zum wiederholten Male in den Ermittlungen auf. Noch im Einschlafen fasste Frank einen Entschluss. Damit er Butch einen ausgiebigen Morgenspaziergang gönnen konnte, stellte er seinen Digitalwecker etwas früher als sonst.

»Was immer ihr für Spielchen mit uns spielt, ich werde es herausfinden«, murmelte er im Einschlafen.

*

Trotz der großen Erschöpfung fuhr Regina zu Evelyn.
»Schön, dass du noch kommst«, freute diese sich.
Die Witwe von Fabian Rose hatte in der Küche einen Salat angerichtet und schaute Regina beim Essen zu. Ab und an lächelten die beiden Frauen sich stumm an.
»Noch ein Glas?« Evelyn hob die Flasche Weißwein in die Höhe.
»Willst du mich betrunken machen, um mich leichter ins Bett zu bekommen?«, fragte Regina.
Statt einer Antwort füllte Evelyn beide Gläser nach und versetzte Regina im Vorbeigehen einen sanften Klaps auf die Hand. »Möchtest du über deinen Tag reden?«
Regina spülte ein Stück Schafskäse mit einem Schluck Wein hinunter. »Es war anstrengend und nervtötend. Leider kann ich nicht ins Detail gehen, aber die Ermittlungen gestalten sich schwierig«, lautete die vorsichtige Antwort.
Zu gerne hätte Regina sich über die Idioten des Staatsschutzes unterhalten oder Evelyn vom Verhalten des Innenministers berichtet, doch solche Interna konnte sie unmöglich ansprechen.
»Gibt es irgendetwas, wobei ich euch helfen könnte?«, fragte Evelyn.
Regina wollte schon dankend ablehnen, als ihr ein Gedanke kam. »Ja, möglicherweise schon. Wie ist dein Verhältnis zu Thorge?«
Es kam nicht sofort eine Antwort. Evelyn nippte am Wein und schaute gedankenverloren an Regina vorbei.

Dann räusperte sie sich und kaute einen Augenblick auf ihrer Unterlippe herum.

»Wir haben kein echtes Verhältnis zueinander aufbauen können. Ich dachte eine Weile sogar, dass er mich für den Charakterwandel seines Bruders verantwortlich machen würde«, erwiderte Evelyn.

»Tatsächlich? Wieso?«, bohrte Regina nach.

Thorge hatte sich nur bei zwei Gelegenheiten in der Villa im Niemannsweg blicken lassen.

»Einmal verzogen Fabian und er sich sofort ins Arbeitszimmer. Ich war auf dem Sprung und habe keine drei Worte mit Thorge gewechselt«, beschrieb Evelyn die Situation.

Zu einem längeren Gespräch kam es, als Fabian seinen Bruder zu einer Grillparty eingeladen hatte.

»Es war eine Schnapsidee. Thorge fühlte sich in der Villa und unter unseren Bekannten sichtlich unwohl. Einmal traf ich ihn in der Küche, wo er sein Bier trank und vor sich hin brütete«, erzählte Evelyn weiter.

Sie hatte zu viel getrunken und vermutlich war es diesem Umstand zu verdanken, dass sich Schwager und Schwägerin länger unterhielten.

»Er machte mich nicht dafür verantwortlich, wie sehr Fabian sich von seinen früheren Idealen entfernt hatte. Vielmehr sprach er offen seinen Neid darüber aus, dass eine Frau wie ich mit Fabian zusammen war«, fuhr sie fort.

In Evelyn war der Ekel immer mehr gewachsen, weil Thorges Ansichten und ordinäres Auftreten all ihren Überzeugungen zuwiderliefen.

»Ich war dicht davor, es ihm an den Kopf zu werfen. Da tauchte Fabian in der Küche auf und nahm uns mit hinaus in den Garten«, sagte sie zum Abschluss.

Für Regina war es eine interessante Erzählung, die ihrer Idee neue Nahrung verschaffte.

»Demnach ahnt Thorge nicht, wie du wirklich über ihn denkst?«, fragte sie vorsichtig.

Evelyn krauste verwundert die Stirn. »Nein, für so feinfühlig halte ich ihn wirklich nicht. Warum fragst du?«

Noch zögerte Regina, ob sie der zierlichen Blondine den Vorschlag unterbreiten sollte. Ihre Zurückhaltung blieb nicht unbemerkt.

»Dir geht etwas durch den Kopf und gleichzeitig fragst du dich, ob du es mir zumuten darfst. Richtig?«

Regina gab sich einen Ruck. »Du könntest mit Thorge reden. Möglicherweise vertraut er dir mehr an als uns«, schlug sie vor.

Ihr Vorschlag stieß erkennbar auf Ablehnung, was Regina der Witwe nicht vorwerfen konnte.

»Verzeih mir. Es war dumm, dich darum zu bitten«, sagte sie.

Evelyn hatte sich bereits entschieden und willigte ein. »Ich kann Thorge wirklich kaum ausstehen. Wenn er aber mehr über den feigen Mord an seinem Bruder weiß oder etwas über den Anschlag auf den polnischen Frachter, werde ich es schon aus ihm herauskitzeln«, versicherte sie.

Die beiden Frauen verabredeten ein Treffen mit Evelyns Schwager am folgenden Tag. Regina würde dafür Sorge tragen, dass es zustande käme. Der Staatsanwalt würde vermutlich eher zu überzeugen sein als der Strafverteidiger von Thorge Grawert. Regina traute sich jedoch zu, die passenden Argumente zu finden. Zum Glück hatten die behandelnden Ärzte mittlerweile einer Vernehmung zugestimmt. Der von Grawert beauftragte Strafverteidiger konnte bislang seinen Mandanten nicht dazu überreden, mit den Behörden zu kooperieren. Er würde sicherlich nicht verhindern, dass die Schwägerin Grawert einen Besuch abstattete. Nachdem sie diese leidige Angelegenheit mit Evelyn geklärt hatte, entspannte Regina sich und sprach angenehmere Themen an.

*

Zuerst ging Frank mit Butch am Mittwoch bereits kurz nach sechs Uhr eine lange Runde, was die englische Dogge sehr genoss. Es war bereits Viertel vor sieben, als Frank seinen vierbeinigen Freund bei seinem Frauchen ablieferte. Anschließend fuhr er in die Gartenstraße und war heilfroh, dass Regina ebenfalls schon eingetroffen war.

»Ich muss ein Treffen zwischen Grawert und Evelyn Rose arrangieren«, erklärte die Leiterin.

Frank setzte sich in den Besucherstuhl und ließ sich das Vorhaben seiner Kollegin erklären.

»Einen Versuch ist es wert. Ich habe ebenfalls etwas ausgebrütet«, sagte er dann.

Zuerst reagierte Regina reichlich skeptisch, doch nach und nach konnte Frank sie überzeugen. Schließlich genehmigte sie die Dienstreise und ließ Frank zum Flugplatz nach Holtenau fahren.

»Danke, Florian. Ich melde mich bestimmt aus Danzig. Vermutlich werde ich Ihre Hilfe bei einigen Recherchen benötigen«, sagte er und bedankte sich für den Fahrdienst.

Florian wünschte ihm viel Erfolg und fuhr sogleich zurück in die Gartenstraße. Bis zum Abflug der Propellermaschine blieb Frank gerade noch ausreichend Zeit, um einen Kaffee zu trinken. Pünktlich um acht Uhr hob die Maschine ab und beförderte neben Frank noch vier andere Reisende nach Danzig. Reuter folgte der gleichen Route wie sein Kollege vom Staatsschutz. Die Chartergesellschaft flog regelmäßig, beförderte allerdings vor allem die Angestellten einer Spezialfirma für Schiffsausrüstungen zwischen den beiden Ostseestädten hin und her.

Frank gelang schnell nach Danzig und konnte sich dort mit den polnischen Kollegen besprechen. Am Flugplatz nahm er sich einen Mietwagen, um die Strecke von 14 Kilometer bis zum Sitz der Kriminalpolizei in der Stadt möglichst zügig zurückzulegen. Bereits vor 10 Uhr klopfte er an die Tür eines gewissen Stanislaus Lewinski.

»Hauptkommissar Reuter aus Kiel. Ich gehöre der SOKO Kieler Woche an, genau wie Oberkommissar Vogt«, stellte er sich vor.

»Jens hat von Ihnen erzählt, Herr Reuter. Lewinski. Sie dürfen gerne Stan sagen«, erwiderte er.

Frank schüttelte die dargebotene Hand und ließ sich auf den Besucherstuhl nieder, auf den Stan gezeigt hatte.

»Kaffee?«

Das Angebot nahm Frank nur zu gerne an, auch wenn das Gebräu sich als sehr kräftige Mischung entpuppte.

»Was ist passiert, dass Sie so kurzfristig ebenfalls nach Danzig kommen mussten?«, wollte Stan wissen.

Auf dem Flug über die Ostsee hatte Frank gegrübelt, wie er seinen Besuch erklären konnte. Schließlich hatte er entschieden, sich auf sein Bauchgefühl vor Ort zu verlassen.

»Jens ermittelt offenbar für zwei Dienststellen parallel, Stan. Er ist nicht im Auftrag der SOKO, sondern des Staatsschutzes zu Ihnen gekommen«, erwiderte er.

Während der Pole sich zurücklehnte und die kräftigen

Hände über seinem Bauch faltete, weihte Frank seinen Kollegen ein. Am Ende schürzte Stan anerkennend die Lippen.

»Danke für Ihre Offenheit. Ich weiß Ihr Vertrauen zu schätzen und möchte es in gleicher Weise beantworten«, sagte er.

Bei einer zweiten Tasse Kaffee erfuhr Frank von einem seit längerer Zeit geplanten Zugriff gegen die Organisation von Ivo Tatai.

»Wir wollen seine Bordelle, die illegalen Autowerkstätten sowie alle Lager mit Diebesgut ausheben. Jens hat uns gebeten, den Zugriff um einen Tag zu verschieben. Er wollte unbedingt noch etwas erledigen und dann persönlich im Hafen dabei sein«, berichtete Stan.

Leider wusste Stan nicht, was genau der Oberkommissar zu erledigen hatte. Der neue Termin für den Zugriff war auf 12 Uhr an diesem Tag festgesetzt worden.

»Könnte ich ebenfalls – als Zuschauer – dabei sein?«, fragte Frank.

»Warum nicht? Vielleicht finden wir Beweise, die Tatai mit den Morden in Kiel in Verbindung bringen«, willigte Stan ein.

In der folgenden Stunde tauschten die beiden Männer weiteres Wissen über den Ungarn sowie seine Expansionsbestrebungen aus. Frank sah in Lewinski eine verwandte Seele. Der Pole verabscheute jegliches Verbrechen und besonders Männer wie Tatai aus tiefster Seele.

»Wir sollten aufbrechen. In 30 Minuten müssen wir im Kommandowagen der Sondereinsatzgruppe sein«, sagte Stan und händigte Frank eine Schutzweste aus. »Ich möchte nicht dafür die Verantwortung übernehmen, wenn eine verirrte Kugel meinen deutschen Kollegen trifft. Sie glauben gar nicht, wie viel Papierkram das mit sich bringt«, schmunzelte Stan.

Sein schräger Humor und unübersehbare Lebensfreude gefiel Frank ausgesprochen gut. Auf der Fahrt hinaus in die Altstadt von Danzig erzählte Stan von seiner Freundin, deren Restaurant und dem gemeinsamen Abend mit Jens.

»Ich hoffe, dass Sie sich in ihm täuschen. Halina und ich mögen ihn nämlich«, erklärte er.

Es war dem blonden Sonnyboy offenbar gelungen, das Herz seines polnischen Kollegen sowie dessen Freundin zu erobern.

»Ich denke, dass Jens selbst unter der Situation leidet. Er ist ein guter Ermittler und netter Kerl. Vermutlich löst sich das Rätsel nach dem Zugriff«, erwiderte Frank.

Ob es tatsächlich dazu kommen würde, bezweifelte er. Es hatte allerdings keinen Sinn, mit Stan über seine Zweifel zu diskutieren. Sie erreichten den Kommandowagen, in dem es bereits von Polizisten in Uniform und Zivil wimmelte. Verschiedene Abteilungen der Kriminalpolizei arbeiteten bei dem Zugriff zusammen und entsprechend hektisch ging es in den letzten Minuten zu.

Viele Köche verdarben den Brei, musste Frank unwillkürlich denken. Er drückte sich in eine Ecke, um den Kollegen aus sicherer Entfernung bei den abschließenden Vorbereitungen zuzusehen. Stan kam einmal kurz zu ihm hinüber, um seinen deutschen Kollegen zu informieren.

»In fünf Minuten geht es los«, raunte er und eilte zurück auf seinen Posten.

Frank fasste sich in Geduld und zog sich genauso wie die anderen Männer die Schutzweste über.

*

Der Anschlag auf die Jacht von Freddy Dombrowski beherrschte die Medien. Entsprechend viel Zeit musste Regina aufwenden, um sich den Anfragen zu stellen und gleichzeitig den Oberbürgermeister zu beruhigen.

»Nein, das ist kein Krieg in der Unterwelt. Es gibt lediglich einige Hinweise, wonach ein aus Ungarn stammender Gangster seinen Einflussbereich nach Kiel ausweiten will«, erklärte sie.

Während sie kühl am Telefon blieb, kochte in Regina eine heiße Wut. Durch die Zurückhaltung wichtiger Informationen hatten die Staatsschützer diesen Anschlag vermutlich erst ermöglicht.

»Ja, ich halte Sie auf dem Laufenden«, versicherte Regina.

Ihn und ein Dutzend anderer Persönlichkeiten, die durch ständiges Nachfragen der Leiterin das Leben extrem schwer machten.

»Ich beneide dich darum, in Danzig normaler Polizeiarbeit nachgehen zu können«, sagte sie vor sich hin, während sie an Frank dachte. Er schien ihrer Auffassung nach das bessere Los gezogen zu haben. Sie baute darauf, dass ihr Stellvertreter den Kollegen vom Staatsschutz mit nach Kiel zurückbringen würde.

»Dann wirst du uns einige Antworten liefern, mein Freund«, murmelte Regina. Für einige Sekunden lehnte sie sich zurück und schloss die Lider. Durch das geöffnete Fenster drangen Fetzen von Musik sowie fröhliche Stimmen der Besucher vom Rathausplatz an ihre Ohren. Die zweite Ermittlung während der laufenden Kieler Woche, und so wie es aussah, würde es dieses Mal wesentlich hässlicher werden, dachte Regina sich.

Für einen Moment lang gönnte sie sich einen gedanklichen Ausflug in den Niemannsweg. Sie spürte den Erinnerungen nach, wie Evelyns zarte Fingerkuppen über ihre Brüste strichen, und spürte das wohlige Gefühl einer Erregung in sich aufsteigen. Das Klopfen an der Tür beendete den Tagtraum abrupt und veranlasste Regina zu einem verärgerten Ausruf.

»Ja! Was ist denn schon wieder?«, fauchte sie.

Ihr Assistent steckte den Kopf zur Tür hinein und machte eine entschuldigende Geste. Regina winkte ab und forderte Florian auf, zu reden.

»Hauptkommissar Fendt und ich sind die ersten Berichte der Kriminaltechnik durchgegangen. Möchten Sie mehr erfahren?«, fragte er vorsichtig.

Außer Koller nannte niemand Holly mehr bei seinem Nachnamen und Dienstrang. Der stets korrekte Assistent von Regina tat sich weiterhin schwer mit dem legeren Umgang innerhalb der SOKO.

»Ich komme gleich mit«, erwiderte Regina und erhob sich.

Längst waren die schönen Erinnerungen wieder tief in ihrem Inneren vergraben. Als sie neben Florian ins Großraumbüro trat, summte es dort geradezu vor Aktivität. Nur Holly stand neben der Übersichtstafel und wirkte seltsam verloren. Der Tod des Zuhälters sowie der anderen Unterweltgrößen hatte den hünenhaften Ermittler schwer getroffen.

»Es tut mir leid um Freddy. Ich weiß, dass er ein Freund von dir war«, sagte Regina zu ihm.

Es mochte seltsam wirken, aber besonders im Bereich des Sittendezernates gab es mehr solcher nahezu freundschaftlicher Beziehungen. Seltener zu den Zuhältern, aber öfter zu den Frauen oder Angestellten in den Klubs.

»Danke. Ja, um Freddy ist es schade. Insgesamt wird uns erst in Zukunft klar werden, wie sehr dieser Anschlag die Spielregeln in unserer Stadt verändert«, erwiderte Holly.

Regina wusste, worauf er hinauswollte. Der Tod von Kiels Unterweltgrößen schaffte ein Vakuum, welches entweder still und leise oder durch brutale Kriege wieder gefüllt werden würde.

»Und ich habe dem Oberbürgermeister gesagt, dass es nicht der Anfang eines Unterweltkrieges ist«, sagte Regina.

Holly zuckte mit den Achseln. »Was der Wahrheit entsprechen könnte. Es fragt sich, ob das für Kiel besser oder schlechter ist«, sagte er mit warnendem Unterton.

»Was meinst du damit?«, hakte sie nach.

»Sollte der Anschlag auf das Konto von Tatai gehen, stehen uns schlimme Zeiten bevor. Florian und ich haben ein wenig recherchiert«, antwortete Holly und wandte sich dann dem Assistenten zu.

»Wir haben uns die Berichte von den Kollegen kommen lassen, wie sich die Bedingungen in der Unterwelt ihrer Städte verändert haben, nachdem der Ungar die Macht an sich gerissen hat«, griff er den Faden auf.

Florian deutete auf eine Auflistung von Städten, deren Anzahl und regionale Ausbreitungen an sich schon schockierend war. Ivo Tatai ging erkennbar strategisch vor und verfügte jetzt schon über ein erschreckend weit gefächertes Netzwerk.

»Die anfängliche Ruhe ist vergleichbar mit dem Moment vor Ausbruch eines Orkans. Tatai geht extrem brutal zu Werke und überzieht den neuen Einflussbereich mit einer Welle von Gewalt«, umriss er das zu erwartende Szenario. Es schien ihm viel daran gelegen, Fuß in einer Stadt mit Hafen zu fassen. Über die Ostsee könnte er sich Nachschub kommen lassen, egal welche Ressourcen er gerade benötigen würde.

Reginas Blick wanderte die Aufstellung der statistischen Daten hinunter, die ihnen von den Kollegen geliefert worden waren. In allen Städten ergab sich das gleiche Bild.

»Die Zahl schwerer Straftaten explodiert geradezu und Tatai richtet sein Hauptaugenmerk zu Beginn immer auf die Vertreter der Staatsmacht«, fuhr Florian fort.

»Polizisten und Staatsanwälte werden systematisch erpresst oder getötet. Tatai scheint bei der kalabrischen Mafia sein Handwerk gelernt zu haben«, warf Holly ein.

Es war ein grausiges Bild der nahen Zukunft, welches ihre beiden Mitarbeiter entwarfen.

»Da wir jetzt vorbereitet sind, sollte sich das Schlimmste verhindern lassen«, sah Regina einen Lichtblick.

Ihr entging nicht der gequälte Blick, den die beiden Männer austauschten.

»Raus mit der Sprache. Warum glaubt ihr nicht daran?«, hakte sie sofort nach.

»In anderen Städten waren die Kollegen ebenfalls vorgewarnt und konnten trotzdem kaum etwas verhindern«, gab Florian nach kurzem Zögern die gewünschte Antwort.

Ein eisiger Schauer wanderte an Reginas Rückgrat hinab. Sie schüttelte sich.

»Dann haben die es eben nicht ernst genug genommen. Wir werden den gleichen Fehler sicher nicht machen!«, stieß sie vehement hervor.

Einige Köpfe drehten sich in ihre Richtung. Holly und ihr Assistent nickten zwar, aber es wirkte nicht sonderlich überzeugt.

KAPITEL 11

Die veränderte Haltung seiner polnischen Kollegen war fast mit Händen greifbar. Frank kannte die gleiche Anspannung aus genügend eigenen Einsätzen. Es wurde ernst und die Kollegen aus Danzig bezogen die besprochenen Einsatzräume.

»Ihr erwartet offenkundig starken Widerstand«, sagte er zu Stan.

Sie waren längst zur informellen Anrede gewechselt.

»So wie wir Tatai bislang kennenlernen durften, müssen wir sogar von erheblicher Gegenwehr ausgehen. Bei früheren Einsätzen wurden generell automatische Waffen aller Kaliber eingesetzt«, bestätigte Stan.

Im Headset klangen Kommandos, die Frank nicht verstand. Er erriet aber, dass der Zugriff angelaufen war, und das einsetzende Krachen diverser Waffen unterstrich seine Annahme.

»Das wird heftig«, sagte Stan.

Seine bisherige Gelassenheit verlor sich immer mehr.

»Jetzt schon Probleme?«, fragte Frank.

Der polnische Kollege machte ihm ein Zeichen und verließ eilig den Kommandowagen. Frank folgte Stan und huschte hinter seinem Kollegen von Deckung zu Deckung. Das Krachen der Waffen nahm weiterhin an Intensität zu, und dann dröhnte eine schwere Explosion durch den Hafen. Die Schockwelle ließ Fenster zerspringen und Trümmerteile durch die Gegend fliegen.

»Deckung!«, brüllte Stan und zerrte Frank zu Boden.

Keine Sekunde zu früh. Frank legte schützend beide Hände über den Kopf und registrierte, wie etwas schmerzhaft die Haut seiner Hand aufriss. Dann ebbte der Regen der Trümmerteile ab und er nahm vorsichtig die Hände herunter. Als Stan die blutige Wunde erblickte, stieß er einen Fluch aus, bevor er einen Schwall polnischer Befehle über Funk erteilte.

»Ein Sanitäter sieht sich gleich deine Verletzung an«, wandte er sich anschließend an Frank.

»Das ist nur ein Riss, mehr nicht«, wehrte der ab.

Er war trotzdem erleichtert, als kurz darauf jemand die Wunde säuberte und einen Verband anlegte. Kaum war das erledigt, vibrierte Franks Handy in der Jackentasche. Als er es herauszog und die Nummer des Anrufers identifizierte, stutzte er. »Jens ruft mich an«, rief er Stan zu.

Sein polnischer Kollege war mit dem offenbar ins Stocken geratenen Zugriff beschäftigt. Er reagierte nicht.

»Jens?«, rief Frank ins Telefon.

Der Lärm auf dem Gelände war unglaublich, und gleichzeitig hatte die Explosion offenbar Franks Hörvermögen beeinträchtigt. Jens Stimme war kaum mehr als ein Flüstern.

»Frank? Hab dich bei Stan gesehen. Brauche dringend Hilfe«, kam es stockend aus dem Telefon. Mit einiger Mühe konnte Jens seine Umgebung beschreiben, um seinem Kollegen bei der Orientierung zu helfen.

»Was ist los? Ja, verdammt! Bleib, wo du bist. Ich komme«, rief Frank schließlich.

Noch immer lehnte Stan an einem Container, warf prüfende Blicke zu den Hallen, an denen die Einsatzkräfte in Feuergefechte verwickelt waren. Frank machte ihm ein Zeichen, woraufhin der Pole für einen Augenblick seine Konzentration auf den deutschen Kollegen richtete.

»Jens hat sich gemeldet. Er steckt offenbar in großen Schwierigkeiten und braucht meine Hilfe. Kannst du mir eine Waffe oder einen bewaffneten Kollegen abtreten?«

»Hier, nimm die. Du musst allein mit der Situation fertig werden. Es läuft sehr schlecht, Frank. Wir haben große Verluste erlitten und können den Zugriff nicht fortsetzen«, stieß der hervor. Er drückte Frank eine Glock 21 in die Hand sowie zwei Ersatzmagazine. »Sei vorsichtig. Die Lage ist extrem unübersichtlich. Ich möchte nicht, dass ihr aus Versehen von einem meiner Kollegen erschossen werdet.« Er gab über Funk durch, dass Frank sich auf dem Gelände bewegte und nach seinem Partner suchte. Mehr konnte Stan im Moment nicht tun. Frank nickte ihm zu und setzte sich in Bewegung. Sein Blick erfasste zwei Kräne westlich seiner Position.

»Die müssen es sein, von denen Jens sprach«, murmelte er.

In kurzen Sprints jagte Frank zwischen den hohen Containerstapeln hindurch. Während er sich näherte, fragte er sich, was sein Kollege vom Staatsschutz trieb.

»Ihr mit eurer blöden Geheimniskrämerei. Da kommt dann so etwas bei heraus«, schimpfte er vor sich hin.

Er hielt am Ende der Reihe mit den Containern an, die auf ihren Transport über die Ostsee warteten. Frank beruhigte seine Atmung und spähte hinüber zu den beiden Rotsteinbauten. In der dämmrigen Gasse zwischen den Lagerhallen musste Jens sich verstecken.

»Jens? Verdammt, wieso meldest du dich denn nicht mehr?«, stieß Frank hervor.

Alle drei Versuche, seinen Kollegen auf dem Handy zu erreichen, liefen ins Leere.

»Es hilft nichts. Ich muss da rüber«, entschied er.

Mit der schussbereiten Glock im Anschlag hetzte Reuter im Zickzack über die freie Fläche und tauchte schließlich unbehelligt in die Gasse ein.

»Jens?«

Frank sah keinen anderen Weg, um seinen Kollegen auf sich aufmerksam zu machen. Im Dämmerlicht zwischen den beiden Gebäuden bewegte sich jemand. Automatisch suchte Frank neben einem Stapel Holzpaletten Deckung und richtete die Mündung seiner Glock auf eine nur schemenhaft erkennbare Person.

»Das ist doch Jens«, sagte er sich. »Bist du das, Jens?«, rief er lauter.

Warum antwortete er nur nicht? Dann ging alles auf einmal rasend schnell. Hinter Frank rief jemand etwas auf Polnisch, woraufhin er über die Schulter zurückschaute. Zwei in schwarzer Kampfuniform steckende Polizisten näherten sich Frank sehr vorsichtig.

»Reuter! German Police!«, rief er vorsichtshalber.

Im nächsten Augenblick krachte eine Salve von Schüssen aus der Richtung, in der sich vorher Jens bewegt hatte. Franks Kopf ruckte herum und er sah seinen Kollegen auf sich zu taumeln.

»Runter, Jens! Lass dich fallen«, brüllte er und schoss in schneller Folge.

Hinter seinem Kollegen tauchten zwei Gangster auf, die sein Feuer mit ihren Maschinenpistolen erwiderten. Hastig zog Frank sich ein Stück zurück, als Holzsplitter in sein Gesicht flogen. Jetzt schossen die beiden Polizisten, obwohl die Lage reichlich unübersichtlich war.

»Jens?«

Als weitere Salven aus den Maschinenpistolen ausblieben, schob Frank vorsichtig den Kopf vor. Sein Blick suchte nach der Gestalt seines Kollegen, der mitten in der Gasse liegen musste. Da lag niemand.

»Wait!«

Die beiden Polizisten des Sondereinsatzkommandos waren herangetreten, und einer befahl Frank, in Deckung zu bleiben. Widerwillig akzeptierte er den Befehl und schaute zu, wie sie nach Jens und den Angreifern suchten. Drei Minuten später kamen sie mit finsterer Miene zurück. Einer von ihnen drückte Frank sein Headset in die Hand und machte mit Gesten klar, dass der Deutsche sich melden sollte.

»Stan?«, fragte er.

Die Stimme seines polnischen Kollegen kam verzerrt an sein Ohr. Sie wurde mehrfach von Störgeräuschen überlagert und wirkte gehetzt.

»Warum hast du auf Jens geschossen?«, fragte er.

»Wie bitte? Nein, verdammt! Da waren zwei von Tatais Männern hinter ihm her. Die hatten MPs und haben auf Jens geschossen. Ich wollte ihn beschützen«, korrigierte Frank ungläubig.

Hatte es so irreführend auf die beiden polnischen Beamten wirken können?

»Händige meinen Leuten die Glock aus und lass dich zum Kommandowagen bringen«, ordnete Stan an.

Mit einem üblen Geschmack im Mund kam Frank der Aufforderung nach und ließ sich wie ein Gefangener wegführen.

*

Am frühen Nachmittag kam Regina endlich zu dem, was sie sich vorgenommen hatte. Sie rief Evelyn an und bat ihre Freundin, sich mit ihr in einer Stunde im Krankenhaus zu treffen. Dort stand Thorge Grawert in einem gesicherten Bereich unter permanenter Bewachung von Beamten des SEK. Regina fuhr mit Florian und Holly rechtzeitig los, um den Besuch von Evelyn Rose vorzubereiten. Die Witwe von Dr. Fabian Rose meldete sich bei Koller im Foyer, der umgehend Regina informierte.

»Schön, dass Sie sich die Zeit nehmen. Herr Grawert weigert sich bislang, mit uns zu kooperieren. Vielleicht gelingt es Ihnen, seinen Widerstand zu brechen«, begrüßte Regina Evelyn förmlich.

Zwei Beamte des SEK ließen kurze Zeit später die beiden Frauen ins Krankenzimmer. Sein Rechtsanwalt reagierte verwundert, als Regina ihm Evelyn vorstellte.

»Sie möchten meinen Mandanten mit der Ehefrau des Ermordeten konfrontieren? Das ist mehr als nur sehr ungewöhnlich«, stutzte er.

»Frau Rose hat einen positiven Einfluss auf ihren Schwager. Wir möchten ihn davon überzeugen, dass es von Vorteil ist, wenn er mit uns zusammenarbeitet«, erklärte Regina ihr Vorhaben.

Zum Glück war der Rechtsbeistand ein liberaler Denker und stimmte daher dem ungewöhnlichen Treffen zu. Als Thorge Grawert seine Schwägerin erblickte, kniff er überrascht die Lider zusammen. Im ersten Moment erwartete Regina, dass er heftig protestieren und sich dem Gespräch verweigern wollte. Der massige Mann verhielt sich jedoch völlig anders.

»Ich habe nichts damit zu tun, Evelyn. Das musst du mir glauben!«, rief er aus. Er flehte geradezu um eine Geste, dass seine Schwägerin ihm Glauben schenkte. Es gelang ihr, ein warmes Lächeln aufzusetzen. Grawert entspannte sich erkennbar.

»Darum bin ich der Bitte von Frau Saß nachgekommen, Thorge. Sie möchte dir ebenfalls glauben und ich denke, dass du ihr trauen solltest«, erwiderte sie dann.

»Setzen wir uns erst einmal. Sie sagen bitte rechtzeitig Bescheid, wenn Sie das Gespräch zu sehr belastet«, warf Regina ein.

Sie zog einen Stuhl heran und Evelyn setzte sich. Der SEK-Beamte verfolgte die Annäherung mit sichtlichem Unwillen, bevor er sich in die Ecke des Krankenzimmers zurückzog. Thorge Grawert räusperte sich und dankte seiner Schwägerin, als Evelyn ihm eine Tasse Kaffee hinschob.

»Ich soll meine Kumpels verpfeifen?«, fragte er dann.

Regina hatte sich ihre Strategie zurechtgelegt. Grawert war nicht sonderlich intelligent oder gebildet, aber er verfügte über genügend Bauernschläue.

»Auf Sie wartet auf jeden Fall eine Anklage wegen verschiedener Delikte, wie Volksverhetzung und Angriff auf einen Ermittlungsbeamten. Eine der sichergestellten Pistolen in Ihrem Versteck in Mettenhof hat eine blutige Vergangenheit. Kugeln aus dieser Waffe haben einen Asylanten in Dorsten schwer verletzt. Da müssen Sie durch. Was aber die Sache mit dem Sprengstoff angeht, gibt es noch Hoffnung«, antwortete Regina.

Die kieselgrauen Augen forschten in ihrem Gesicht. Bislang war das Thema noch nicht zur Sprache gekommen, da es keine Beweise für seine Mittäterschaft gab. Es war ein Bluff. Dann schaute Grawert zu seinem Rechtsanwalt, der ihm durch ein Nicken zuriet.

»Ich glaube nicht, dass du wusstest, wofür der Sprengstoff eingesetzt werden sollte. Stimmt, oder?«, mischte Evelyn sich ein.

Die Ansprache wirkte völlig ungezwungen. Regina hatte ihr am Vorabend einige Instruktionen erteilt, wie Evelyn sich bei der Vernehmung verhalten sollte. Es gelang ihr sehr überzeugend.

»Ich habe nicht einmal den Kontakt hergestellt. Das war Simon«, erwiderte er.

Regina verkniff sich ein befreites Aufstöhnen. Grawert packte endlich aus und brachte damit die Ermittlungen voran.

»Sie sprechen von Simon Freytag, ihrem Freund«, hakte sie nach.

»Ja, der krumme Hund ist abgetaucht und lässt mich allein die Suppe auslöffeln«, schimpfte Grawert.

Nach Freytag wurde bereits europaweit gefahndet.

»Mit wem hatte er Kontakt? Mit Ivo Tatai?«, fragte Regina weiter.

Thorge Grawert stieß einen verblüfften Ruf aus. »Sie wissen über Tatai Bescheid?«, staunte er.

»Und über seine Pläne, sich in Kiels Unterwelt die Führungsposition unter den Nagel zu reißen«, sagte Regina.

Grawert nippte an seinem Kaffee und schüttelte den Kopf. »Ich wusste nicht, dass Simon für den Ungarn die Verbindung zu den Rockern hergestellt hat. Mir gefallen diese Typen nicht, die sollen zu Hause bleiben«, murrte er dann.

Also doch die Rocker, schoss es Regina durch den Kopf. Sie legte vor Grawert einen Schreibblock auf die Bettdecke. »Notieren Sie bitte alle Namen und Anschriften, von denen Sie wissen, dass sie etwas mit Tatai zu tun haben. Welche Rockerbande hat Ihr Freund angesprochen? Von wo kam der Sprengstoff und wer hat ihn wann übergeben?«, forderte sie ihn auf.

Die Vernehmung wurde zwar aufgezeichnet, aber sobald Grawert sich schriftlich geäußert hatte, konnte er sich weniger auf einen Irrtum herausreden. Regina wollte ihn keinesfalls vom Haken lassen.

»Ich danke für Ihre Unterstützung, Frau Rose«, sagte sie dann.

Das war das verabredete Stichwort und so erhob die Witwe sich, um den Raum zu verlassen. Thorge Grawert unterbrach das Schreiben und schaute zu ihr auf.

»Kommst du wieder?«, wollte er wissen.

Evelyn starrte ihren Schwager an. »Ja, vielleicht. Wenn du mit den Morden nichts zu tun hast, besuche ich dich«, versprach sie. Damit wandte sie sich ab und verließ mit Regina den Raum. Holly übernahm die Position seiner Vorgesetzten und führte die Vernehmung weiter. Sein Wissen über die Rockerbanden garantierte, dass Grawert keinen Unsinn erzählen konnte. Regina führte Evelyn hinaus auf den Parkplatz zu ihrem Mercedes SLK.

»Danke, das war großartig«, sagte sie.

Evelyn sank mit einem leisen Seufzer auf den Fahrersitz. Regina zog die Beifahrertür ins Schloss. »Es war weniger schlimm, als ich gedacht habe. Er tut mir nur noch leid. Außer Thorge hat etwas mit dem Mord an Fabian zu schaffen«, erwiderte sie.

»Bisher gibt es keine Indizien, die auf sein Mitwirken hindeuten. Vorerst bin ich geneigt, ihm seine Beteuerungen abzunehmen«, antwortete sie.

Der Anschlag auf den Frachter schien auf das Konto des Ungarn zu gehen. Regina kannte nur noch nicht das dazugehörige Motiv, glaubte aber Grawert. Offenbar hatten Rocker die Drecksarbeit für Tatai übernommen. Für einen Moment lang blitzte ein völlig anderer

Gedanke in Reginas Kopf auf. Sie bekam ihn nur halbwegs zu packen.

»Ich fahre wieder nach Hause. Sehen wir uns später?«, meldete sich Evelyn zu Wort und unterbrach damit Reginas Überlegungen.

»Versprechen kann ich während einer Ermittlung schlecht etwas. Wenn ich es schaffe, komme ich gerne zu dir«, antwortete sie.

Das genügte Evelyn vollauf. Regina legte für einige Sekunden ihre Hand auf Evelyns Finger. Dann stieg sie aus und kehrte zurück zu Florian.

»Gibt es schon Neuigkeiten aus Danzig? Hat Frank sich gemeldet?«, wollte sie wissen.

Als er mit der Antwort zögerte, bildete sich ein heißer Klumpen in Reginas Magen.

»Was ist los?«, drängte sie.

»Hauptkommissar Reuter steht unter dem Verdacht, Oberkommissar Vogt erschossen zu haben. Die polnischen Kollegen vernehmen ihn zurzeit«, antwortete er mit heiserer Stimme.

Regina taumelte zurück und ließ sich schwer auf einen Stuhl fallen. Sie konnte nicht fassen, was Florian ihr gerade erzählt hatte. Frank sollte einen Kollegen erschossen haben? Undenkbar!

*

Der Kaffee in dem Becher vor ihm war längst kalt geworden. Frank hatte nur ein- oder zweimal daran genippt. Er saß seit gut einer Stunde allein in dem Vernehmungsraum und kam in den Genuss, diesen Ort aus der anderen Perspektive kennenzulernen.

Jetzt wusste er, wie sich seine Kundschaft fühlte, dachte er bitter.

Seine Gedanken kehrten zur Vernehmung zurück. Stan und ein weiterer Kollege hatten Frank ausgiebig befragt, um jedes Detail des Schusswechsels zu erfahren. Am Ende tauschten die beiden Polen einen langen Blick aus, den Frank unschwer interpretieren konnte. Er hielt Stan zurück, als der den Vernehmungsraum verlassen wollte.

»Was soll das Theater? Ich habe lediglich auf die zwei Typen geschossen, die Jens hinterrücks abknallen wollten«, beschwerte Frank sich.

Stan machte seinem polnischen Kollegen ein Zeichen und schloss dann die Tür zum Gang.

»Deine Aussage deckt sich zwar mit den Beobachtungen unserer Kollegen, aber es gibt leider ein mysteriöses Detail«, erwiderte er.

Frank breitete fragend die Arme aus. »Was für ein Detail soll das sein?«

Nach kurzem Zögern berichtete Stan von einem Anruf, der auf Jens' Handy eingegangen war. Dadurch war er zu spät aus einer der Hallen geflohen und seine Verfolger konnten ihn noch einholen.

»Na und? Was habe ich mit diesem Anruf zu schaffen?«, fragte Frank verärgert.

Stan sagte es ihm und verließ daraufhin den Raum. Seit diesem Augenblick wälzte Frank seine Erinnerungen hin und her. Sein letzter Anruf erfolgte noch in Kiel. Keinesfalls in Danzig, obwohl die Aufzeichnungen in dem gefundenen Handy eindeutig das Gegenteil belegten.

»Die glauben ernsthaft, ich hätte Jens in eine Falle gelockt«, murmelte Frank fassungslos. Er hatte schon nicht nachvollziehen können, was sein Kollege genau in

Danzig vorhatte. Reuter stand auf einmal als möglicher Handlanger von Ivo Tatai dar und verstand die Welt nicht mehr. Seine Finger spielten mit dem Becher, während seine Gedanken erneut auf Wanderschaft gingen.

»Angenommen, Jens hätte Beweise gefunden, die Tatai mit den Morden in Kiel in Verbindung bringen. Dann hätte der Ungar einen guten Grund, ihn zu töten«, sagte er sich.

Was war wirklich in der Gasse passiert? Hatten Tatais Handlanger den Ermittler in eine Falle gelockt und ihn ins Kreuzfeuer gejagt? Die wichtigste Frage blieb jedoch, ob Jens noch am Leben war und wenn ja, wo er sich aufhielt. Die Danziger Kollegen von Frank interpretierten den Schusswechsel so, als wenn er Jens unter Feuer genommen hätte. Bei dem kurzen Schusswechsel in der Gasse war Jens zu Boden gegangen. Frank ging davon aus, dass eine oder mehre Kugeln seinen Kollegen getroffen hatten. Die polnischen Polizisten fanden jedoch keine Spur von ihm.

»Außer Jens ist nur verletzt«, murmelte er und wusste nicht, ob er es seinem Kollegen wünschen sollte.

Als Stan ihm von den Machenschaften des Ungarn erzählt hatte, ahnte Frank, dass er nie zuvor einem so brutalen Menschen gegenübergestanden hatte. Wie würde Tatai wohl mit Jens umspringen, wenn er den deutschen Ermittler verletzt in seine Hände bekam?

»Zum Glück suchen die Kollegen nach ihm.« Frank gab die Hoffnung noch nicht auf.

Unmittelbar nach dem Zwischenfall im Hafen hatte Stan die Einsatzkräfte ausschwärmen und nach Jens suchen lassen. In der Gasse fanden sie jede Menge Spuren und eine Blutlache. Nur er selbst blieb verschwunden.

»Na, endlich. Ich dachte schon, ich müsste hier übernachten«, beschwerte Frank sich, als zehn Minuten später sein polnischer Kollege ins Vernehmungszimmer trat.

»Diese Sache mit dem Anruf bereitet unseren Technikern erhebliches Kopfzerbrechen. Vom Zeitpunkt her hättest du ihn während der Zeit im Kommandowagen absetzen müssen. Es gibt keine Daten, dass du dich über den erforderlichen Funkmast angemeldet hättest«, erklärte Stan.

Er musste ein wenig weiter ausholen, bis Frank die Verwirrung der Techniker im vollen Umfang nachvollziehen konnte.

»Mit anderen Worten, ich habe zum Zeitpunkt des eingehenden Anrufes auf Jens' Handy meins nicht benutzt«, rekapitulierte Frank.

Einige Sekunden lang schwiegen die beiden Männer. Schließlich schob der Pole eine Tüte mit Franks Brieftasche über den Tisch.

»Dann darf ich diese gastliche Stätte also wieder verlassen?«, fragte er.

»Ja, aber mit Auflagen«, lautete die unerwartete Antwort.

»Was soll das heißen, Stan? Von welchen Auflagen sprechen wir hier?«, wollte er wissen.

»Du bleibst ein Teil unserer Ermittlungen. Sollte deine Anwesenheit in Danzig erforderlich werden, kommst du zurück. So ist es mit deinem Vorgesetzten in Kiel abgesprochen«, lautete die Antwort.

»Gerster?«

Stan nickte und Frank konnte sich lebhaft ausrechnen, was ihn bei der Rückkehr in der Fördestadt erwarten würde. Kriminaloberrat Gerster war sowieso nicht gut auf ihn zu sprechen, und nun lieferte ihm diese unsägliche

Angelegenheit weitere Munition, um Frank zu kritisieren und eine etwaige Versetzung zu initiieren.

»Ihr müsst das unbedingt klären, Stan. Ich werde vermutlich so lange vom Dienst suspendiert, bis meine Unschuld zweifelsfrei nachgewiesen wird«, forderte Frank.

Sein polnischer Kollege wusste, was Reuter in Kiel erwarten würde, zeigte für dessen Lage Verständnis und bedauerte, dass ihre Zusammenarbeit ein solches Ende gefunden hatte. »Ich glaube dir und wahrscheinlich werden unsere Spezialisten deine Unschuld bald nachweisen können«, versicherte Stan.

»Ich verstehe einfach nicht, was Jens auf eigene Faust recherchiert hat. Was, wenn er dabei Tatai in die Quere gekommen ist?«, fragte Frank.

»Das würde übel für ihn ausgehen. Tatais Methoden sind schlimm und ich wünsche niemanden, diesem Sadisten in die Hände zu fallen«, erwiderte Stan.

»Tatai. Immer wieder taucht dieser Name in unseren Ermittlungen auf. Dieser Bursche geht mir jetzt schon gehörig auf die Nerven«, fluchte Frank.

Stan entwarf ein Szenario, wie sich das Leben in Kiel verändern könnte, sollte Tatai dort die Kontrolle über die Unterwelt übernehmen. »Nicht einmal die Tschetschenen sind dermaßen rücksichtslos. Sie wissen, dass verbrannte Erde schlecht für ihre Geschäfte ist. Außerdem tolerieren sie eine Aufteilung und gehen dabei sogar Kooperationen ein. Tatai nie, und das macht ihn so gefährlich.«

Sie sprachen noch auf dem Weg hinaus zum Flughafen darüber. Stan bestand darauf, seinen deutschen Kollegen unbedingt persönlich zu fahren. Ein Streifenbeamter lieferte Reuters Mietwagen am Flugplatz ab. In der Abflughalle rückte Stan schließlich mit der Sprache heraus.

»Diese Geschichte mit deinem Kollegen gefällt mir nicht. Traust du Jens ohne Einschränkungen?«, stellte er eine überraschende Frage.

Verwundert forschte Frank im runden Gesicht seines polnischen Kollegen. »Dazu kennen wir uns viel zu kurz. Jens gehört zu einer Abteilung, die sich stark mit politischen Verbrechen befasst. Könnte es dadurch eine besondere Verbindung zu Ivo Tatai geben?«

Jetzt war es an Stan, seinen Kollegen verwundert anzusehen. »Politik? Nein, das wäre neu für mich. Dieser Fall wird immer seltsamer. Pass gut auf dich auf. Ich melde mich, sobald ich neue Informationen erhalte.«

Kurz danach saß Frank auf dem Sitz in der Propellermaschine, die ihn zurück nach Kiel bringen sollte. Der Verdacht, für den Tod eines Kollegen verantwortlich zu sein, lastete schwer auf ihm.

KAPITEL 12

Der Anruf hatte dafür gesorgt, dass Holly fast fluchtartig die Räume der SOKO verlassen hatte. Er hatte Julia mitgenommen, die erst während der Fahrt mehr erfahren konnte.

»Wir müssen nach Strande. Dort versteckt sich angeblich Kammholz. Der Anruf kam von Melanie, einer der Barfrauen aus seinem Etablissement«, erklärte Holly. Er hupte erneut, um einem zögerlichen Autofahrer zu mehr Eile anzutreiben. Der Fahrer konnte sich offenbar schlecht entscheiden, welchen Parkplatz er anfahren wollte. »Es gibt hier keine kostenlosen Plätze mehr«, schimpfte Holly. Er überholte den langsam fahrenden Wagen und schaffte es so gerade noch, vor einem entgegenkommenden Linienbus einzufädeln. Dessen Fahrer hupte seinerseits und schüttelte aufgebracht den Kopf über das riskante Fahrmanöver.

»Es wäre sicherlich hilfreich, wenn wir lebend dort ankommen würden«, mahnte Julia. Sie staunte über die ungewohnt nervöse Art ihres Kollegen. Normalerweise verströmte Holly unerschütterliche Gelassenheit. Davon war jetzt nichts mehr zu bemerken.

»Noch besser wäre es, wenn wir rechtzeitig in Strande ankommen. Melanie hat mir erzählt, dass Andy jeden Tag sein Quartier wechselt und sehr geschwächt sein soll«, erwiderte er mit harter Stimme. Erneut stockte der Verkehr in Höhe der Geschäftsstelle der IHK, sodass Holly mit einem Fluch die Seitenscheibe senkte und das Blaulicht aufs Dach montierte. Julia betätigte gleichzeitig den

Schalter für die Sirene und verschaffte ihnen damit endlich freie Fahrt.

»Was genau erwartest du, von Kammholz zu hören? Wenn er dermaßen Panik hat, wird er vermutlich nicht mit der Polizei sprechen wollen«, sagte Julia.

Holly wiegte zweifelnd den Kopf. »Er kennt mich und Melanie ist mit den Nerven völlig zu Fuß. Sie wird Andy bearbeiten, um endlich wieder zur Ruhe zu kommen«, antwortete er.

»Hat sie so viel Einfluss auf ihn?«

Die Skepsis in Julias Stimme war unüberhörbar.

»Die beiden sind ein Paar und ohne Melanies ausgeprägtem Geschäftssinn würden Andys Läden nicht so viel abwerfen«, sagte Holly.

Er wollte noch etwas hinzusetzen, aber zuvor musste er einen Anruf auf seinem Handy annehmen. Holly erwartete, erneut von Melanie zu hören. Zu seiner Überraschung war es Frank. »Was soll ich? Butch abholen und spazieren führen?«, fragte er ungläubig nach.

Julias Augenbrauen hüpften ebenfalls in die Höhe.

»Auf dem Rückflug aus Danzig. Aha. Du sollst *was* getan haben? Ja, spinnen die Polen denn!«

Am liebsten hätte Julia ihrem Kollegen das Handy weggenommen. Zum einen musste er sich aufs Lenken des Dienstwagens konzentrieren, und zum anderen wurde sie aus den Wortfetzen nicht richtig schlau.

»Nein, geht schon klar. Ruf deine Vermieterin an und warne die arme Frau vor«, lenkte Holly schließlich ein. Kopfschüttelnd beendete er das Gespräch und schob das Handy zurück in seine Jackentasche. »Frank muss bei der Führung antanzen. Die Polen behaupten, er hätte Jens erschossen«, teilte er gleichzeitig mit.

»Wie bitte? Das ist totaler Quatsch. Wieso hätte Frank so etwas tun sollen?«, brach es aus Julia heraus.

»Diese Frage wird nur er beantworten können. Nachher hole ich Butch ab und sorge dafür, dass einige Büsche noch gewässert werden«, erwiderte Holly.

Julia verfiel in brütendes Schweigen und konnte nicht auf den gezwungenen Scherz ihres Kollegen eingehen. Holly stoppte den Wagen auf dem Parkplatz an einem Mehrfamilienhaus mit sechs Wohnungen. Schon kurz vor der Ortseinfahrt von Strande hatte er Blaulicht und Sirene ausgeschaltet.

»Nicht, dass Andy deswegen durchdreht und abhaut«, hatte er erklärt.

Seine Kollegin schien immer noch dem Telefonat nachzuhängen. »Frank ist kein Mörder!«, stellte sie entschieden fest.

Holly musterte Julia mit einem milden Lächeln. Er hatte bislang nicht erkannt, wie sehr ihr Frank offenbar am Herzen lag. Er nahm sich vor, es seinem Freund bei nächster Gelegenheit zu stecken. Karin nahm ihn sowieso nicht zurück und Julia war ein Prachtweib, dachte er.

»Nein. Das werden die Polen schnell herausfinden und dann ist der Verdacht vom Tisch«, stimmte er gleichzeitig zu.

Julia schnaubte. »Die polnischen Kollegen vermutlich schon. Wie wird es aber mit Regina, Gerster und dem Polizeipräsidenten?«

Es war ein schlechter Zeitpunkt, um über mögliche Konsequenzen zu diskutieren. Holly machte eine knappe Geste. »Darüber müssen wir uns jetzt nicht den Kopf zerbrechen. Vorerst muss unsere Konzentration auf Andy liegen«, mahnte er.

Julia stieß die Beifahrertür auf und ließ ihren Blick über die Haustür wandern, hinauf zu den Fenstern und zuletzt über die geparkten Fahrzeuge.

»Vielleicht sollte ich eine Halterabfrage durchführen. Dann wüssten wir wenigstens, mit welchem Wagen unser Freund zurzeit unterwegs ist«, schlug sie vor.

Holly winkte ab. Er kannte Andy und dessen Paranoia noch von früher.

»Der wechselt vermutlich jeden Tag seinen Wagen. Reine Zeitverschwendung also«, wehrte er ab. Anschließend eilte er zur Eingangstür und überflog die Namen auf den Klingelschildern. Mit zufriedenem Nicken deutete er auf ein Schild auf dem Julia den Namen ›A. Meyer‹ entzifferte.

»Den Namen hat Melanie mir genannt«, sagte Holly.

Als Julia die Hand ausstreckte und die Klingel betätigen wollte, hielt Holly sie mit einem blitzschnellen Griff am Handgelenk zurück.

»Nein, wir kündigen uns erst oben vor der Wohnungstür an. Andy glaubt uns sowieso nicht, wenn wir uns über die Gegensprechanlage zu erkennen geben«, erklärte er.

Während Julia sich das Handgelenk rieb, drückte Holly mehrere Klingelknöpfe und wartete ab.

Mit der Ausrede »Paketdienst« öffnete einer der anderen Mieter die Haustür für sie. Mit langen Sätzen jagte Holly die Treppe ins zweite Stockwerk hinauf, sodass Julia Mühe hatte zu folgen. Vor der Wohnungstür, hinter der sich Andy mit seiner Geliebten verstecken sollte, legte Holly den Zeigefinger über die Lippen. Dann presste er sein Ohr gegen die Tür und lauschte. Julia vernahm leise Musik, die aus einer Wohnung unter ihnen kam.

»Es ist jemand in der Wohnung. Ich kann leise Stimmen

hören. Vermutlich telefoniert Andy oder er schaut Fernsehen«, raunte Holly seiner Kollegin zu.

Nach einem letzten Verständigungsblick klopfte Holly an die Tür, wobei er eine simple Zeichenfolge einhielt.

»Habe ich mit Melanie so ausgemacht«, murmelte er.

Zunächst passierte nichts. Weder waren Schritte aus der Wohnung zu vernehmen, noch wurde die Wohnungstür geöffnet. Holly klopfte erneut.

»Mel? Ich bin's, Holly«, sagte er leise.

Dieses Mal waren seine Bemühungen von Erfolg gekrönt. Julia vernahm das metallische Klirren einer Sicherheitskette und daraufhin öffnete sich die Wohnungstür einen Spalt breit.

»Du bist es! Bin ich froh, dich zu sehen«, sagte eine Frauenstimme. Als sich Julia hinter Hollys breitem Rücken zeigte, reagierte Melanie erschrocken.

»Was soll der Scheiß? Du solltest allein kommen«, geiferte sie.

Julia betrachtete die Frau, deren Alter schwer zu bestimmen war. Melanie konnte sowohl Mitte 30 als Anfang 50 sein. Das verlebte Gesicht war stark geschminkt und konnte dennoch die dunklen Ringe unter den bernsteinfarbenen Augen nicht verbergen. Die rote Farbe im Haar wuchs langsam heraus und legte graue Ansätze frei.

»Julia Beck. Sie ist in Ordnung, sonst hätte ich sie nicht mitgebracht. Wir haben wenig Zeit, Mel. Wenn wir Andy hier unbemerkt wegschaffen müssen, können wir Hilfe gebrauchen«, erklärte Holly mit sanfter Stimme.

Die Geliebte des Zuhälters entspannte sich ein wenig und stieß die Wohnungstür zu. Julia stand quasi mit dem Rücken in der Garderobe, so eng war der Flur.

»Er liegt auf der Couch und sieht sich irgend so einen

Quatsch im Fernsehen an«, sagte Mel. Sie führte Holly und Julia ins Wohnzimmer. Dort sprang Andy beim Anblick der beiden Besucher auf und richtete die Mündung einer SIG Sauer auf sie. Holly spreizte schnell die Arme seitlich ab.

»Bleib ruhig, Andy! Wir wollen dir helfen«, sagte er.

*

Der Regen war zur Kieler Woche zurückgekehrt, ohne den Besuchern aber die Lust am Bummeln nehmen zu können. Der Wetterumschwung passte zu Franks Gemütslage, der sich nach dem Rapport bei Oberrat Gerster im Zelt des Irish Pub gegenüber des Alten Rathauses eingefunden hatte.

Hoffentlich war das kein schlechtes Omen, dachte er und starrte finster auf den Stand mit polnischen Spezialitäten auf der anderen Seite.

»Mit dem Gesicht vertreibst du noch die restlichen Gäste«, meldete sich eine vertraute Stimme.

Frank schaute hoch und erwiderte das warme Lächeln von Rana. Sie deutete auf einen freien Stuhl an seinem Tisch.

»Darf ich oder möchtest du lieber im eigenen Saft schmoren?«, fragte sie.

Frank rückte ihr stumm den Stuhl hin und registrierte den enttäuschten Ausdruck im Gesicht eines Mannes am Tresen.

»Du hast soeben das Herz eines Bewunderers gebrochen«, machte er Rana auf den Mann aufmerksam.

Sie warf nicht einmal einen Blick hinüber, sondern gönnte sich einen großen Schluck des dunklen Biers.

»War's denn so schlimm?«, wollte sie gleich wissen.

Frank berichtete von dem Treffen mit seinem Vorgesetzten im LKA. »Gerster hat mich einstweilen suspendiert. Das bedeutet den Ausschluss aus der SOKO.«

In den dunklen Augen seiner Kollegin glomm ein Feuer auf. »Ach, glaubt er das? Da hat Regina sicherlich auch noch ein Wort mitzureden. So einfach kann er dich nicht aus den Ermittlungen heraushalten.«

Ihre Worte klangen wie eine unterschwellige Drohung und halbwegs erwartete Frank, dass die temperamentvolle Frau mit den syrischen Wurzeln sofort losstürmen und dem Oberrat ihre Dienstwaffe auf die Brust drücken würde.

»Was ist denn daran so lustig, hä?«, fragte Rana, die das Schmunzeln ihres Kollegen missdeutete.

»Ich habe mir gerade vorgestellt, wie du mit gezückter Waffe den von mir sehr verehrten Vorgesetzten zur Rücknahme dieser Anweisung bewegen willst. Gefiel mir«, sagte Reuter.

Rana schüttelte verblüfft den Kopf, sodass die dunklen Locken umherflogen. Dann beugte sie sich über den Tisch und gab Frank einen Kuss mitten auf den Mund. Der Mann am Tresen sank in sich zusammen und bestellte gleich noch ein Bier.

»Donnerwetter! Du verstehst es, einen Mann wieder aufzurichten«, stieß Frank hervor.

Jetzt war es an Rana, ihn verschmitzt anzulächeln.

»Dürfen wir die traute Zweisamkeit stören oder sind wir unerwünscht?«, dröhnte Hollys Bass neben Frank. Er und Julia standen zwischen den Tischen.

»Ihr stört nicht. Wollt ihr euch aber wirklich zu mir setzen? Immerhin gelte ich zurzeit als Polizistenmörder«, erwiderte Frank, der einen leichten Rückfall in dunklere Stunden verspürte.

Ein Hieb auf seine Schulter war alles, was Holly darauf zu erwidern hatte. »Besetz zwei Stühle, Julia. Ich hole das Bier«, wandte er sich dann an seine Kollegin.

Sie setzte sich an Franks andere Seite. Damit blieb der Stuhl ihm gegenüber für Holly frei. Rana warf einen forschenden Blick auf Julia, um dann ein Lächeln zu unterdrücken.

»Von uns glaubt keiner, dass du Jens auf dem Gewissen hast«, stellte Julia unmissverständlich klar.

Frank lächelte ihr dankbar zu und sorgte damit für ein Aufblitzen in Julias Augen. Holly stellte ein Glas Dunkelbier vor ihr ab und ließ sich schwer auf den freien Stuhl fallen.

»Hörst du die Nachtigall trapsen?«, raunte er Rana zu und schaute dabei gelegentlich zu Julia.

»Und ob. Na, dann. Prost«, erwiderte sie lachend.

Verwundert registrierte Frank den Heiterkeitsausbruch, den er nicht nachvollziehen konnte. Er blickte Holly an und zog fragend die Augenbrauen in die Höhe.

»Keine Bange, mein Freund. Du wirst es noch früh genug verstehen«, versicherte der Hüne und trank gierig einen großen Schluck aus seinem Glas.

Wie auf ein stilles Kommando hin setzten alle ihr Glas an den Mund und tranken. Um sie herum brandete der Lärm der vielen Besucher und auf der Bühne vor dem Rathaus stimmten Musiker ihre Instrumente.

»Ich denke, der Mann möchte mit dir reden«, rief Holly durch den Lärm. Er deutete auf Heinrich Saß, der vergeblich versuchte, Franks Aufmerksamkeit auf sich zu ziehen. Die Stühle an den Tischen waren eng besetzt, weshalb der

Rechtsanwalt nicht näher zu dem Hauptkommissar gelangen konnte. Verblüfft erhob Frank sich und schob sich ins Freie, wo ihn Saß umgehend vom Pub weglotste.

»Ich habe von dem Versuch erfahren, dass Oberrat Gerster Sie aus den Ermittlungen der SOKO ausschließen will«, sagte Heinrich Saß.

»Nicht nur den Versuch, Herr Saß. Ich bin vorläufig suspendiert und das entspricht leider den Vorschriften«, erwiderte Frank.

Zu seiner Überraschung schüttelte der Vater von Regina den Kopf. »Das ist bereits wieder überholt. Wir haben dafür gesorgt, dass die Suspendierung rückgängig gemacht wurde. Sie bleiben in der SOKO, Herr Reuter«, widersprach Saß. Angeblich hatte der Polizeipräsident auf den Einspruch von ihm reagiert und die Anordnung widerrufen.

»Warum tun Sie das?«, wollte Frank wissen.

Saß schaute sich prüfend um, bevor er seinen Mund nahe an Franks Ohr brachte. »Weil diese Geschichte zum Himmel stinkt, Herr Reuter! Der Mord an Dr. Rose und die verschwundenen, dann wieder aufgetauchten Gelder der Partei, all das ergibt keinen Sinn. Mir gefällt einfach nicht, wie der Staatsschutz die Ermittlungen manipuliert. Ihnen und meiner Tochter traue ich aber zu, diesen Fall zu lösen«, erklärte er.

Bevor Frank weiter nachfragen konnte, verabschiedete Heinrich Saß sich und ließ einen sehr nachdenklichen Hauptkommissar zurück.

Viel verrückter konnte es wohl kaum werden, dachte Frank und kehrte langsam zurück zu seinen Kollegen.

*

Als Frank mit dem Rechtsanwalt verschwand und die beiden Frauen sich in ein Gespräch vertieften, dachte Holly an den Besuch in Strande zurück.

»Helfen? Wie zum Teufel wollt ihr das denn anstellen?«, hatte Andy wütend auf sein Angebot reagiert.

Immerhin senkte der nervöse Zuhälter den Lauf der Waffe, sodass Holly wusste, ein Gespräch mit ihm war möglich. Mel schaltete den Fernseher mittels der Fernbedienung stumm und stellte Gläser auf den Tisch. Holly und Julia verzichteten jedoch, während Andy sich ein weiteres Glas mit Whisky füllte. Seine Körperhaltung ließ Holly darauf schließen, dass besonders die linke Seite durch die Explosion in Mitleidenschaft gezogen worden war.

»Hat sich ein Arzt deine Verletzungen angesehen?«, fragte Holly.

Andy lachte auf und verschüttete dabei einige Tropfen der braunen Flüssigkeit auf seinem zerknitterten Hemd. Normalerweise achtete der eitle Zuhälter sehr auf sein Erscheinungsbild. Heute war er nicht einmal rasiert.

»Damit der gleich die Bullen alarmiert? Verflucht noch mal, Holly. Ihr steckt mit diesem Ungarn unter einer Decke!«, brüllte er dann los.

Es waren nicht nur die angespannten Nerven, die Andy so sprunghaft werden ließen. Vermutlich hatte er starke Schmerzmittel geschluckt und dazu reichlich Whisky getrunken. In Verbindung mit fehlendem Schlaf musste es seine Selbstbeherrschung ruinieren. Holly musste noch vorsichtiger zu Werke gehen.

»Wie kommst du denn da drauf?«, fragte er nur.

Der Zuhälter trank einen weiteren Schluck Whisky, bevor er mit heiserer Stimme antwortete. »Joe hat unmittelbar vor der Explosion die Jacht verlassen. Ich konnte das Telefonat zuvor belauschen, und das war verdammt aufschlussreich.«

Holly und Julia tauschten einen gespannten Blick aus. War die Aussage etwas wert?, sollte ihr Blick heißen. Solange Holly nicht wusste, was Andy ihnen gleich auftischen würde, konnte er es selbst nicht einschätzen.

»Und? Was hast du nun gehört?«, drängte er den Zuhälter.

»Ich denke, dass Joe mit Tatai gesprochen hat. Er faselte etwas davon, dass der Verbindungsmann zur deutschen Polizei die fehlenden Informationen geliefert hätte«, fuhr Andy fort.

Holly schaute ihn skeptisch an. »Seit wann sprichst du serbisch oder kroatisch? Soweit ich weiß, stammt dieser Joe vom Balkan«, hakte er nach.

Erneut ließ Andy sein heiseres Lachen vernehmen. »Er sprach russisch, und wie du dich vielleicht noch erinnern kannst, durfte ich meine gesamte Schuldbildung in Karl-Marx-Stadt durchleiden«, antwortete er.

»Okay, so weit, so gut. Was noch?«, drängte er nach mehr.

»Was noch? Soll ich euch jetzt den Verräter auf dem Silbertablett servieren? Ich riskiere nicht meinen Hals, den ich mit großer Mühe und noch mehr Glück heil aus der Falle gezogen habe«, sagte Andy.

Er schilderte abschließend, wie er auf dem Rückweg von der Toilette zufällig mit ansehen konnte, wie Joe sich heimlich von Bord schlich. Da die Jacht aber weiterhin normale Fahrt machte, handelte Andy instinktiv und sprang über Bord.

»Da war etwas im Busch, und da dieses blöde Boot direkt auf eine Tonne in der Förde zuhielt, habe ich mich lieber aus dem Staub gemacht«, erklärte er treuherzig.

»Ohne die anderen zu warnen?«, meldete sich Julia erstmals zu Wort. Sie starrte den Zuhälter voller Abscheu an.

»Hätte ich zufällig mitbekommen, dass diese Sprengladung erst in zehn oder 15 Minuten hochgehen würde, hätte ich es getan. So blieb mir nur der Sprung ins Wasser«, lautete seine lapidare Antwort.

Das Schlauchboot mit Joe an Bord war schnell verschwunden, als eine Schockwelle den über Bord springenden Zuhälter traf.

»Das war so, als ob einer der Klitschkos dir seine Stahlfäuste in den Rücken donnert! Mensch, Holly. Ich kann von Glück sagen, noch atmen zu können. Wenn Tatai das erfährt, bin ich tot!« Kopfschüttelnd trank er den Rest aus seinem Glas und schenkte sich sofort nach.

»Wie soll ich mit diesen kümmerlichen Informationen etwas anfangen?«, wollte Holly wissen.

Andy setzte ein Grinsen auf, das der Hauptkommissar bestens kannte. »Einen kleinen Tipp hätte ich noch für dich. Der ist aber etwas wert und nicht umsonst«, antwortete er verschlagen.

Holly zuckte vage mit den Schultern. Er würde dem Zuhälter nichts versprechen, wenn sich dieser Hinweis als kaum hilfreich entpuppen sollte.

»Ich weiß, wie Joe in Wirklichkeit heißt«, sprach Andy weiter. Sein lauernder Blick fixierte Hollys Gesicht.

»Das wäre eine brauchbare Information. Was erwartest du im Gegenzug von uns?«

Holly konnte sich denken, was sich Kammholz wünschte. Er würde sicher und unauffällig aus dem Haus im Fritz-Reuter-Weg verschwinden wollen. Dabei sollten Holly und Julia im vermutlich behilflich sein.

»Dass du mich aus den weiteren Ermittlungen raushältst, Holly. Ich bin bereit, mich mit einem Staatsanwalt unter vier Augen an einem geheimen Ort zu treffen. Danach tauche ich ab und verschwinde aus dem Norden, vielleicht sogar für immer aus Deutschland«, lautete das unerwartete Angebot.

Andy Kammholz hatte weit mehr Angst, als Holly es bislang angenommen hatte. Sollte das belauschte Telefonat tatsächlich so stimmen und es gab in der Kieler Kriminalpolizei einen Verräter, konnte Holly es ihm kaum verdenken. Er wehrte sich jedoch gegen die auf ihn einstürmenden Gedanken, dass einer der Kollegen aus der SOKO der Verbindungsmann von Tatai sein könnte.

»Na, gut. Ich kläre es mit der Staatsanwaltschaft. Du hast mein Wort«, versprach Holly.

Ihre Blicke trafen sich und er konnte spüren, wie der Zuhälter förmlich nach einem Zeichen suchte.

»Habe ich dich jemals angelogen?«, bohrte Holly nach.

Andy seufzte schwer und schüttelte schließlich den Kopf.

»Joe heißt in Wirklichkeit Milan Petric und kommt aus Zagreb.« Damit gab er seinen letzten Trumpf aus der Hand.

*

Franks Rückkehr an den Tisch unterbrach den Strom an Erinnerungen. Holly bemerkte den verwirrten Gesichtsausdruck seines Freundes und fragte nach dem Grund dafür.

»Saß hat mir mitgeteilt, dass er seinen Einfluss genutzt hat, um meine Suspendierung rückgängig machen zu lassen«, erklärte Frank.

Die Augen der beiden Frauen leuchteten, während Holly ebenfalls verwundert die Stirn in Falten legte.

»Hat Reginas Vater verraten, warum er sich eingeschaltet hat? Aus reiner Nächstenliebe ja wohl kaum«, wollte Reuters Kollege wissen.

Als Frank den Grund nannte, staunten Rana und Julia darüber. Jeder innerhalb der SOKO wusste um die familiären Reibereien zwischen Vater und Tochter. Nachdem der Rechtsanwalt noch im vorigen Jahr öffentlich von der Unfähigkeit seiner Tochter gesprochen hatte, wog die heutige Aussage umso schwerer und ließ ein bisher ungeahntes Umdenken des Rechtsanwaltes erkennen.

»Saß scheint besonders den Kollegen vom Staatsschutz zu misstrauen, aber wieso, hat er mir nicht verraten«, sagte Frank.

Diesen Verdacht nahm Holly mit großem Interesse zur Kenntnis. Er schaute zu Julia, die in seine Richtung nickte. Noch fehlte die offizielle Bestätigung, dass Frank weiterhin aktiv an den Ermittlungen teilnahm. Aber beide bezweifelten nicht, dass Heinrich Saß die Wahrheit gesagt hatte.

»Da können wir dir vermutlich weiterhelfen«, warf Holly ein.

Er berichtete Frank von dem Treffen mit Andy Kammholz.

KAPITEL 13

Es war sehr früh und angenehm kühl draußen, sodass sie das Fenster in Reginas Büro geöffnet lassen konnten. Vereinzelte Stimmen, vor allem von den Arbeitern der Stadtreinigung, drangen zu der kleinen Versammlung. Der restliche Müll, den die Besucher der Kieler Woche auf dem Rathausmarkt hinterlassen hatten, galt es zu entfernen.

»Dein Hund hat wirklich ein sonniges Gemüt«, stellte Holly mit einem schiefen Grinsen fest.

Frank zuckte mit den Schultern und schaute strafend zu Butch hinunter, der genüsslich an den Schuhen der Leiterin herumkaute. Seine schmatzenden Geräusche sorgten immer wieder für amüsierte Blicke der anwesenden Ermittler.

»Regina hat es ihm erlaubt und seitdem missachtet Butch mich völlig«, wies er jede Schuld weit von sich.

»Lasst ihn. Ich freue mich viel mehr, dass Frank weiterhin zum Team gehört. Der vorläufige Bericht aus Danzig sieht in dem mysteriösen Anruf übrigens kein wirklich belastendes Indiz«, erwiderte sie.

Ihr Blick streifte kurz Franks Gesicht, der ihr dankbar zulächelte. Vor der Besprechung, an der Holly und Julia teilnahmen, hatte er Regina vom Treffen mit ihrem Vater erzählt. »Soso, er traut uns also die Aufklärung zu. Na, dann wollen wir ihn nicht enttäuschen«, hatte ihr Kommentar gelautet.

»Wir haben endlich einen Namen, mit dem wir weiterkommen könnten«, warf Holly ein. Er hatte Koller darauf angesetzt, und der findige Oberkommissar hatte tatsächlich schon erste Ergebnisse geliefert, die Holly nun bei der Besprechung einbringen konnten.

»Milan Petric war demnach tatsächlich der Steuermann der Jacht?«, fragte Frank.

Holly reichte ein Fernschreiben rüber, auf dem die Kollegen aus Zagreb ihren Kenntnisstand zu Petric mitteilten. »Er hat im Bürgerkrieg sein eigenes Spiel durchgezogen. Die Kollegen aus Zagreb halten ihn für einen Mörder, der für genügend Geld nahezu jeden Auftrag übernimmt«, sagte er.

»Das würde gut zu dem Anschlag auf die Jacht passen«, sagte Regina.

Butch seufzte, ließ von den Schuhen ab und legte sich stattdessen platt auf den Boden. Frank wusste, was nun kam und hielt sich geistesgegenwärtig die Nase zu.

»Puh! Was ist das denn?«, stieß Julia hervor und sprang auf.

Holly und Regina rümpften ebenfalls die Nase, während Frank den üblen Geruch ausgesperrt hatte.

»Jemand hat Butch Fleisch zugesteckt«, näselte er fröhlich.

Regina senkte den Kopf und übersah geflissentlich die vorwurfsvollen Blicke ihrer Kollegen. Holly baute sich neben dem kleinen Fenster auf. »Petric ist wohl nicht das einzige Stinktier, mit dem wir uns herumschlagen müssen«, kommentierte er trocken.

»Florian hat die Fahndung nach ihm angestoßen, kaum dass ich ihm die Daten sowie eine Beschreibung von Petric gegeben habe. Das Foto der Kollegen aus Kroatien geht ebenfalls schon an alle Reviere heraus«, sprach Holly weiter.

Frank studierte das Fernschreiben. Fast am Ende stieß

er auf einen interessanten Aspekt. »Habt ihr gelesen, für wen Petric bereits öfter aktiv gewesen sein soll?«, fragte er.

Seine Kollegen schauten ihn fragend an.

»Diese Rockerbande mit dem schönen Namen *Balkan Devils* hat Petric engagiert oder er gehört bereits dazu. Rocker in Zagreb und hier in Kiel? Sieht für mich nach einem Muster aus«, führte Frank seine Gedanken aus. Die Verbindung war ihm offenbar zuerst aufgefallen, was die überraschten Gesichter seiner Kollegen bestätigten.

»Frank und ich knöpfen uns Wendt noch einmal vor. Wenn uns jemand mehr über die Verbindung der Rocker zu den Anschlägen hier in Kiel erzählen kann, dann er«, sagte Saß. Ihr Blick fiel auf Holly, der nachdenklich an seiner Unterlippe kaute. »Was geht dir durch den Kopf?«, fragte sie ihn.

Als er den Kopf hob, spiegelte sich ein Sonnenstrahl auf seiner Glatze. »Könnte es sein, dass wir mitten in einen Krieg zwischen Rockern und Tatai um die Ausweitung der Interessengebiete gestolpert sind?«

»Nicht von der Hand zu weisen. Ich kann mir kaum denken, dass die Rocker sich zu Handlangern vom Ungarn machen. Vermutlich wüssten die Kollegen vom Staatsschutz mehr darüber zu berichten. Sie müssen früher schon wegen des Sprengstoffs ermittelt haben. Kommst du an solche Informationen heran?«, erwiderte Frank und richtete seine Frage an Regina.

»Ich denke schon. Neuerdings gibt es ja mehr Möglichkeiten, um ein wenig Druck auszuüben«, antwortete sie mit einem Lächeln.

Jeder wusste auf Anhieb, worauf Regina anspielte. Heinrich Saß zeigte besonderes Interesse daran, diese Ermittlung zu unterstützen. Sein Einfluss durfte ausreichen, um den Staatsschützern einige Informationen zu entlocken.

»Darum kümmere ich mich sofort. Sorgst du dafür, dass Wendt hierher gebracht wird? Und ihr beide bleibt an Petric dran.«

Damit beendete Regina die Besprechung.

*

Als Regina und Frank den Vernehmungsraum betraten, schaute Wendt hoffnungsvoll zur Tür. Seine Freude erlosch jedoch beim Anblick der beiden Ermittler. Angeblich versuchte Wendt, sich der Staatsanwaltschaft als Kronzeuge anzubieten.

»Wir haben noch einige Fragen an Sie, Herr Wendt. Sie haben in den bisherigen Aussagen nur sehr vage geschildert, was die Rocker über ihre Ziele ausgeplaudert haben«, erklärte Regina. Sie blätterte die Akte durch und schüttelte dabei mehrfach den Kopf. Frank lehnte an der Wand und verfolgte die Reaktionen von Wendt.

»So richtig haben die es nicht erzählt. Das waren vor allem Andeutungen. So in der Richtung, dass dieser Söldner noch staunen würde«, erwiderte er zögernd.

»Söldner? Wen können die Rocker damit gemeint haben?«, hakte Frank nach.

Wendt schaute auf und zuckte mit den Schultern. Anschließend verfiel er wieder in Schweigen. Er wusste mehr und versuchte, sein Wissen für sich zu behalten. Frank ahnte, warum Wendt sich so verhielt. Rocker schätzten Verräter nicht sonderlich und verfügten in den meisten Gefängnissen über Vertrauensleute, die sich um die Vergeltung kümmern konnten.

»Dem Anschlag liegt möglicherweise ein politisches Motiv zugrunde, Herr Wendt. Solange wir dies nicht definitiv ausschließen, wird man Sie wahrscheinlich in ein Gefängnis verlegen, in dem besondere Schutzmaßnahmen existieren«, sagte Frank.

Regina hörte dem Dialog schweigend zu, verließ sich völlig auf die Kompetenz ihres Stellvertreters. Wendt schaute Frank an und dachte angestrengt über die Worte nach. Noch verstand er nicht, worauf dieser hinauswollte.

»Es liegt in unserem Ermessen, ob wir diese Einschätzung so vornehmen und Sie damit in ein Gefängnis mit besonderen Häftlingen kommen. Dort sitzen keine gewöhnlichen Kriminellen wie Dealer, Totschläger oder Räuber ein«, ergänzte Frank.

Endlich blitzte Verständnis in Wendts Augen auf und er erkannte die Brücke, die der Ermittler ihm baute.

»Sie wollen einen Deal mit mir machen? Informationen gegen die Unterbringung in einem Gefängnis, wo mich die Rocker nicht abmurksen können?«, fragte er.

Frank streckte den Daumen in die Höhe, während Regina sofort relativierte. »So eine Abmachung kann nicht eingegangen werden, Herr Wendt. Sollten Ihre Auskünfte uns dazu bewegen, weiterhin einen politischen Hintergrund annehmen zu müssen, wird in dieser Richtung weiter ermittelt und Sie werden in ein Gefängnis für diese Art Straftäter verlegt«, korrigierte sie leicht und untermauerte damit in Wendts Augen das Abkommen.

»Einer der Rocker hat sich über den Vornamen des Söldners lustig gemacht. Es gibt wohl einen Vogel mit dem gleichen Namen.« Wendt wurde sofort gesprächiger.

»Können Sie sich an den Namen erinnern?«

Wendt dachte angestrengt nach, bis auf einmal ein

Leuchten in seinen Augen zu erkennen war. Zufrieden mit seiner Erinnerungsleistung schnippte er mit zwei Fingern. »Der Kumpel des Rockers meinte noch, dass der Söldner sich wohl für eine Panzerabwehrwaffe hielt. Milan! Genau so hieß er«, stieß er hervor.

Frank hatte einer Intuition folgend die Fotografien zur Vernehmung mitgenommen, die der SOKO von den Kollegen aus Zagreb zugeschickt worden waren. Er legte sie auf den Tisch und wurde prompt belohnt.

»Der Typ ist es. Mensch, der lungerte in der Halle herum. Er hat zugesehen, als Simon und ich den Sprengstoff geliefert haben«, rief Wendt.

Regina und Frank verließen den Raum. Sie gingen in ihr Büro, um über die neuen Erkenntnisse zu sprechen.

»Petric hat sich den Sprengstoff über die Rocker organisiert oder sie in der Handhabung unterwiesen. Ich denke, wir sollten unseren Fokus jetzt stärker auf die Möglichkeit richten, es mit einem Krieg in der Unterwelt zu tun zu haben«, erklärte Frank.

Regina wiegte skeptisch den Kopf. »So weit stimme ich dir zu. Was aber weiterhin völlig unklar ist, wie der Mord an Dr. Rose ins Bild passt.«

»Wer weiß? Vielleicht gar nicht und wir finden keine Verbindung, weil sie nie existierte«, schlug Frank vor.

Regina seufzte schwer und weckte damit Butch, der fragend den Kopf hob. »Butch braucht Bewegung an der frischen Luft«, entschied sie.

Frank lächelte und ging zurück ins Großraumbüro. Er wollte mit Holly sprechen, der sich im Rockermilieu besser auskannte.

Es war fast so, als wenn der Frontmann der Gruppe Queen wieder auferstanden wäre. Frank lehnte sich an das weiße Holzgitter am Hindenburgufer und schaute hinüber zur NDR-Bühne, auf der ein täuschend echt aussehender Sänger die Songs von Freddy Mercury präsentierte. Den Zuhörern gefiel das ausnehmend gut, genauso wie Frank. Der Hauptkommissar wollte nach den vielen Stunden Schreibtischarbeit den Tag an der frischen Luft ausklingen lassen.

»In Bezug auf die Veranstaltungen der Kieler Woche scheinen wir den gleichen Geschmack zu haben«, meldete sich eine vertraute Stimme.

Frank wandte den Kopf und sah Regina überrascht an. »Ja, sieht fast so aus. Ich dachte, du hättest ein Date?«, erwiderte er.

Seine Kollegin zuckte mit den Achseln und nippte an einem Cocktail. Regina trank eines der beliebtesten Getränke auf der diesjährigen Kieler Woche: Hugo. Frank war kein Freund von Mixgetränken und nahm sich ein Bier, das er aus der Flasche trank.

»Hmm, so frisch gemixt, ist das Zeug echt lecker«, stellte Regina fest. An ihrer Aussprache erkannte Frank, dass seine Kollegin bereits mehr als nur dieses eine Glas intus hatte.

»Kann ich schlecht beurteilen. Mir sagt ein Bier oder ein gutes Glas Wein mehr zu«, antwortete er lächelnd.

»Los, probier mal«, forderte Regina ihn auf und streckte ihm ihr Glas hin.

Frank schüttelte den Kopf. Regina drängte ihn so lange, bis er seufzend nachgab. Er nippte zuerst nur am Glas, um dann überrascht einen längeren Schluck zu trinken.

»Gar nicht einmal so übel«, räumte er ein.

Regina warf einen prüfenden Blick auf das fast leere Glas und musterte ihren Kollegen dann streng.

»Du bist an der Reihe, Frank. Immerhin hast du mein Getränk nahezu allein vernichtet«, stellte sie fest.

Das entsprach zwar nicht unbedingt der Wahrheit, aber Frank fügte sich kommentarlos. Eine Stunde und zwei Hugos später gab die Band ihre letzte Zugabe. Frank spürte die Müdigkeit und war dennoch froh, für einige Stunden auf die Kieler Woche gegangen zu sein. Die Ablenkung tat gut. Mittlerweile war es an der Zeit, nach Hause zu gehen.

»Mir reicht's. Bleibst du noch oder sollen wir uns ein Taxi teilen?«, fragte er Regina.

Sie lachte laut los und schlug ihm kumpelhaft auf die Schulter. Dann umarmte Regina ihren Kollegen und drückte ihm sogar einen Kuss auf die Wange.

Das gab morgen mächtige Kopfschmerzen, dachte Frank amüsiert.

»Taxi? Dann hol ich uns besser noch zwei Drinks. Bevor du an einen Wagen kommst, wird es noch eine Weile dauern«, sagte Regina.

Sie hatte recht. Aber Frank stand der Sinn trotzdem danach, den Heimweg anzutreten. »Ich gehe einfach zu Fuß, dann bin ich spätestens in einer Stunde im Bett«, sagte er.

Zum Abschied erhielt er eine weitere Umarmung, gepaart mit einem feuchten Kuss auf seine Wange. Schließlich konnte er sich lösen und ging zügig los. Nur einmal verzögerte Frank seinen Schritt. In einem der Zelte bemerkte er seinen Freund Sven, der sich in weiblicher Begleitung befand. Verblüfft schaute er zu dem Rechtsmediziner, der sich offenkundig prächtig mit der Schönheit an seiner Seite vergnügte.

»Rana und Sven? Ein Abend voller Überraschungen«, murmelte Frank.

Mit einem Lächeln setzte er seinen Weg fort. Seine Prognose erwies sich als zutreffend. Exakt eine Stunde nach seinem Aufbruch legte Frank seinen Kopf aufs Kissen. Fast übergangslos fiel er in den Schlaf, der schon bald von wilden Träumen durchsetzt war. Mehrfach fuhr Frank hoch. Dreimal durchlebte er in der Nacht die Schießerei im Danziger Hafen, und jedes Mal musste Frank hilflos zusehen, wie die Kugeln aus der Glock Jens zu Boden gehen ließen.

»Nein, verflucht! So war es nicht«, versuchte er das Gespinst der falschen Erinnerung zu verjagen.

Erst gegen drei Uhr in der Früh übermannte ihn die Erschöpfung vollends, sodass Frank in einem traumlosen Schlaf ein wenig Erholung fand.

*

Kollegen wie Holly oder Florian, die am Abend zuvor unmittelbar nach Dienstschluss nach Hause zu ihren Familien gegangen waren, wirkten frischer und einsatzbereiter als Saß und Reuter.

Er fühlte sich, wie sie aussah, dachte sich Frank und blickte zu Regina. Die Leiterin war grau im Gesicht, hatte dunkle Ränder unter den Augen, deren Weiß von geplatzten Äderchen durchzogen war. Sie wirkte ausgesprochen mürrisch.

Bei ihm waren diese verdammten Albträume verantwortlich. Bei ihr hieß der Übeltäter vermutlich Hugo, sagte er sich.

Während Florian die aktuellen Ergebnisse zusammenfasste, musterte Frank seine Kollegin. Dann sagte der

Oberkommissar etwas, wodurch Franks Konzentration sofort wieder bei der Ermittlung war.

»Die KTU hat die Lackspuren an der Eingangstür der Landesbank analysiert. Die Zusammensetzung des Lacks passt nur zu einem Audi A4 älteren Baujahrs. Sowohl die dunkelgrüne Farbe als auch der Fahrzeugtyp entsprechen dem Wagen, den wir in der Garage von Thorge Grawert gefunden haben«, erklärte Florian.

Schlagartig vergaß Frank seine Müdigkeit und die Albträume. Regina wirkte ebenfalls sofort hellwach. »Haben Sie eine Überprüfung angeordnet?«, wollte sie wissen.

Florian wedelte mit einem Stück Papier herum. »Das hier ist bereits das Ergebnis der Spezialisten der KTU. Die Lackspuren passen zum Wagen von Grawert, dessen Frontpartie repariert wurde, und zwar erst vor kurzer Zeit«, erwiderte er sichtlich zufrieden mit seiner Leistung.

»Sehr gut gemacht«, lobte Regina ihn prompt.

»Haben Sie die Experten gefragt, wie lange man für eine solche Reparatur benötigen würde?«, hakte Frank nach.

Daran hatte Koller natürlich gedacht und war sogar noch weiter gegangen. »Ein erfahrener Mechaniker mit der nötigen Ausrüstung sowie Zugriff auf die erforderlichen Austauschteile sollte es innerhalb von einem Tag schaffen. Grawert ist vielleicht dazu ausreichend qualifiziert und hat die Reparatur selbst ausgeführt«, erklärte er.

Florian war es gelungen, innerhalb Grawerts Bekanntenkreis einen Werkstattinhaber ausfindig zu machen. Ein Anruf hatte genügt, um die Bestätigung für die Reparatur zu erhalten.

»Donnerwetter! Dann hätte er uns aber sauber vorgeführt«, polterte Holly los.

Regina schaute entsprechend wütend drein. Die ausführliche Aussage von Thorge Grawert hatte sehr glaubwürdig gewirkt. Sie hasste es, wenn ein Verbrecher ihren Instinkt überlistete.

»Mit diesem Wissen werden wir Grawert gleich nachher konfrontieren«, sagte Regina zu Holly.

Es gab keine neuen Informationen aus Danzig, was Frank eine Menge fragender Blicke eintrug.

»Von Kollege Vogt fehlt bislang weiterhin jede Spur. Die Polen fahnden mit Nachdruck nach ihm«, sagte Florian und vermied den Blickkontakt mit Frank.

»Das ist sehr übel. Wir müssen davon ausgehen, dass der Kollege höchstwahrscheinlich in die Hände von Ivo Tatai gefallen ist«, sagte Regina.

Niemand sollte annehmen, dass die Leiterin irgendwelche Zweifel an der Unschuld ihres Stellvertreters hatte.

»Na, schön. Dann machen wir wie folgt weiter«, fuhr Regina fort. Sie verteilte die Aufgaben und übertrug Frank gemeinsam mit Julia die Befragung von Evelyn Rose. Es musste geklärt werden, ob es eventuell ein Motiv für den Anschlag seitens Grawerts gegen seinen Bruder gab. Die Besprechung war danach beendet und alle Ermittler gingen ihren Aufgaben nach.

»Auf in die bessere Gegend von Kiel«, sagte Julia übertrieben eifrig.

Frank musste zuerst noch einen Anruf annehmen, der ihn zu einer Absprache mit Regina veranlasste. »Dein Vater bittet um einen Besuch. Er verfügt angeblich über weitere Informationen, die ein neues Licht auf die seltsamen Fehlbuchungen in der Landesbank werfen. Ist es in Ordnung für dich, wenn ich zusammen mit Julia später in seiner Kanzlei vorbeischaue?«, fragte er nach.

Es war Regina anzumerken, wie sehr sie diese Bitte ihres Vaters verwunderte. »Ja, macht das nur«, willigte sie trotzdem ein.

*

Das Gespräch mit Evelyn Rose brachte keine neuen Erkenntnisse für die Ermittler.

»Sie wirkt erstaunlich gefasst, findest du nicht?«, wollte Julia wissen.

Frank lenkte den Passat durch die Innenstadt, um zur Kanzlei von Heinrich Saß zu gelangen. Bei der Frage seiner Kollegin ließ er die letzten Treffen mit der Witwe Revue passieren. Dabei dachte er auch an Regina, die sich Evelyn angenähert hatte. »Stimmt schon. Viele Menschen zeigen ihre Trauer ungern nach außen und besonders nicht gegenüber Fremden. Wer weiß, wie Frau Rose sich zu Hause wirklich grämt.«

»Das weiß ich. Mich wundert es nur, dass Frau Rose in Hinsicht auf die brutale Art des Mordes so gelassen darüber reden kann. Wie würdest du dich fühlen, wenn die Polizei möglicherweise gegen deinen Schwager einen Verdacht äußert?«

Der Punkt ging eindeutig an sie, musste Frank innerlich eingestehen.

»Vermutlich wäre ich aufgewühlt und wahrscheinlich sogar wütend. Mir ist nur nicht klar, worauf du hinauswillst. Hältst du die Witwe für die Täterin?«

Julia zuckte mit den schmalen Schultern und starrte nachdenklich zu den Geschäften unter den Arkaden in der Holtenauer Straße. »Ich wundere mich eben über ihre Haltung. Was weißt du über ihr Alibi?«, fragte sie dann.

Darüber wusste Frank tatsächlich nichts und das war schon merkwürdig. Er musste einen Augenblick nachdenken, wer für die Befragung der Witwe zuständig gewesen war.

»Da müsstest du die Chefin fragen. Regina hat die Vernehmung von Evelyn Rose geführt«, erwiderte er und lenkte den Passat auf den Parkplatz unter den Bäumen. Beim Aussteigen wanderte sein Blick über den kleinen Kiel hinüber zum Turm der Nikolaikirche, erfasste dann die Besucher am Haus der IHK, bevor Frank sich dem kurzen Fußweg zur Villa mit der Kanzlei zuwandte.

»Gute Ecke für eine Rechtsanwaltskanzlei«, stellte er fest.

Julia drückte bereits die Eingangstür auf und ging auf den Empfangstresen zu, hinter dem eine junge Frau saß. »Kripo. Hauptkommissar Reuter und Oberkommissarin Beck von der SOKO Kieler Woche. Herr Saß erwartet uns«, sagte Julia und hielt ihren Dienstausweis hoch.

Die junge Angestellte griff mit einem freundlichen Lächeln zum Telefonhörer, um die Besucher anzukündigen. Das Gespräch dauerte nur wenige Sekunden, bevor sie auf die Treppe deutete. »Sie können gleich hinaufgehen, Frau Beck. Das Büro vom Chef befindet sich im ersten Stockwerk«, erklärte sie dabei.

Zu Franks Erstaunen wartete der Vater von Regina bereits im Flur. Er schaute kurz prüfend zu Julia, bevor er beide Ermittler mit Handschlag begrüßte. »In meinem Büro sitzt ein Mandant, der überraschend gekommen ist«, erklärte der Rechtsanwalt, nachdem er seine Besucher in einen Konferenzraum geführt hatte.

Jetzt stieg Franks Neugier noch mehr. Wenn Heinrich Saß sogar das Gespräch mit einem Mandanten unterbrach, um mit den Ermittlern zu reden, mussten seine Informationen sehr wichtig sein.

»Wie Sie wissen, bin ich mittlerweile Schatzmeister meiner Partei und habe in dieser Funktion die seltsamen Kontobewegungen bei der Landesbank geprüft«, begann Saß sofort zu sprechen, kaum dass sie am Tisch Platz genommen hatten.

Frank begnügte sich mit einem Nicken. Gleichzeitig registrierte er erfreut, dass Julia sich durch das Verhalten von Saß unbeeindruckt zeigte. Es schien sie nicht weiter zu stören, dass der Rechtsanwalt seine Konzentration auf ihn lenkte.

»Während das Geld unserer Partei nach einer angeblichen Fehlbuchung wieder aufgetaucht ist, verschwand ein großer Teil vom Konto der Sozialdemokraten«, fuhr Saß fort.

Frank fragte sich, wie er an diese Informationen gekommen war. Im Grunde ahnte er es jedoch und wartete weiter ab, wohin dieses Gespräch sie bringen sollte.

»Es erschien mir wenig plausibel, dass sich ein derartiger Fehler bei seriösen Mitarbeitern der Landesbank in kurzer Zeit wiederholen sollte. Ich musste die Herren des Vorstandes ein wenig drängen, aber heute Vormittag erhielt ich endlich die gewünschten Auskünfte«, berichtete Saß. Er legte eine kurze Pause ein, so als würde er einen entscheidenden Beweis möglichst effektvoll präsentieren wollen.

»Man hat Ihnen gegenüber eingeräumt, dass es Manipulationen gab?«, warf Julia überrascht ein.

Sie hatte dem Rechtsanwalt die Show gestohlen, wie Frank innerlich amüsiert erkannte. Saß schickte Julia einen unwilligen Blick, bevor er es bestätigte. Sofort verschwand jede Heiterkeit bei Frank, der sich ungläubig vorlehnte.

»Jemand hat vorsätzlich die Konten der beiden Parteien manipuliert? Wer und warum?«, hakte er nach.

Zum ersten Mal zögerte Saß und musste sich erkennbar überwinden, die Fragen zu beantworten.

»Ich durfte einen Blick auf die Kontrolldaten der Computer werfen. Es kommt augenscheinlich Dr. Rose dafür in Betracht. Die meisten Manipulationen wurden außerhalb der Geschäftszeiten der Bank durchgeführt. Zuletzt wenige Stunden vor dem Anschlag auf ihn«, gab er sein Wissen schließlich preis.

Frank und Julia tauschten einen fassungslosen Blick aus. »Diese Informationen hätte man der SOKO unbedingt zur Verfügung stellen müssen«, beschwerte er sich.

»Das ist nicht so eindeutig zu klären, Herr Reuter. Der Vorgang betrifft interne, sehr vertrauliche Abläufe der Landesbank. Ein unmittelbarer Zusammenhang mit dem Anschlag ist nicht zu erkennen. Die juristischen Berater des Vorstandes schätzen es jedenfalls so ein, weshalb bislang keine Meldung an die Sonderkommission ergangen ist«, erwiderte Saß.

Derartige juristische Spitzfindigkeiten erlebte Frank nicht zum ersten Mal im Laufe seiner Karriere, daher wunderte er sich nicht sonderlich über das Verhalten der Bankmanager. Eine andere Frage drängte sich ihm weitaus mehr auf: »Warum weihen Sie uns ein, Herr Saß? Stellt das nicht einen Vertrauensbruch gegenüber den Mitgliedern des Vorstandes der Bank dar?«, wollte er wissen. Es leuchtete ihm nicht ein, dass Saß auf einmal aus altruistischen Motiven heraus handelte. Welchen Nutzen erhoffte er sich aus der Weitergabe der brisanten Informationen?

»Ich möchte verhindern, dass später meine Partei in

den Medien dafür angeprangert wird. Niemand soll sagen, dass wir den Behörden wichtige Informationen vorenthalten haben.«

Das klang plausibel. Frank glaubte trotzdem nicht, dass es der alleinige Hintergrund für das ungewöhnliche Verhalten des Rechtsanwaltes war. Vorerst akzeptierte er die Antwort und dankte Heinrich Saß für den Hinweis. »Haben Sie eine Vorstellung davon, warum Dr. Rose diese Manipulationen vorgenommen hat?«, fragte er.

Saß zögerte erneut und schien ausweichen zu wollen. Dann blieb er seiner bisherigen Linie treu und gab die Information weiter. »Allem Anschein nach hat Dr. Rose für private Zwecke regelmäßig erhebliche Summen von unterschiedlichen Konten abgezweigt. Offenbar musste er öfter finanzielle Engpässe ausgleichen. Wodurch diese aber entstanden sind, dazu kann ich Ihnen leider nichts sagen.«

Wenige Augenblicke später standen Frank und Julia wieder am Wagen. Sie stiegen nicht sofort ein.

»Warum tut er das? Ich dachte immer, Saß sieht seine Tochter zu gerne als Polizistin scheitern«, fragte sie.

»Dann hast du ihm also die Begründung nicht abgekauft«, erwiderte Frank anerkennend.

»Nein, das war mir zu dünn. Dir auch, wenn ich dich richtig verstehe«, sagte Julia.

Frank fragte sich, durch welche Tür Heinrich Saß sie soeben geschoben hatte.

*

Dieses Mal wirkte der Beamte des SEK zufriedener. Regina und Holly hatten unmittelbar nach dem Eintreffen von Dr. Axel Sommer, des Rechtsbeistandes von Grawert, die

Vernehmung aufgenommen. Sie kamen direkt auf den dunkelgrünen Audi zu sprechen, was Thorge Grawert unruhig im Bett herumrutschen ließ.

»Ja, das ist mein Wagen. Seit wann ist es denn verboten, einen älteren Audi zu fahren?«, begehrte er wenig überzeugend auf.

Dr. Sommer krauste alarmiert die Stirn und machte Anstalten, um eine Unterbrechung der Vernehmung zu bitten. Regina würgte seine Bitte mit einer knappen Geste ab.

»Ihr Mandant hat unser Vertrauen missbraucht. Sie wollten eine Vereinbarung mit der Staatsanwaltschaft eingehen, um so Ihren Kopf aus der Schlinge zu ziehen«, warf Regina dem Verletzten vor.

»Sparen Sie sich weitere Ausflüchte, Grawert! Unsere Techniker haben nachgewiesen, dass die Lackspuren an der demolierten Eingangstür der Landesbank eindeutig von Ihrem Audi stammen. Wir haben schon die Aussage des Werkstattinhabers, bei dem Sie die Reparatur eigenhändig durchgeführt haben«, setzte Holly unerbittlich nach.

An dieser Stelle konnte sich der Rechtsanwalt nicht mehr zurückhalten. Nervös sprang er auf und stoppte die Vernehmung. »Fünf Minuten Pause, Frau Saß. Ich muss mich dringend mit meinem Mandanten besprechen«, forderte er nachdrücklich.

Regina hätte den Druck lieber weiter aufgebaut. Mit einem wütenden Blick auf Grawert erhob sie sich und machte Holly eine Geste, damit er ihr folgte. Auf dem Gang wandte sie sich sofort nach links und eilte hinüber zu dem für Raucher zugelassenen Raum.

Verblüfft folgte Holly seiner Vorgesetzten und schaute zu, wie Regina sich gierig eine Zigarette ansteckte.

»Seit wann rauchst du wieder?«, fragte er.

»Seit dem Tag, als man mich in den Ostuferhafen rief und mir der Feuerwehrmann von den Toten an Bord des Frachters erzählte«, erwiderte sie mit belegter Stimme.

Holly öffnete eines der Fenster und lehnte sich daneben an die Wand. »Grawerts Anwalt dürfte reichlich sauer sein. Bis vor fünf Minuten hat er sich vermutlich einen anderen Verlauf des Mandats ausgerechnet«, sagte er mit einem bitteren Lächeln.

Regina zog kräftig an der Zigarette, sodass anschließend dichter Rauch ihren Kopf umwölkte. Holly fand dieses Bild ausgesprochen passend.

»Er hätte mich um ein Haar überzeugt, Holly. So dämlich habe ich mich schon lange nicht mehr angestellt«, schimpfte Regina erbost.

Holly fand die Selbstvorwürfe überzogen, was er ihr sogleich sagte. Seiner Auffassung nach erwies sich Grawert als erheblich intelligenter als bislang vermutet. »Wir können nur darauf setzen, dass Dr. Sommer jetzt nicht die Zugbrücke hochgezogen hat.«

Der Verteidiger tauchte just in dem Augenblick auf, weshalb Regina die fast zu Ende gerauchte Zigarette mit einer wütenden Geste im Standaschenbecher ausdrückte.

»Wir können die Vernehmung jetzt fortsetzen, Frau Saß. Ich habe meinem Mandanten verdeutlicht, was von ihm erwartet wird«, sagte der Rechtsanwalt.

Das klang in Reginas Ohren nicht nach einem Abbruch der Aussagebereitschaft von Grawert. Sie schwor sich dennoch, ihm nicht mehr so leicht auf den Leim zu gehen. Zwei Minuten später standen sie wieder rechts und links vom Krankenbett.

»Noch so eine Nummer und es gibt eine sehr lange

Haftstrafe in Neumünster oder Kiel. Kein Deal mehr, Grawert!«, warnte ihn Holly.

Dessen Gesichtsfarbe wirkte ausgesprochen grau, was kaum an den Nachwirkungen seiner Verletzungen liegen konnte. Bis zu der Unterbrechung hatte Grawert nahezu eine gesunde Färbung aufgewiesen. Offenbar hatten ihm die Ausführungen seines Rechtsanwalts erheblich zugesetzt und Hollys Drohung besorgte nun den Rest.

»Okay, ich habe es kapiert. Scheiße, Mann, es war nur wegen ihr. Sie hat mich umgarnt und ich Dummkopf falle darauf rein. Himmel, ist die Frau hinterhältig!«, stieß er hervor.

Es gab also eine neue Person, die zum Kreis der Ermittlungen dazukam. So dachte Regina und stellte unbefangen die entscheidende Frage. »Von welcher Frau sprechen Sie?«

Thorge Grawert sah zu Dr. Sommer, der ihm entschieden zunickte. »Na, Evelyn natürlich. Das Miststück hat mich von Anfang an nur benutzt und jetzt stecke ich bis zum Hals in Schwierigkeiten«, antwortete er mit heiserer Stimme.

Grawert hätte genauso gut einen Kübel Eiswasser über Regina ausschütten können. Seine Worte lösten eine Flut von unterschiedlichen Emotionen in ihr aus, die schließlich in einem wilden Protest gipfelten. Bevor Regina sich unbedacht äußern konnte, führte Holly die Vernehmung fort. Er hatte die Überraschung leichter überwunden.

»Ihre Schwägerin? Evelyn Rose?«, fragte er.

»Na klar, Herr Kommissar! Anfangs hat sie mich spüren lassen, was für ein Abschaum ich in ihren Augen bin. Bis zu dieser dusseligen Gartenparty, zu der Fabian mich eingeladen hat«, erwiderte Grawert.

Er erzählte von den langweiligen Gästen und den Themen der Gespräche, die nichts mit seiner eigenen Welt zu schaffen hatten.

»Ich habe mich irgendwann in die Küche verdrückt und dort in Ruhe ein Bier getrunken. Dann kam auf einmal Evelyn und ich habe gedacht, sie würde mich aus dem Haus jagen. Da war ich aber schiefgewickelt, und wie!«

Überwältigt von den Erinnerungen, schüttelte Thorge Grawert immer noch ungläubig den Kopf. Regina hatte unwillkürlich Evelyns Darstellung der Ereignisse im Ohr und lauschte daher umso fassungsloser der Erzählung.

»Sie säuselte herum und hat mir ein weiteres Bier aufgemacht. Dann wollte sie unbedingt mehr über die Sachen erfahren, die ich in der Zeit vor meiner Umsiedlung nach Kiel so gemacht habe. Na ja. Ich wollte sowieso nicht unbedingt zurück zu Fabian und seinen tollen Freunden. Ich habe Evelyn mehr über mich erzählt als meinem eigenen Bruder«, berichtete er.

Angeblich hatte sich seine Schwägerin sehr interessiert gezeigt und dann urplötzlich sehr verlegen getan.

»Dabei wollte ich nur höflich sein und habe mich nach ihrem Leben erkundigt. Zuerst druckste Evelyn herum, aber dann musste ich erfahren, in was für einer Hölle sie lebte«, sagte Grawert.

Hölle? Regina kam aus dem Staunen nicht mehr heraus. Ihr gegenüber hatte Evelyn das Leben an der Seite von Dr. Fabian Rose völlig anders dargestellt. Log Grawert, um ein Abkommen mit der Staatsanwaltschaft zu erhalten? Wenn ja, war er der geborene Schauspieler, dachte sich Regina mit wachsender Verzweiflung.

»Was genau meinte Ihre Schwägerin damit?«, bohrte Holly weiter.

»Ich weiß ja, dass Fabian seine Minderwertigkeitskomplexe immer überspielen musste. Früher hat er die Jungs aus der Schule, die ihn als Heimkind gepeinigt haben, immer einzeln gestellt. Wie er sie dabei zugerichtet hat, war verflucht heftig«, holte Grawert weit aus.

Das Bild, welches er von der Persönlichkeit seines Bruders entwarf, passte nicht zu den Informationen, die Holly bislang über den angeblich so seriösen Bankmanager erhalten hatte. Ihm fiel auf, wie schweigsam seine Kollegin geworden war. Regina überließ es Holly, die restliche Vernehmung zu führen. Ihr ging ein fürchterlicher Verdacht nicht mehr aus dem Kopf.

KAPITEL 14

Es war das erste Mal, dass Frank die Wohnung seiner Vorgesetzten betrat. Ihre dringliche Einladung hatte ihn verwundert, aber er hatte zugesagt.

»Gut, dass du kommst. Holly ist schon da«, begrüßte ihn Regina.

Frank spürte, wie sich eine ungute Spannung in ihm ausbreitete. Er ging durch den hellen Flur und stieß im Wohnzimmer auf seinen glatzköpfigen Kollegen.

»Weißt du mehr?«, fragte Holly neugierig.

»Nö, ich bin genauso unwissend wie du«, räumte Frank ein.

Sein Blick ging durch die geöffnete Balkontür. Bodenlange Vorhänge spielten im sanften Wind. Im Hintergrund konnte Frank die Bäume des Schrevenparks erkennen und einmal blitzte sogar das Wasser des Teichs für einen Augenblick auf. Vom Gehalt einer Hauptkommissarin konnte sich Regina diese erst kürzlich renovierte Altbauwohnung kaum leisten.

»Ah, dann wären wir gleich vollzählig«, rief Regina. Sie drückte Frank ein Glas Rotwein in die Hand und wandte sich zur Wohnungstür, da sich ein weiterer Besucher angekündigt hatte.

»Jetzt brat mir einer einen Storch«, murmelte Holly.

Frank war nicht weniger über den eintretenden Heinrich Saß verwundert als sein Kollege.

»Ich hätte nicht erwartet, dass wir uns so schnell wiedersehen«, sagte Reginas Vater.

Sie reichte auch ihm ein Glas Wein. Zu Franks Erstaunen tauschten Vater und Tochter ein Lächeln aus. Wurden er und Holly etwa Zeugen, wie sich das angespannte Verhältnis normalisierte?

»Ich will euch nicht länger auf die Folter spannen. Mein Vater weiß bereits, um was es geht. Ihr beide sollt es jetzt erfahren, und weil es ein wenig heikel ist, habe ich euch zu mir nach Hause eingeladen«, wandte sie sich an die beiden Kollegen. Regina räusperte sich und trank zunächst einen großen Schluck Wein. Erst danach konnte sie ihre Beichte loswerden. Während Frank lediglich über die Wendung in Bezug auf die Aussagen von Evelyn staunte, warf ihm Holly einen fassungslosen Blick zu. Die Affäre mit Evelyn Rose brachte die Leiterin in eine schwer haltbare Position, besonders seit der Aussage von Grawert.

»Ich wollte gleich morgen mit dem Polizeipräsidenten sprechen und ihn um meine Ablösung aus der SOKO bitten. Mein Vater riet mir, vorher mit euch beiden darüber zu reden«, räumte Regina ein. In ihren Augen mischten sich Scham und das Flehen nach Verständnis.

Frank leerte sein Glas und wehrte Reginas Vorhaben ab, als sie nachschenken wollte. Die SOKO ohne sie konnte er sich kaum vorstellen. Ein betroffener Ausdruck trat in ihr Gesicht. Ihr Vater schaute ihn genauso betroffen an, wodurch die Familienähnlichkeit noch deutlicher hervorgehoben wurde.

»Ich brauch jetzt etwas Stärkeres. Hast du einen Schnaps da?«, bat er.

Mit einem leisen Seufzer stellte Regina die Weinflasche weg und öffnete eine Tür am Sideboard. Sie holte verschiedene Flaschen mit hochprozentigem Alkohol heraus und stellte sie auf den Tisch. Noch immer stand die Gruppe. Niemand machte Anstalten, sich auf einen der Stühle mit den hohen Lehnen zu setzen.

»Bitte. Bedient euch«, forderte Regina ihre Besucher auf.

Frank wählte einen Brandy, und als er fragend zu Holly sowie dem Rechtsanwalt schaute, signalisierten beide ihre Zustimmung. Er füllte vier Gläser und drückte zuerst Regina eins in die Hand.

»Schätze, du kannst auch einen Schnaps vertragen«, meinte er.

Die Erleichterung in ihren Augen traf ihn. Es musste Regina schier übermenschliche Überwindung gekostet haben, ihre Affäre offenzulegen. Alles deutete auf eine weitere Niederlage im persönlichen Bereich hin. Frank erinnerte sich an die erste Ermittlung der SOKO, die damals ebenfalls vom Scheitern einer Beziehung der Leiterin begleitet wurde.

»Na dann. Prost!«, sagte er laut.

Die anschließende Stille half ihnen, die Gedanken zu sortieren. Regina bat sie, endlich am Esstisch Platz zu nehmen.

»Ich weiß ehrlich gesagt nicht, wie es weitergehen soll. Grawerts Aussage erscheint mir glaubwürdig, und was das dann für meine Beziehung zu Evelyn bedeutet, muss ich wohl kaum erklären«, sprach sie weiter. Schon vorher hatte Regina sich mit der Affäre in gefährliches Fahrwasser begeben, jedenfalls solange sie die Ermittlungen leitete.

»Gehst du davon aus, dass eure Beziehung von ihr gezielt eingefädelt wurde?«, wollte Holly wissen. Seine direkte Art half Regina, sich diesem schwierigen Thema zu nähern.

»Ich kann es jetzt nicht mehr einfach ausschließen. Am liebsten würde ich sofort mit Evelyn darüber reden und die Affäre beenden«, gab sie zu.

Ihr Vater räusperte sich vernehmlich und Frank ahnte, dass er offenbar anders darüber dachte.

»Sie teilen die Ansicht Ihrer Tochter offenbar nicht, Herr Saß«, sprach Frank es offen aus.

Der Rechtsanwalt schüttelte entschieden den Kopf. »Es wäre ein taktischer Vorteil, wenn Regina sich weiterhin mit Frau Rose trifft. So wird sich herausstellen, welche Motive sie wirklich verfolgt. Gegebenenfalls kann Regina rechtzeitig gegensteuern«, sagte er dann.

Die Beziehung zweier Menschen unter dem Aspekt eines taktischen Vorteils zu betrachten, konnte wohl nur einem kühlen Juristen einfallen. Frank schaute zu Regina, die die Aussage ihres Vaters mit neutraler Miene hinnahm.

»Verlangen Sie da nicht ein wenig viel von Regina?«, mischte Holly sich ein. Es war offenkundig, wie wenig ihm die Ansicht des Rechtsanwaltes zusagte.

»Nein, nur so kann ich es zu unserem Vorteil ummünzen. Ich würde sehr gerne davon ausgehen, dass Evelyn sich meinetwegen mit mir trifft. Leider bin ich mir dabei aber nicht mehr völlig sicher«, meldete Regina sich zu Wort.

Eine Weile nippten sie an ihren Getränken und jeder machte sich seine eigenen Gedanken. Frank beneidete Regina wahrlich nicht um ihre verfahrene Situation.

»Wenn du es tatsächlich so fortsetzen willst, müssen wir über das Alibi von Evelyn zur Tatzeit sprechen«, sagte Holly.

»Darauf hat mich Julia nach dem Gespräch mit Frau Rose ebenfalls angesprochen. Außerdem gilt es zu klären, was sie über die finanziellen Transaktionen ihres Mannes wusste«, ergänzte Frank.

»Sehr richtig, Herr Reuter. Möglicherweise hängen

diese Fakten stärker zusammen, als uns bisher bekannt ist«, stimmte Heinrich Saß zu.

Es war ein schmerzlicher Prozess für Regina, aber die Argumente für die Aufrechterhaltung ihrer Beziehung zu Evelyn Rose waren überzeugend.

»Dann wird es mein Job sein, diesen Dingen auf den Grund zu gehen. Wie vertreten wir es aber gegenüber der Staatsanwaltschaft und dem Polizeipräsidenten? Ich möchte nicht später für mein Vorgehen in ein Disziplinarverfahren geraten«, sagte Regina.

Alle Blicke wanderten zu Heinrich Saß, der über die notwendigen Kontakte verfügte.

»Das kläre ich. Dafür benötige ich höchstens zwei Anrufe und eine halbe Stunde Zeit. Darf ich dein Arbeitszimmer benutzen?«

Kaum hatte er das Wohnzimmer verlassen, wandte Frank sich an Regina. »Willst du dich wirklich auf so ein emotionales Chaos einlassen? Was, wenn wir Evelyn zu Unrecht verdächtigen? Eure Beziehung nimmt auf jeden Fall einen kaum zu reparierenden Schaden«, mahnte er.

Die Erinnerungen an die vielen Streitereien mit Karin und das anschließende Scheitern der eigenen Ehe hatten Frank umsichtiger werden lassen. Es war in seinen Augen nicht sehr fair, Regina diese Last auf die Schultern zu legen.

»Es kann nur eine der Versionen stimmen. Entweder lügt Grawert meisterlich oder Evelyn spielt mit mir. Mein Instinkt sagt mir, dass das Zweite der Fall ist«, erwiderte sie mit einem traurigen Lächeln.

Holly schnaubte verärgert. »Trotzdem ist es ein blödes Spiel, was wir von dir erwarten. Deine Gefühle für Evelyn sind nun einmal echt, auch wenn sie dich für ihre Zwecke ausnutzt«, stieß er ins gleiche Horn wie Frank.

Regina schenkte ihren Kollegen ein dankbares Lächeln. Es machte sehr schnell einem Blick tiefer Entschlossenheit Platz. »Ich lasse aber nicht gerne mit mir spielen. Evelyn wird ein böses Erwachen erleben und es noch bereuen, diesen Weg beschritten zu haben«, sagte sie.

Damit war dieses Thema abgeschlossen und Frank griff einen anderen Punkt in dem Zusammenhang auf. »Wenn sie ihren Mann auf dem Gewissen hat, stellt sich wieder einmal die Frage aller Fragen. Hängen der Anschlag auf dem Frachter und der Mord an Dr. Rose zusammen oder nicht?«

Sowohl Regina als auch Holly äußerten Zweifel an dieser Möglichkeit.

»Rose war in der Landesbank zwar für den Bereich Shipping zuständig, aber so langsam glaube ich, dass die beiden Fälle nichts miteinander zu tun haben. Es wäre doch ein zu großer Zufall«, sagte der glatzköpfige Hauptkommissar.

Kurz darauf kehrte Heinrich Saß ins Wohnzimmer zurück. Er rieb sich zufrieden die Hände. »Alles geregelt, Regina. Ich musste den Oberstaatsanwalt zwar ein wenig überreden, aber er hat zum Schluss dennoch zugestimmt. Der Polizeipräsident war leichter zu überzeugen«, erklärte er.

»Das kann ich mir lebhaft vorstellen. Läuft alles glatt, schreibt er es sich auf seine Fahne. Geht etwas schief, trägt Regina so oder so die Verantwortung«, stellte Frank spöttisch fest.

»So ist es nun einmal, wenn man sich auf dem politischen Parkett bewegt. Helfen Sie meiner Tochter, damit alles nach Plan verläuft. Dann erreichen wir alle unser Ziel«, erwiderte Saß.

Anschließend leerten sie ihre Gläser und verließen die Wohnung. Für Frank galt es, seinem vierbeinigen Freund noch einen ausgiebigen Spaziergang angedeihen zu lassen. Regina schlug vor, Butch wieder einmal mit in die Gartenstraße zu bringen.

»Das müsste ich am Samstag auf jeden Fall machen, außer du gibst mir frei«, erwiderte er schelmisch grinsend.

Wie erwartet, wollte Regina sehr gerne wieder Babysitter für die englische Dogge spielen.

Vielleicht sollte sie öfter mit dem Hund spazieren gehen, dachte sich Frank auf der Fahrt in den Forstweg. Die beiden sensiblen Seelen hatten sich auf Anhieb angefreundet, und in der kommenden Zeit dürfte Regina ein wenig Aufmunterung gut vertragen können.

*

Für alle Ermittler der SOKO wurde der Donnerstag zu einer Serie von Fehlschlägen.

»Ein ziviles Streifenkommando hat möglicherweise Simon Freytag aufgespürt«, meldete Florian am späten Vormittag.

Sofort machten sich Holly und Frank auf den Weg. Der gesuchte Kompagnon von Wendt sollte sich auf einem Campingplatz in Brodersby aufhalten. Unmittelbar nach dem Zugriff durch das SEK stellte sich die Aktion als Irrtum heraus.

»Das war ein harmloser Tourist aus Westfalen, Regina«, berichtete Frank nach der Rückkehr.

Er und Holly hatten durch diesen Fehlalarm mehrere Stunden wertvoller Ermittlungszeit eingebüßt. Bei ihren Kollegen sammelten sich ebenfalls negative Erlebnisse an.

Immer wieder liefen Erfolg versprechende Hinweise ins Leere. Im Großraumbüro herrschte daher eine gedrückte Atmosphäre.

»Wendt erneut zu befragen, bringt uns nicht weiter«, kam es von der Leiterin.

Dieser Vorschlag war von Koller aufgebracht worden. Er suchte nach einem neuen Ansatz, um im Bereich des Sprengstoffanschlages endlich einen Durchbruch zu erzielen. »Die Kollegen vom Staatsschutz sind anscheinend auf Tauchstation gegangen. Aus Danzig kommen keine Neuigkeiten, sodass wir im Moment auf der Stelle treten«, fasste Florian die aktuelle Situation zusammen.

Zusammen mit weiteren Kollegen standen sie vor der Übersichtstafel. Ihnen gingen zurzeit die Spuren aus und besonders durch die zerstörte Hoffnung, Simon Freytag dingfest gemacht zu haben, breitete sich Resignation unter den Ermittlern aus.

»Schicken Sie alle Kollegen nach Hause, die Sie entbehren können. Wenn wir nur hier herumsitzen und Frust schieben, bringt es uns nicht weiter. Sobald es neue Hinweise gibt, will ich ausgeruhte und engagierte Ermittler im Einsatz haben«, ordnete Regina an.

Sie selbst zog sich für eine Besprechung mit Frank in ihr Büro zurück.

»Dieser Stillstand ist wie ein Zeichen. Ich werde Evelyn besuchen und sehen, was ich herausfinden kann«, sagte sie.

»Wie kann ich dir behilflich sein?«

Regina hob ihr Smartphone in die Höhe. »Ich bereite eine SMS vor, die ich im Notfall nur noch abschicken muss. Von dir zu Hause bis in den Niemannsweg brauchst du nur wenige Minuten«, erklärte sie.

Diese Vorsichtsmaßnahme war im Sinne von Frank, der seine Kollegin ungern ohne Rückendeckung zu einer mutmaßlichen Mörderin gehen lassen wollte.

»Gute Idee. Sei bitte trotzdem sehr vorsichtig und riskiere nicht zu viel. Sollte Evelyn tatsächlich die Frau sein, für die wir sie zurzeit halten, könnte es sehr gefährlich werden«, erwiderte er.

Regina quittierte seine Worte mit einem Lächeln und machte ein Kreuz über ihrem Herzen. »Versprochen, großer Bruder. Ich werde mein gesamtes Repertoire an Erotik einsetzen, um Evelyn zum Reden zu bringen.«

Erneut beschlich Frank ein ungutes Gefühl. Ihm war einfach nicht wohl bei dieser Aktion, besonders da verletzte Gefühle im Spiel waren. Er hoffte sehr, dass Regina den Überblick behalten und nicht die Nerven verlieren würde.

»Sorry, wenn ich dir dadurch den freien Abend versaue«, entschuldigte sie sich.

»Keine Bange. Butch wird mir Gesellschaft leisten und für einen Bummel über die Kieler Woche fehlt mir heute sowieso die Lust.«

Eine Stunde später verließ er kurz nach Regina die Wohnung und nahm Butch an der Haustür seiner Vermieterin in Empfang. Bevor Frank mit ihm zum Spaziergang aufbrach, kontrollierte er sein Handy. Es war eingeschaltet und der Akku voll, sodass ihn die SMS von Regina auf jeden Fall erreichen musste.

»Komm schon, Kumpel. Heute dehnen wir den Spaziergang ein wenig aus und besuchen den Niemannsweg«, brachte er die Dogge auf Trab.

Sollte seine Kollegin in dieser Zeit in Not geraten, wäre Frank augenblicklich zur Stelle. Sein Instinkt wollte einfach keine Ruhe geben, und seit dem Zwischenfall im Danziger Hafen reagierte Frank besonders empfindlich.

*

Für Rana kam der frühe Dienstschluss sehr gelegen. Sie hatte Sven zu sich nach Hause eingeladen.

»Das ist ein ausgesprochen guter Mann«, hatte das Urteil ihrer Mutter gelautet.

Der erste Besuch des Rechtsmediziners im Elternhaus von Rana lag nun zwei Tage zurück. Nach einem unterhaltsamen Abend, bei dem Ranas Vater und Sven sich gut verstanden, hatte er sie nach Hause gefahren.

»Du kannst bei mir bleiben«, hatte Rana ihm angeboten.

Zu ihrer Verwunderung hatte Sven es abgelehnt und Rana lediglich einen sanften Abschiedskuss gegeben. Am Abend danach, den das junge Liebespaar zu einem Ausflug an die Kiellinie genutzt hatte, hatte er sich auffällig zurückgehalten.

»Vielleicht gehört er zu der Sorte scheuer Männer, die mehr Anstoß seitens der Frau benötigen«, hatte Ranas Mutter eine Erklärung für sein Verhalten gefunden.

Also hatte Rana den Rechtsmediziner eingeladen, der nun pünktlich um 18 Uhr an ihrer Tür klingelte.

»Fein, dass du es einrichten konntest«, freute sie sich.

Sven ließ sich lediglich zu einer herzlichen Umarmung sowie einem kurzen Kuss verleiten. Dann wanderte er neugierig durch die Zweizimmerwohnung, die Rana in der Kleiststraße angemietet hatte. Sie bemerkte, wie Sven an der Tür zum Schlafzimmer zögerte.

Er war tatsächlich scheu, schoss es ihr durch den Kopf. Sie erkannte, dass ihre Mutter die richtige Ahnung gehabt hatte, und war erleichtert. Sie hatte schon befürchtet, dass Sven eventuell nur aus Höflichkeit auf ihre Avancen eingegangen war.

»Das ist nur ein halbes Schlafzimmer«, sagte sie laut.

»Wie geht das denn?«, erkundigte Sven sich.

Rana schob ihn in den Raum und deutete dann auf den Schreibtisch in der Ecke unter dem Fenster.

»Das ist auch mein Arbeitszimmer. Je nachdem, stehst du jetzt also in meinem Schlaf- oder Arbeitszimmer«, erklärte sie.

Er trat an den alten Holzschreibtisch, den Rana nach der Auflösung einer Behörde günstig ersteigert hatte. Sein Blick wanderte flüchtig über den Laptop, die Bücher und Unterlagen auf der Arbeitsplatte. Als er zum Fenster hinausschaute, trat ein Grinsen auf sein Gesicht.

»Welch ein Ausblick. Wenn du morgens aufstehst, erblickst du als Erstes das Finanzamt«, frotzelte er.

Verblüfft trat Rana neben ihn und folgte seinem Blick. Er deutete auf ein Hochhaus aus roten Klinkern.

»Sag bloß, das wusstest du nicht? Das da drüben ist das Finanzamt-Nord«, sagte er.

»Nö, das wusste ich echt nicht. Meistens krieg ich so früh am Morgen die Augen sowieso kaum auf. Erst nach der Dusche und einem Espresso springt meine Maschine an und ich bin bereit, die Welt um mich herum wahrzunehmen«, erwiderte Rana achselzuckend. Ihr stand nicht der Sinn danach, mit Sven über die Nachbarhäuser zu sprechen. Normalerweise sollte ihn das breite Brett zu anderen Überlegungen animieren. Es funktionierte anscheinend noch nicht wie gewünscht.

»Der Auflauf ist gleich fertig. Wir können essen«, teilte sie leicht enttäuscht mit. Hätte ihr Vorhaben besser geklappt, wäre der Käse-Schinken-Auflauf zwar verbrannt, aber das hätte Rana kaum gestört. In der kommenden Stunde vertilgten sie den größten Teil des Essens, wobei Rana über den Appetit ihres Gastes staunte.

»Du siehst gar nicht so aus, als wenn du solche Portionen essen könntest«, sagte sie.

Sven griente schief und wirkte keinesfalls verlegen. »Ich bin viel in Bewegung, dadurch verbrenne ich große Mengen an Kalorien«, erklärte er.

Mehr musste er nicht sagen. Sein Fahrradhelm sowie der extra abmontierte Sattel seines teuren Rennrades lagen unter der Garderobe im schmalen Flur.

»Jetzt habe ich noch etwas Besonderes für dich«, sagte Rana. Sie hatte die Teller und Schüsseln abgetragen. Das schmutzige Geschirr samt Besteck war in die Geschirrspülmaschine gewandert, bevor sie die bauchige Flasche und zwei Gläser auf den Tisch stellte. Sven suchte nach einem Etikett. Er wurde nicht fündig.

»Den kann man nicht kaufen. Der Schnaps ist eine Eigenproduktion meines Vaters, den er zusammen mit einem Chemiker brennt. Jedes Jahr kommen drei oder vier Flaschen dabei heraus und ich bekomme immer eine ab«, erzählte Rana.

Sie schenkte die Gläser großzügig ein und verfolgte, wie Sven sich dem unbekannten Gebräu näherte. Zuerst hielt er das Glas gegen das Licht und ließ den Inhalt rotieren. Anschließend roch er ausgiebig an der klaren Flüssigkeit und nahm einen ersten Schluck.

»Donnerwetter! Der ist deinem Vater aber gut geraten«, sagte er. Dann setzte Sven das Glas erneut an und trank einen ordentlichen Schluck. Rana schenkte nach und schaltete gleichzeitig ihre Musikanlage ein. Zufrieden bemerkte sie, wie Sven sich immer mehr entspannte. Sie lockte ihn hinüber auf ihre Couch und begann mit ihrer Zungenspitze und den Zähnen an Svens Ohr herumzuspielen. Sven schien Ranas Zuneigung zu genießen und war sichtlich erregt. Es frustrierte Rana sehr, als er sich auf einmal gegen ihre Zärtlichkeiten wehrte.

»Was stimmt mit mir nicht?«, wollte sie daraufhin wissen.

Sven schaute Rana verwirrt an. »Wie bitte? Du bist die tollste Frau, die ich jemals getroffen habe. Ich möchte nicht, dass du dich zu irgendetwas verpflichtet fühlst«, brach es aus ihm heraus.

Rana verstand zuerst nicht, was er damit andeuten wollte. Dann beugte sie sich vor, um Sven eine schallende Ohrfeige zu verpassen. Es ging so schnell, dass er sich nicht wehren konnte. Rana kochte vor Wut und musste sich beherrschen, um Sven nicht hochkant aus der Wohnung zu werfen.

»Okay, das habe ich wohl verdient«, murmelte er zerknirscht.

»Du hättest es verdient, dass ich dich rauswerfe! Ist dir bewusst, wie verletzend du bist?«, fragte Rana.

Er zuckte hilflos mit den Achseln und schaute sie um Entschuldigung flehend an. »Ich bin ein Vollidiot, Rana. Vergib mir bitte, und wenn es nur ist, weil du mich ein wenig lieb gewonnen hast.«

Sein Verhalten irritierte Rana weiterhin. Sie forschte in seinem Gesicht, konnte jedoch nichts erkennen. Ein verrückter Gedanke schoss Rana durch den Kopf, sodass sie beschloss, völlig offen mit ihm zu reden.

»Ich habe mich in dich verliebt, du Trottel. Nicht, weil du meiner Tante und meinem Onkel hilfst. Bin ich etwa die erste Frau in deinem Leben?«, fragte sie.

Er krauste nachdenklich die Stirn. »Nein, so weit würde ich nicht gehen. Hannah und Berit waren vor dir in mich verliebt«, widersprach er.

Rana bemerkte ein Funkeln in seinen Augen und drohte ihm mit der geballten Faust. »Raus mit der Sprache, Sven. Wer sind diese Weiber und wie lange liegt eure Beziehung zurück?«

»In Hannah habe ich mich bei der Einschulung verliebt und Berit war während der Klassenfahrt in der achten Klasse meine Freundin«, gab er bereitwillig Auskunft.

Rana konnte es kaum fassen, dass sie offenbar mit einer männlichen Jungfrau auf der Couch saß. Ihre Wut verflog völlig und machte einer leichten Verunsicherung Platz.

»Es ist ja nicht so, dass ich mich bewusst für dich aufgehoben hätte. Meine bisherigen Beziehungen waren nicht der Hit. Lohnt sich nicht, darüber zu reden«, sprach Sven weiter. Er ging erstaunlich ungezwungen mit der Situation um. Auf einmal waren die Rollen neu verteilt. Während Rana sich unsicher fühlte, fand Sven seine Selbstsicherheit wieder.

»Und der Gedanke, mit mir zu schlafen, könnte dir gefallen?«, fragte sie.

Ein lausbubenhaftes Grinsen zeichnete sich auf seinem Gesicht ab, und daraufhin zog er eine Packung Kondome aus der Tasche. Im ersten Augenblick staunte Rana nur, aber dann löste sich ihre Verkrampfung und sie lachte laut los.

»Dann würde ich dir jetzt gerne mein Schlafzimmer zeigen«, murmelte sie.

Rana übernahm vorsichtig die Führung während des Liebesspiels und erlebte in Sven einen Mann, der nicht nur an einer schnellen Befriedigung der eigenen Lust interessiert war. Nachdem sie sich zum zweiten Mal geliebt hatten, lagen sie nebeneinander im Bett und blickten sich lange in die Augen. Irgendwann zog Sven den Arm unter Ranas Kopf hervor und verließ das Bett. Auf nackten Füßen ging er ins Badezimmer.

»Ich habe Lust auf ein Glas Wein. Du auch?«, fragte sie nach Svens Rückkehr.

»Ja, gerne.«

Er blieb neben ihrem Schreibtisch stehen, um Rana an sich vorbei in die Küche laufen zu lassen. Sven schaute mäßig interessiert auf den Stapel mit Unterlagen, die Rana neben dem Laptop aufgetürmt hatte. Als sie mit den Gläsern ins Schlafzimmer zurückkam, blätterte er in einer Mappe.

»Das sind die Laborergebnisse über die Analyse des Sprengstoffes. Leider bringt es uns nicht weiter«, erklärte Rana.

Sven nahm sein Glas entgegen und starrte dann Rana verwirrt an. »Das sind aber keine Analysen aus dem Labor des LKA. Da steht weitaus mehr drin. Ich habe sie mir angesehen, um meinen Sektionsbericht über die toten Matrosen abrunden zu können«, sagte er.

Rana hatte ihr Glas gerade an die Lippen setzen wollen. Bei Svens Worten hielt sie inne. »Was sagst du da? Wieso existieren denn zwei unterschiedliche Laborberichte?«, fragte sie ungläubig.

Diese Antwort musste Sven ihr schuldig bleiben. »Das würde ich an deiner Stelle morgen Regina fragen. Wenn du den anderen Bericht nicht kennst, dürfte ihn auch keiner deiner Kollegen gesehen haben. Das würde ich schleunigst ändern wollen, wenn ich die Leitung hätte.«

Sie tranken ihren Wein auf dem Bett liegend und tauschten dabei weitere Zärtlichkeiten aus. Es war bereits weit nach Mitternacht, bevor Sven sich verabschiedete.

»Das war noch schöner, als ich es erwartet hätte. Steht dir der Sinn danach, es schon sehr bald zu wiederholen?«, fragte er zum Abschied.

Rana küsste ihn auf den Mund und schob Sven auf den Flur hinaus. »Ja, aber jetzt muss ich schlafen. Wenn ich nach einem frühen Dienstschluss unausgeschlafen zur Arbeit komme, reißt Frank mir den Kopf ab.«

Sven lächelte selig und stieg leise pfeifend die Treppen hinunter. Rana schloss die Wohnungstür erst, als das Licht im Treppenhaus erlosch. Obwohl sie angenehm erschöpft war, fand Rana lange keinen Schlaf. Die Existenz eines zweiten Laborberichtes setzte ihr zu. Ihre Gedanken kreisten um die Frage, welche Erkenntnisse der SOKO vorenthalten wurden.

KAPITEL 15

Die erste Stunde ließ Regina sich einfach nur treiben. Evelyn war zuvorkommend, zärtlich und darauf bedacht, dass es ihrer Liebhaberin gut ging. Die Wolken hatten den Himmel geräumt, sodass die Junisonne ungehindert auf die Terrasse der Villa im Niemannsweg scheinen konnte. Regina nippte an ihrem Mixgetränk, bestehend aus Orangensaft mit einem Schuss Campari, und genoss die einsetzende Entspannung.

»Es gab auch mit Fabian solche Momente«, stellte Evelyn in diesem Moment fest.

Diese harmlose Bemerkung erinnerte Regina an ihr Vorhaben. Tief in ihrem Herzen schlummerte immer noch die leise Hoffnung, dass Evelyn nur die Witwe und nicht die Mörderin war.

»Ihr hattet großes Glück, dass ihr als Freunde miteinander leben konntet«, erwiderte Regina.

Für einen flüchtigen Augenblick zog ein Schatten über das schmale Gesicht von Evelyn. Als sie sich Regina zuwandte, zeigte sie bereits wieder das warme Lächeln. »Ja, das ist richtig. Es gab die anderen Zeiten, in denen ich an unserem Lebensmodell arg gezweifelt habe«, antwortete sie.

»Wann zum Beispiel?«, hakte Regina vorsichtig nach.

Evelyn antwortete nicht sofort, sondern schaute versonnen in den weitläufigen Garten. »Es gab immer mehr Geheimnisse, die Fabian nicht mit mir teilte. Er war kein sonderlich guter Lügner, und wenn ich ihn dann bei einer ertappte, spürte ich die wachsende Distanz umso mehr.«

Regina wollte nicht zu sehr drängen und dadurch das Misstrauen bei Evelyn wecken. »Wir haben einen Fortschritt erzielt, über den ich dich informieren muss. Es tut mir sehr leid, aber es gibt neue Beweise, die deinen Schwager mit dem Mord in Verbindung bringen.«

Sorgsam beobachtete Regina die Reaktion ihrer Geliebten und registrierte ein flüchtiges Lächeln, welches aber genauso schnell wieder verschwand, wie es aufgetaucht war. Hätte Regina Evelyn nicht genau in diesem Augenblick angesehen, wäre es ihr mit Sicherheit entgangen.

Misstrauen war eine üble Sache, dachte sie leicht verbittert.

»Thorge ist ein Dummkopf, aber das ist mir ja nicht neu«, lautete Evelyns Urteil.

Dummkopf? Müssten ihr für den Mörder ihres Mannes nicht andere Bezeichnungen einfallen? Evelyn wirkte weiterhin seltsam unberührt und schürte damit Reginas Zweifel.

»Wir haben erwartet, dass er den Wagen verschwinden lässt. Ihn zu reparieren, war aufwendig und wenig erfolgreich«, stimmte sie laut zu.

»Den Audi in der Garage stehen zu lassen war in der Tat sehr unüberlegt«, erwiderte Evelyn.

Regina musste ihre gesamte Selbstbeherrschung aufbringen, um den Tiefschlag nicht nach außen zu zeigen. Sie hatte bisher mit keiner Silbe den Fundort des Wagens erwähnt.

»Es belastet ihn erheblich und jetzt müssen wir intensiver nachforschen. Dir fällt immer noch kein Motiv ein, warum Thorge seinen Bruder hätte ermorden sollen? Könnte es mit der Vergangenheit im Heim zusammenhängen?«, fragte sie.

Evelyn nippte an ihrem Drink und schien nachzudenken. »Thorge war enttäuscht darüber, dass Fabian bei den Roses so gut untergekommen war, während er weiterhin im Heim ausharren musste.«

Als Regina das Gespräch vorsichtig auf den Grillabend lenkte und dabei speziell das Gespräch in der Küche anschnitt, blieb Evelyn fast wortwörtlich bei ihrer früheren Darstellung. Ihre Worte wirkten einstudiert. Es fehlten die üblichen Abweichungen, wenn Menschen ein Geschehen zu unterschiedlichen Zeitpunkten wiedergaben.

»Die Staatsanwaltschaft wird Thorge vermutlich schon morgen einen Deal anbieten«, warf Regina nach einer Weile ein.

Für eine Weile hatten sie das Thema ruhen lassen und sich über den angerichteten Salat mit Thunfisch hergemacht. Von außen betrachtet gaben die beiden Frauen ein harmonisches Bild ab. In Regina sah es allerdings komplett anders aus.

»Deal? Heißt das, Thorge gesteht und erhält dafür einen Strafnachlass?«, wollte Evelyn wissen.

Regina hatte den Köder ausgeworfen und konnte nun verfolgen, wie ihre Geliebte ihn schluckte. »Ja, so in der Art. Es würde mich wundern, wenn er nicht darauf eingeht. Thorges Anwalt wird ihm zuraten«, erwiderte Regina.

Erneut verstrichen einige Minuten, in denen die Frauen über andere Dinge sprachen. Es war Evelyn, die nicht vom Thema Grawert ablassen konnte.

»Was passiert, wenn Thorge nicht gesteht? Ist es nicht oft der Fall, dass Täter bis zum Schluss ihre Unschuld beteuern?«, fragte sie. Damit bereitete Evelyn den Boden für einen heftigen Hieb seitens Regina vor.

»Nein, eher selten. Besonders Täter mit einer geringeren Intelligenz verlassen sich mehr auf die Ratschläge ihres Anwaltes. Sollte dein Schwager das Angebot ablehnen und auf seine Unschuld pochen, finde ich, spräche es eher gegen ihn«, widersprach sie entschieden.

Es war enorm wichtig, dass Evelyns Selbstsicherheit erschüttert wurde. Regina forschte im schmalen Gesicht ihrer Geliebten und bemerkte den Schatten darin. Warum sollte es sie stören, wenn ihr Schwager sich als unschuldig herausstellen würde? Die Zweifel wuchsen. Evelyn schien nichts zu bemerken.

»Lass uns dieses leidige Thema für heute abschließen. Ich möchte diesen schönen Abend nicht mit düsteren Gedanken belasten«, schlug Regina daher vor. Sie hatte den Stachel bei Evelyn platziert und konnte nun abwarten, welche Schritte ihre Geliebte unternahm.

Vielleicht gar keine und ihre Verdächtigungen würden ins Leere laufen, dachte Regina mit einem hartnäckigen Anflug von Hoffnung.

*

Über Nacht war ein Tiefdruckausläufer über die Nordsee ins Land gezogen. Es hatte einige kräftige Regenschauer gegeben, die in den frühen Morgenstunden in Richtung Polen über die Ostsee weitergezogen waren. Holly stieg die ausgetretenen Stufen am Widerlager der Levensauer Hochbrücke hinunter. Am Abend zuvor hatte er den Kontakt zu Rico hergestellt und dieses Treffen arrangiert.

»Hier unten dürfte uns wirklich niemand vermuten«, sagte er zu sich.

Die Stufen waren noch feucht vom Regen und entsprechend glitschig. Holly warf einen missmutigen Blick auf die grüne Schmutzschicht auf der letzten Stufe, bevor er den Wanderweg am Kanal betrat. Keine zehn Meter von ihm entfernt saß ein Angler am Ufer und schien Holly noch nicht bemerkt zu haben. Der Mann war in Regenzeug gekleidet und hatte gleich drei Angeln ins trübe Wasser des Nord-Ostsee-Kanals ausgeworfen.

»Ist dir jemand gefolgt?«

Holly war bereits an dem Angler vorbeigewandert, als der ihn überraschend ansprach. Verblüfft hielt er an und schaute in Ricos fragende Augen. Die Tarnung des verdeckt arbeitenden Ermittlers im Rockermilieu war hervorragend. Er hatte sogar seinen alten Freund und Kollegen vom LKA getäuscht.

»Sicher, Rico. Wir halten es trotzdem kurz. Konntest du etwas in Erfahrung bringen?«, erwiderte Holly.

Vor ein paar Tagen hatte er Rico gebeten, sich sowohl nach dem Sprengstoff als auch nach Fabian Rose im Umfeld der Rocker zu erkundigen. Es war riskant, aber der Stillstand bei den laufenden Ermittlungen rechtfertigte es in Hollys Augen.

»Der Sprengstoff wurde vom Priester gekauft, und dann hat er ihn mit Sicherheit verwendet. Es gibt Gerüchte, dass es um eine Art Duftmarke gegangen ist«, sagte Rico. Er schilderte den Rocker als extrem gefährlich. Seine schmale Figur und ein blasser Teint hatten ihm den ungewöhnlichen Spitznamen eingetragen, doch seine Kenntnisse über Sprengstoffe waren sehr gefragt.

Offenbar hatten die Rockergangs einen Waffenstillstand beschlossen, um die Bedrohung von außen effektiv bekämpfen zu können.

»Dann waren sie es, die die Jacht mit den Luden in die Luft gejagt haben?«, erkundigte sich Holly überrascht.

»Nein, damit haben die Jungs nichts zu schaffen. Was Dr. Rose angeht, bin ich jedoch fündig geworden«, sagte er.

Was Holly in dieser Hinsicht von seinem Kollegen erfuhr, warf ein völlig neues Bild auf das Leben des angeblich seriösen Bankmanagers.

»Könnte er deswegen ermordet worden sein?«, fragte er Rico.

Der wiegte skeptisch mit dem Kopf. »Nein, eher nicht. Bisher hat er seine Schulden immer getilgt und niemand killt die Kuh, die man weiter melken kann«, verwarf Rico dessen Annahme.

Holly hatte genug gehört und wollte das Treffen nicht zu sehr in die Länge ziehen. Mit den neuen Informationen würde er der SOKO genügend Ansätze für weitere Ermittlungen liefern können.

»Danke. Gut gemacht. Ich verschwinde wieder, und falls ich auf der verschimmelten Treppe nicht ausrutsche, bleibt unser Treffen ohne Folgen«, verabschiedete er sich.

Rico hob verwundert die Augenbrauen in die Höhe. »Schimmel? Das ist der Kot von den Fledermäusen, die in den beiden Widerlagern der Brücke ihren Winterschlafplatz haben. Du arbeitest zu viel, wenn du nicht einmal solche Dinge aus deiner eigenen Stadt weißt«, erzählte er dann.

Holly stieß einen leisen Pfiff aus. »Das wusste ich tatsächlich noch nicht. Vielleicht sollte ich meine Kinder fragen. Die haben vermutlich schon davon gehört.«

Als er wenige Augenblicke später die glitschigen Stufen erklomm, warf Holly einen Blick auf das Widerlager zu seiner Linken. Er beschloss den Tipp seines Kollegen zu befolgen und sich beim NABU nach den Fledermäusen zu erkundigen. Sollte ihn zufällig jemand bei seiner Morgenwanderung an der Levensauer Hochbrücke beobachtet haben, konnte Holly damit eine plausible Erklärung liefern. Jeder Mensch hatte das Recht auf ein Hobby.

»Ricos Tarnung darf nicht gefährdet werden«, sagte er sich.

Auf der Rückfahrt hinein in die Stadt dachte Holly über die neuen Hinweise nach. Reginas Hoffnung, es in Kiel nicht mit einem Krieg in der Unterwelt zu tun zu haben, war dadurch erheblich kleiner geworden.

»Wir können uns eben den Verlauf einer Ermittlung nicht aussuchen.« Er sah es wie gewohnt pragmatisch.

*

Die längere Erholungspause hatte den Ermittlern gut getan. Regina hatte sich dem Wunsch von Evelyn Rose widersetzt und war noch vor Mitternacht in ihrer Wohnung angekommen. Auf der Fahrt dorthin hatte sie bereits Frank über den Verlauf des Abends informiert, sodass ihr Stellvertreter einige Stunden Schlaf gefunden hatte.

»Der sechste Tag, und so wie es aussieht, wartet eine Menge Arbeit auf uns«, eröffnete Regina die morgendliche Besprechung.

Über ihre verdeckte Ermittlung bei der Witwe des Bankmanagers wurde zunächst nur mit Eingeweihten gesprochen. Der Versprecher am Abend zuvor hatte die Verdachtsmomente gegen die Witwe erheblich verstärkt. Es reichte noch nicht für ein direktes Vorgehen. Darin waren Regina, Frank und Holly sich einig.

»Florian hat einige neue Informationen, unter anderem zu der laufenden Fahndung nach Simon Freytag«, übergab sie nach der Einleitung direkt an ihren Assistenten.

Regina wollte die brisanten Neuigkeiten erst später präsentieren, damit die weniger spannenden Hinweise dadurch nicht zu sehr in den Hintergrund gedrängt wurden. Zu oft hatte sie erleben müssen, wie eine übersehene Kleinigkeit die Ermittlungen behindert hatte. Nachdem Florian seine Informationen losgeworden war, weihte Regina die Ermittler die Existenz eines zweiten, umfassenderen Laborberichtes ein.

»Es ist der Aufmerksamkeit von Dr. Radtke zu verdanken, dass uns diese Information erreicht hat. Der Leiter des Staatsschutzes bedauert das Versehen sehr. Es lag nie in seiner Absicht, uns einen abgespeckten Bericht zukommen zu lassen«, erklärte sie.

Ihre ironischen Spitzen wurden mit Gelächter quittiert.

»Der zweite Bericht liegt mittlerweile vor und Sie sollten ihn später ausgiebig studieren. Die Analyse des eingesetzten Sprengstoffes bringt wenig Neues, aber dafür sind die Angaben über die Zündvorrichtungen ausgesprochen wertvoll«, fuhr Regina fort.

»Hat der Staatsschutz eigene Ermittlungen laufen und vergisst nur, uns die Ergebnisse mitzuteilen?«, fragte Rana.

Ihre Formulierung löste lautes Lachen unter den Kollegen aus.

»Davon müssen wir ausgehen. Wir ermitteln einfach so, als wenn niemand zuvor den Hinweisen nachgegangen wäre«, erwiderte Regina.

Ihr fiel die entspannte Haltung ihrer früheren Geliebten auf. Rana strahlte richtiggehend und Regina ertappte sich bei einem leichten Anfall von Eifersucht.

»Es gibt weitere Neuigkeiten, über die euch jetzt Holly in Kenntnis setzen wird«, übergab sie das Wort an den glatzköpfigen Hünen.

»Mir sind Informationen zugegangen, die unsere Theorie in Bezug auf einen schwelenden Krieg in Kiels Unterwelt leider untermauern. Die Rockergangs sollen sich auf einen Burgfrieden verständigt haben, um das Eindringen von Ivo Tatai in ihre Geschäftsfelder abzuwehren«, sagte er.

Holly gab sein Gespräch mit Rico wieder, ohne auf dessen Identität einzugehen. Er berichtete von dem Sprengstoff, den eine der Gangs von Freytag gekauft hatte.

»Es gibt einen konkreten Namen. Das ist Henry Dassner, genannt Priester. Er ist ein ehemaliger Stabsunteroffizier des Heeres, der als Sprengstoffexperte ausgebildet wurde. Nach meinen Informationen hat er die Zünder mit dem Sprengstoff verbunden und die Ladungen auf dem Frachter platziert.«

Während Holly über Dassner sprach, heftete Florian zwei Fotografien des Rockers an die Tafel. Einige Kollegen schüttelten angesichts des unscheinbar wirkenden Mannes mit hellblonden Haaren und bleicher Gesichtshaut den Kopf. Jedem wurde sofort klar, woher er seinen ungewöhnlichen Spitznamen hatte.

»Dassner ist nicht besonders athletisch gebaut und neigt zu unkontrollierten Wutausbrüchen. Das hat für seine unehrenhafte Entlassung aus der Bundeswehr gesorgt. Dassner hat damals einen Kameraden mit dem Klappspaten halb zu Tode geprügelt«, sagte Holly.

Für die geplante Verhaftung des Rockers hatte Holly bereits die Verstärkung durch ein SEK angefordert. Gleich nach dem Ende der morgendlichen Einsatzbesprechung wollte er Dassner in seiner Wohnung festnehmen.

Unter Franks Leitung würde ein zweites Team die von Dassner genutzte Werkstatt in der Feldstraße überprüfen.

Es kam nur ein zeitgleiches Vorgehen in Betracht, damit er nicht gewarnt werden konnte.

»Sollten diese Angaben bestätigt werden, haben die Rocker den Anschlag auf den Frachter verübt. Dabei verfolgen sie keine politischen Ziele, sondern wollten nur eine handfeste Warnung an Tatai schicken«, schloss Holly seinen Bericht. Er trat zurück und ließ Florian vortreten, der aufgeregt mit einem Fernschreiben in der Hand nach vorn drängte.

»Diese Nachricht wurde uns soeben von Europol übermittelt. Sie reagieren auf die weltweite Fahndung nach Milan Petric. Der Gesuchte hat sich in den zurückliegenden Tagen offenbar in Gent aufgehalten und soll sich jetzt auf dem Weg nach Kiel befinden«, teilte er mit.

Verwunderte Blicke schossen im Raum umher. Frank und Holly schauten sich an.

»Die Rückkehr von Petric deutet darauf hin, dass Tatai zum Gegenschlag ausholt. Sein Mann fürs Grobe kommt sicherlich nicht ohne triftigen Anlass nach Kiel zurück. Er ist höchstwahrscheinlich für den Anschlag auf Dombrowski und die anderen Zuhälter verantwortlich«, sagte Frank.

»Wir bleiben bei unserem Fahrplan. Florian wird drei Teams einteilen, die sich auf die Suche nach Petric machen. Während Frank und Holly den Rocker festnehmen, werde ich ein klärendes Gespräch mit dem Kollegen vom Staatsschutz führen«, sagte Regina. Für sie stand fest, dass Oberrat Singer vermutlich schon länger über die Rückkehr des Mannes Bescheid wusste. Sie war felsenfest davon überzeugt, dass der Staatsschutz ihnen weiterhin wichtige Informationen vorenthielt. Es wurde Zeit, diesem Verhalten ein für alle Mal einen Riegel vorzuschieben.

*

Während draußen auf der Förde die Segelboote majestätisch ihre Bahnen zogen, herrschte auf der Krusenkoppel ein fröhliches Chaos. Eltern und ihre Kinder vergnügten sich zwischen überdimensionierten Torten und die gesamte Grünfläche schien unter Bergen von Zuckerwatte zu verschwinden. Aus der nahe gelegenen Bühne erschallte Musik und rhythmisches Klatschen der Zuschauer.

»Hier können wir ihn unmöglich festnehmen«, sagte Holly.

Immer wieder glaubte er, eines seiner Kinder zwischen den herumtollenden Mädchen und Jungen auszumachen. Dabei wusste Holly nicht einmal mit Sicherheit, ob seine Frau mit den Kindern heute wirklich einen Ausflug zur Krusenkoppel unternehmen wollte.

»Wir können ihn aber nur schwer überwachen«, mahnte der Einsatzleiter des SEK.

Er hatte sich irgendwo eine hellblaue Windjacke beschafft und über die auffällige Uniform gezogen. Zusammen mit Holly beobachtete er, wie Henry Dassner sich ungezwungen zwischen den Kindern bewegte. Noch auf dem Weg zu dessen Wohnung ging die Sichtmeldung eines Streifenbeamten über Funk ein, der den gesuchten Rocker in der Nähe der Krusenkoppel entdeckt hatte. Holly hatte daher sein Team hierher geführt und grübelte jetzt darüber nach, wie sie Dassner ohne zu viel Risiko überwältigen konnten.

»Das wäre ein guter Moment gewesen«, sagte der Kollege vom SEK.

Auf dem Wasser war soeben eine Regattafahrt der Formula 18 Klasse gestartet worden. Die pfeilschnellen Katamarane begeisterten mit ihrer Geschwindigkeit und den halsbrecherischen Manövern der Crews die Zuschauer.

Immer wieder wurden laute Rufe ausgestoßen, wenn ein Katamaran sich spektakulär in Szene setzen konnte.

»Dazu müssten wir schon dicht an Dassner dran sein, um ihn schnell überwältigen zu können«, erwiderte Holly.

Der immer wieder aufbrausende Applaus der Zuschauer konnte wirklich gut als Ablenkung benutzt werden. Den Einsatzkräften mangelte es nach Hollys Auffassung an der erforderlichen Nähe zur Zielperson.

»Vier meiner Leute haben ihn bereits eingekreist«, kam es vom Einsatzleiter. Er zeigte Holly unauffällig, wo seine Beamten sich aufhielten. Es war ein gewagtes Manöver, obwohl alle Männer zivile Kleidung trugen und schwerlich als Polizisten zu erkennen waren. Der Zugriff war möglich und schließlich rang Holly sich dazu durch.

»Einverstanden. Ihre Leute sollen die nächste Gelegenheit ergreifen. Außerdem muss der Transporter sofort hierherkommen, damit Dassner ohne viel Aufsehen weggeschafft werden kann«, sagte er.

Der Einsatzleiter gab seinen wartenden Beamten die Erlaubnis zum Zugriff. Ein Aufschrei aus vielen Kehlen ließ Holly hinüber zum Wasser schauen. Zwei Katamarane waren sich in die Quere gekommen und eine Besatzung konnte das Kentern nicht mehr verhindern.

»Erledigt. Zielperson ist in unserer Gewalt«, meldete der Einsatzleiter.

Selbst Holly hatte sich für einen Augenblick ablenken lassen, und so entging ihm der Zugriff. Der Gefangenentransporter rollte bereits am Rande der Krusenkoppel aus, um Henry Dassner aufzunehmen. Der Spuk war vorbei, ehe die Besucher der Kieler Woche es realisiert hatten.

»Das war erstklassige Arbeit«, lobte Holly. »Ihr werdet

es vermutlich nie erfahren, aber mit diesem verunglückten Segelmanöver habt ihr uns sehr geholfen«, murmelte er und schaute hinaus.

Er zog sein Handy aus der Jacke, wählte die Nummer von Regina und erstattete ihr Meldung. Anschließend wollte er in der Feldstraße nachsehen, was Frank und sein Team in der Werkstatt des Rockers gefunden hatten.

*

Als einer der uniformierten Kollegen das Schloss an der Tür gewaltsam öffnete, musste Frank über die hochtrabende Bezeichnung für diese beiden alten Schuppen schmunzeln.

Unter einer Werkstatt stellte er sich etwas anderes vor. Im Grunde handelte es sich um zwei ehemalige Garagen auf einem der Hinterhöfe, in denen Dassner sich eingerichtet hatte. Kaum hatte der Beamte die Tür geöffnet, revidierte Frank sein Urteil.

»Sieh mal einer an. Außen pfui und innen hui!« Einer der Kriminaltechniker brachte es auf den Punkt. Er und seine drei Kollegen schwärmten aus, um die Spuren zu sichern. Für Frank und die vier uniformierten Kollegen blieb vorerst nichts anderes zu tun, als den Hinterhof abzusichern.

»Wird auch Zeit, dass man dem Typen diese illegale Werkstatt endlich dichtmacht«, rief eine Stimme.

Frank legte den Kopf in den Nacken, um den Mann im dritten Stockwerk sehen zu können. Seinem Alter nach befand er sich vermutlich bereits im Ruhestand. »Kriminalpolizei. Hauptkommissar Reuter. Kennen Sie den Betreiber dieser Werkstatt?«, wollte Frank wissen.

»Zu meinem Leidwesen ja. Das ist einer dieser unverschämten Rocker, über die man in letzter Zeit immer so viel in der Zeitung liest oder im Fernsehen sieht«, rief der Mann.

Die Befragung der Mieter musste sowieso erledigt werden. Frank beschloss, mit diesem Mann anzufangen.

»Ich gehe hinauf und befrage den Zeugen. Melden Sie sich, sobald die Techniker die Werkstatt freigeben«, übertrug er einem Hauptmeister die Verantwortung im Hinterhof.

Drei Minuten später schaute Frank auf das blank geputzte Metallschild neben der Wohnungstür. Bevor er den Klingelknopf betätigen konnte, öffnete der Mann bereits.

»Hermann Wagner. Kommen Sie nur herein, Herr Hauptkommissar«, forderte er Frank auf.

Das Gespräch verlief anfangs so, wie er es befürchtet hatte. Wagner, ein pensionierte Beamter der Post, belauerte seine Nachbarn geradezu und wusste entsprechend viel zu erzählen. Frank musste ihn mehrfach zurück auf Dassner und die Werkstatt bringen, um das Thema nicht völlig aus dem Fokus zu verlieren.

»Er hat sich lauthals gestritten und später klang es mir sogar ein wenig so, als wenn Dassner und der Mann sich in der Werkstatt geprügelt hätten.« Endlich kam eine wichtige Information von Wagner.

Sofort hakte Frank ein und ließ sich diese Begegnung haarklein schildern. Wagner hatte seinen Müll hinuntertragen müssen und konnte dadurch einige Details berichten. Er hatte Worte aufgeschnappt, die nicht nach einem Streit unter Freunden klangen. Der Fremde hatte Drohungen ausgestoßen, die sich gegen Dassners Gesundheit richteten. Der Lärm hatte unvermittelt nachgelassen und daher war Wagner davon ausgegangen, dass der Streit beigelegt worden war.

»Würden Sie den Besucher wiedererkennen?«, wollte Frank schließlich wissen.

»Nein, das nun nicht. Es war ja schon dunkel und ich wollte ja nicht herumschnüffeln«, musste Wagner passen. Angesichts seiner bisherigen Ausführungen klang seine Versicherung wenig glaubwürdig, wobei Frank es Wagner jedoch anrechnete, dass er sich nicht unnötig aufspielen wollte.

»Wir kommen in den folgenden Tagen sicherlich noch einmal auf Sie zu. Vorerst bedanke ich mich und kann Ihnen versichern, dass Ihre Beobachtungen sehr hilfreich sind«, sagte er zum Abschied.

Hermann Wagner wuchs bei dem Lob sichtlich ein Stück in die Höhe. Als Frank kurz darauf zurück ins Sonnenlicht trat, stieß er zu seiner Überraschung auf Holly.

»Euer Zugriff war erfolgreich?«, fragte Frank.

»Lief fast alles nach Plan«, gab Holly zurück.

»Sehr gut. Ein Zeuge aus dem Haus hat mir erzählt, dass Dassner vor zwei oder drei Tagen einen heftigen Streit mit einem anderen Mann hatte. Es soll in der Werkstatt sogar zu handgreiflichen Auseinandersetzungen gekommen sein«, berichtete Frank. »Wir sind dann so weit, Herr Reuter«, unterbrach ein Kriminaltechniker die beiden. »Sie können sich drinnen jetzt umsehen.« Frank und Holly betraten die Werkstatt.

»Dassner hat sich große Mühe gegeben, unauffällig zu bleiben. Von außen würde man ein solches Equipment kaum erwarten«, stellte Holly fest.

An drei der Wände zogen sich moderne Metalltische

entlang und bildeten die Arbeitsflächen. Hochwertige Maschinen und Computer standen darauf.

»Wir haben diverse Rückstände an den Maschinen, auf den Arbeitsflächen, den Wänden und am Fußboden sicherstellen können. Einiges davon würde zum Hantieren mit Sprengstoffen passen. Genaueres erfahren Sie morgen im Laufe des Tages«, sagte der Techniker.

Während Holly den Kollegen schon entlassen wollte, hielt Frank den Kriminaltechniker zurück. »Haben Sie Rückstände eines Kampfes entdeckt? Blutspuren oder Hautpartikel vielleicht?«, wollte er wissen.

»Ja, solche Spuren gibt es. Die Auswertung dauert jedoch länger, Herr Reuter. Das Ergebnis liegt uns vermutlich erst im Laufe der kommenden Woche vor.«

Damit gab Frank sich vorerst zufrieden. Holly spürte aber, dass sein Kollege nicht sehr glücklich über diese Frist war.

»Warum ist das so wichtig? Hast du eine Ahnung, mit wem Dassner hier gekämpft haben könnte?«, fragte er.

Auf eine solche Spekulation wollte Frank sich nicht einlassen. Vorerst behielt er nur im Hinterkopf, dass es eine tätliche Auseinandersetzung gegeben hatte. Bei einem Mann mit dem Lebenswandel von Dassner konnte es kaum überraschen, wenn er öfter in Schlägereien verwickelt war.

»Na, gut. Dann schauen wir uns gründlich um, damit wir später in der Vernehmung Dassner ein wenig Druck machen können«, sagte Holly.

*

Durch den Einwegspiegel betrachteten Regina, Frank und Holly den Rocker. Henry Dassner starrte auf die Tischplatte vor sich und warf gelegentlich böse Seitenblicke auf den uniformierten Polizisten. Der Beamte des SEK ließ sich dadurch nicht irritieren, sondern erwiderte den Blick mit stoischer Gelassenheit. Da er immer noch seine Gesichtsmaske trug, war es sowieso ein ungleiches Duell.

»Dassner sollte leicht zu provozieren sein«, sagte Holly.

»Wer fängt an?«, fragte Frank.

Sie wollten Dassner durch permanenten Wechsel der befragenden Beamten zusätzlich verunsichern. Er war aufbrausend. Diese Voraussetzung sollte dafür sorgen, dass er schnell zu knacken war.

»Du gehst als Erster hinein. Am besten sprichst du Dassner sofort auf die Auseinandersetzung und die sichergestellten Blutspuren an. Dadurch locken wir ihn zunächst in eine falsche Richtung«, antwortete Regina.

Frank verließ den Nebenraum, um sich die von Koller angefertigte Ermittlungsakte zusammen mit einem Becher Kaffee zu schnappen. Vor der Tür sammelte er sich kurz, bevor er sie schwungvoll aufstieß. Henry Dassner zuckte leicht zusammen, um anschließend verärgert zu schnauben.

Das war sein erster Punkt, dachte Frank zufrieden.

»Hauptkommissar Reuter. Ich bin der stellvertretende Leiter der SOKO Kieler Woche.«

Nachdem er seinen Becher abgestellt und die Akte auf die Tischplatte gelegt hatte, schaltete Frank das Aufnahmegerät ein.

»Ich will wissen, was man mir vorwirft«, meldete sich Dassner.

Ohne darauf einzugehen, las Frank laut die persönlichen Angaben Dassners aus der Akte ab und schaute ihn dann fragend an. »Ist das so weit korrekt?«, fragte er.

»Ja, verdammt«, fauchte Dassner.

Zufrieden registrierte Frank die Bestätigung und schlug dann umständlich die nächste Seite in der Akte auf. Er fuhr mit dem Zeigefinger über die Zeilen und bewegte dabei lautlos die Lippen.

»Was ist denn nun?«, wollte Dassner erfahren.

Frank hob den Kopf und musterte ihn nachdenklich. Dann trank er einen Schluck Kaffee und schaute wieder in die Akte, schlug die dritte Seite darin auf.

»Mit wem hatten Sie den Streit in Ihrer Garage in der Feldstraße?«, fragte er übergangslos.

Dassner krauste verwirrt die Stirn. »Hä? Was denn für einen Streit?«, fragte er zurück.

Frank las die Zeugenaussage von Wagner vor, ohne dessen Identität zu nennen. Dassner lehnte sich zurück und kreuzte die Arme vor der schmächtigen Brust.

»Lügt der oder ist das eine Finte von euch Bullen?«, fragte er.

»Ach, denken Sie? Sie haben vermutlich nicht zugehört, welche Abteilung für diese Ermittlung zuständig ist. Die SOKO Kieler Woche wurde extra für Gewaltverbrechen während der Kieler Woche ins Leben gerufen. Glauben Sie ernsthaft, dass wir unsere Zeit mit dummen Spielchen verplempern?«, fragte Frank.

Für einen Moment wirkte Dassner verunsichert.

Zweiter Punkt, zählte Frank gedanklich mit.

»So ein Quatsch! Den Streit hatte ich schon vor der Kieler Woche, also seid ihr nicht zuständig«, gab er von sich.

»Oh, tatsächlich?«

Dassner gewann an Sicherheit. Er schien zu glauben, dass ihm die Bullen nichts anhaben konnten. In seinen Augen bestätigte sich das, als Frank die Akte zuschlug und den Raum verließ. Doch Hollys Erscheinen ließ das Grinsen auf Dassners Lippen gefrieren.

»Hallo. Wir kennen uns ja schon. Hauptkommissar Fendt vom LKA«, sagte Holly. Er schob den Kaffeebecher seines Kollegen ein Stück zur Seite und legte einen Notizblock vor sich auf den Tisch. »Kommen wir zurück zu der Auseinandersetzung in Ihrer Garage in der Feldstraße. Wann genau war das und mit wem haben Sie sich geprügelt?«

Dassner starrte den glatzköpfigen Hünen fassungslos an. »Ich will meinen Anwalt sprechen«, brachte er mühsam heraus.

Holly riss das oberste Blatt vom Notizblock ab und schob es zusammen mit dem Kugelschreiber über den Tisch. »Namen und Telefonnummer aufschreiben. Wir verständigen Ihren Anwalt«, forderte er Dassner auf.

Der nahm den Kugelschreiber und schaute mit gefurchter Stirn auf das leere Blatt Papier. »Was passiert, wenn ich euch den Namen verrate und es sich als ein harmloser Streit unter Freunden herausstellt?«, fragte er.

Holly lächelte kühl. »Dann wäre es ohne Belang für unsere Ermittlungen«, stellte er sachlich fest.

Erleichterung zeigte sich in den Augen Dassners. »Fragt Heiner Sauerland. Er ist ein Kumpel von mir. Wir hatten vor ein paar Tagen Streit wegen einer Reparatur an seinem Motorrad. Ich schreib seine Telefonnummer auf«, sagte er.

Kaum hatte Dassner die Angaben notiert, nahm Holly ihm den Kugelschreiber wieder weg und verließ den Vernehmungsraum. Für die Überprüfung der Angaben benötigte er keine fünf Minuten, dann ging er in den Nebenraum.

»Zuerst wollte Sauerland den Streit bestätigen, aber nachdem ich ihm ein wenig ins Gewissen geredet habe, räumte der die Lüge schnell ein«, teilte Holly mit.

Regina nahm die Akte und ging hinüber ins Vernehmungszimmer. Bei ihrem Anblick stutzte Dassner, der sich seiner Sache offenbar sicher gewesen war.

»Hauptkommissarin Saß, Leiterin der SOKO Kieler Woche. Wir haben Ihre Angaben in Bezug auf den angeblichen Streit mit Heiner Sauerland überprüft. Es war eine Lüge und damit steht für uns fest, dass Sie Teil unserer Ermittlung sind.«

Henry Dassner schluckte schwer und fuhr sich mit der Hand über die Stirn, wo sich ein leichter Schweißfilm gebildet hatte.

»Der dritte Punkt für sie«, murmelte Frank im Nebenzimmer.

KAPITEL 16

Das Sonnenlicht tauchte das edle Holz der Vertäfelung der Dreimastbark Cinderella in ein dunkles Rot. Vom Oberdeck kamen die üblichen Geräusche, wenn die Besatzung in der Takelage arbeitete oder das Deck schrubbte.

»Hast du ihm unseren Anwalt geschickt?«, wollte Ivo Tatai wissen. Der kompakt gebaute Ungar mit den stechenden dunklen Augen und dem Bartschatten am kantigen Kinn schaute Milan Petric auffordernd an.

»Ja, ist bereits erledigt. Dassner ist zwar nicht sonderlich intelligent, aber schlau genug, die Botschaft zu kapieren«, erwiderte er.

Zufrieden mit der Auskunft wandte Tatai sich an den dritten Mann im Salon der Bark. »Wer steht mir jetzt noch im Weg?«

Der blonde Mann wiegte skeptisch den Kopf. »Zuerst die SOKO. Dort vor allem Reuter und Fendt«, lautete seine Antwort.

Tatai lachte rau auf. Von ihm ging eine geradezu körperlich spürbare Bedrohung aus, wie selbst Petric immer wieder in Gegenwart des Ungarn feststellte. Der Blonde reagierte mit erkennbarer Verunsicherung darauf.

»Reuter haben wir so weit kaltgestellt. Fendt leitet das Dezernat für organisierte Kriminalität und Bandenverbrechen, richtig?«

Tatais Feststellung quittierte der Blonde mit einem knappen Nicken.

»Perfekt. Dann schlagen wir gleich zwei Fliegen mit einer Klappe. Diese Rocker sollen spüren, wie es sich anfühlt, wenn man sich mit mir anlegt«, sprach Tatai weiter.

Er entwarf in groben Zügen einen Plan. Tatai wählte einen Weg, wie sich die Botschaft in aller Deutlichkeit übermitteln ließ. Während Milan Petric gleichgültig zuhörte, schlich sich Erschrecken in die Augen des blonden Mannes. Seine Gedanken wirbelten durcheinander. Bis zur Windjammerparade am morgigen Samstag blieb nur noch wenig Zeit. Er musste unbedingt einen Weg finden, das geplante Massaker zu verhindern.

»Alles verstanden?«, wollte Tatai wissen.

Sein forschender Blick lag auf dem Gesicht des Blonden, der seine Gefühle wieder im Griff hatte. Er bestätigte es mit gleichgültiger Miene.

»Na, dann an die Arbeit. Meine Zeit in Kiel wird mit einem wahren Paukenschlag eingeläutet.«

Petric und der Blonde eilten ans Oberdeck. Dort schaute der Kroate seinem neuen Partner in die Augen.

»Kann ich mich auf dich verlassen oder wirst du rückfällig?«, fragte er.

Der blonde Mann schüttelte entschieden den Kopf. »Keine Sorge, Milan. Für mich gibt es schon lange kein Zurück mehr«, versicherte er.

Damit gab Petric sich zufrieden und verließ vor seinem Partner die Bark, die im Museumshafen von Kiel ihren Platz gefunden hatte. Am Heck blähte sich die niederländische Flagge im leichten Wind auf, der über die Förde strich. Immer wieder blieben Besucher der Kieler Woche bewundernd vor der erstklassig restaurierten Dreimastbark stehen. Im Gegensatz zu anderen historischen Schiffen bot der Eigner jedoch keine Besichtigungszeiten für die Öffentlichkeit an.

*

Das Bier aus Österreich schmeckte tatsächlich so gut, wie der junge Mann hinter dem Tresen behauptet hatte. Nach der erneuten Niederlage hatten Frank und Holly sich spontan zu einem kurzen Ausflug auf den internationalen Markt gemacht.

»Woher hat Dassner diesen Strafverteidiger?«, fragte Holly zum wiederholten Male.

Mitten in der zweiten Vernehmungsrunde des Hünen war urplötzlich einer der bekanntesten Rechtsanwälte aus Hamburg in der Gartenstraße aufgetaucht und verlangte, sofort zu seinem Mandanten gebracht zu werden.

»Das versucht Regina in Erfahrung zu bringen«, erwiderte Frank und orderte gleichzeitig zwei neue Bier.

»So ein verfluchtes Timing. Wir hatten ihn, Frank, echt, er hätte ausgepackt«, fluchte Holly völlig gegen seine Art.

»Ja. Wir lagen mit fünf Punkten in Führung, mussten aber die Segel streichen«, murmelte Frank frustriert.

Holly wollte gerade sein Glas an die Lippen führen. Bei der Bemerkung seines Kollegen senkte er seine Hand und starrte Frank verwundert an. »Was meinst du denn damit?«

Frank machte eine wegwerfende Handbewegung und stieß mit seinem Glas gegen das von Holly. Sie tranken, verfolgten das muntere Geschehen zwischen den verschiedenen Ständen und schauten schließlich zur Bühne vor dem Rathaus.

»Türkische Folklore ist nicht unbedingt das, wonach mir jetzt der Sinn steht«, stellte Holly ungnädig fest.

Die Musiker verstanden ihr Handwerk. Als eine Gruppe junger Frauen zu den Klängen tanzte, blieben immer mehr Menschen stehen und klatschten bald rhythmisch mit.

»Dein rechter Fuß«, mahnte Frank.

Sein Kollege schaute verwirrt nach unten und setzte dann ein verschämtes Lächeln auf.

»Erwischt. Die Truppe ist besser als befürchtet«, räumte er ein.

Fünf Minuten später gesellte sich Regina zu ihren Kollegen. Zuerst vertilgte sie ein Hotdog, welches sie vom dänischen Stand schräg gegenüber zum Bierstand gebracht hatte. Unterdessen zapfte der Mitarbeiter hinterm Tresen ein Bier für die Leiterin.

»Und? Nun erzähl endlich! Was hat dein Vater gesagt?«, drängte Frank.

Regina fuhr sich mit einer Serviette über die Mundwinkel und beförderte sie anschließend mit einem gekonnten Wurf in einen der Müllbehälter. Danach setzte sie das Bierglas an und trank einen langen Schluck. Erst jetzt war Regina bereit, dem Drängen ihres Stellvertreters nachzugeben.

»Der Kollege meines Vaters wurde von einer Firma aus Berlin beauftragt. Florian versucht herauszufinden, wer hinter dem Unternehmen steckt«, gab sie endlich Auskunft. Regina berichtete weiter, dass der Strafverteidiger über einen speziellen Ruf verfüge. »Er ist quasi ein Milieuanwalt, aber nur für die Spitzenleute.«

»Das macht seine Beauftragung umso merkwürdiger. Dassner verfügt niemals über solche weitreichenden Kontakte«, warf Holly ein.

Frank nippte an seinem Bier und dachte über die neuen Informationen nach.

»Tatai?« Er warf den Namen ohne jeden Zusatz in den Raum. Regina und Holly tauschten einen Blick aus.

»Warum sollte er so etwas machen? Bisher müssen wir davon ausgehen, dass Dassner im Auftrag seiner Rockerkollegen den Sprengsatz auf dem Frachter angebracht hat.« Regina konnte keine Logik darin erkennen.

»Ich weiß, aber wer sonst?«, fragte Frank.

Die Antwort lieferte ihnen kurz darauf Rana, die sich zu ihnen gesellte. »Oberrat Singer hat sich gemeldet. Er wollte anfangs nur mit dir sprechen, aber Florian konnte ihn überreden, mit den Informationen herauszurücken«, erzählte sie.

Was sie zu berichten wusste, untermauerte die Theorie von Frank.

»Die Firma gehört zur Organisation von Tatai? Das wird ja immer mysteriöser«, stieß Regina hervor.

Holly deutete mit seinem Daumen auf Frank.

»Dieser Wunderknabe hat es bereits geahnt und wir fanden es unlogisch«, sagte er zu Rana.

»Hast du denn eine Idee, weshalb Tatai einem seiner Gegner aus der Klemme helfen will?«, wandte die sich an Frank.

»Dassner ist zwar ein Rocker, aber vielleicht hat er schon vor längerer Zeit das Lager gewechselt«, schlug er vor.

»Das würde zum Vorgehen von Tatai passen. Wer weiß? Möglicherweise ist ihm Freytag auf die Schliche gekommen und darüber kam es zum Streit«, baute Holly diese Theorie weiter aus.

Regina unterbrach energisch die Gedankenflüge. »Halt! Wir passen die Fakten nicht einer Theorie an. Umgekehrt sieht saubere Polizeiarbeit aus«, mahnte sie.

Das war in Franks Sinne. Ihn wurmte es immer noch, dass sie Dassner nicht zu einer Aussage hatten bringen können. Während er ziellos den Bummlern zuschaute, entdeckte er ein bekanntes Gesicht.

»Regina? Ich glaube, da sucht dich jemand«, sagte er.

Sie folgte seinem Blick und hob überrascht die Augenbrauen. Evelyn Rose entdeckte sie im gleichen Augenblick und bahnte sich ihren Weg zum Stand.

»Hi, Papa«, lenkte Jasmins Stimme Frank ab.

Er wandte sich seiner Tochter zu, die sich aus einer Gruppe Gleichaltriger gelöst hatte. Jasmin umarmte ihren Vater und strahlte dabei, sodass Frank neugierig wurde.

»Hi, Kleines. Das ist eine nette Überraschung. Welche Bühne beehrt ihr denn heute Abend mit eurer Anwesenheit?«

Seine Tochter und ihre Clique waren auf dem Weg zur *MAXBühne*. Dort trat eine Kieler Band auf, die Power Pop und Rock spielte.

»*D.E.P.*? Sorry, die sagen mir leider nichts«, gestand Frank sein Unwissen.

»Solltest du dir einmal gönnen, Paps. Aber vermutlich lässt die Arbeit dir wie immer keine Zeit, oder?«

Jasmin wollte bestimmt nicht an sein schlechtes Gewissen appellieren, aber Frank kannte die Unvereinbarkeit seines Berufes mit einem geregelten Privatleben. Wegen seiner Arbeit war die Ehe mit Jasmins Mutter gescheitert. Seine dunklen Gedanken lösten sich schnell wieder auf, als er dem Blick seiner Tochter folgte. Ein hochgewachsener junger Mann mit dunklen Locken machte ihr Zeichen. Die Gruppe wollte ihren Weg fortsetzen.

»Dein neuer Freund?«, fragte Frank schnell.

»Carlos? Nö, nicht so richtig«, druckste Jasmin ein wenig herum.

»Darf dein alter Herr einen kleinen finanziellen Beitrag

zu deinem abendlichen Vergnügen leisten oder beleidige ich dich damit?«, fragte Frank.

Sein Vorgehen fand die Zustimmung Ranas, die hinter Jasmins Rücken den Daumen in die Höhe reckte. Ausnahmsweise schien Frank sich besser als üblich zu schlagen.

»Das würde sich gut auf mein fast leeres Portemonnaie auswirken«, gestand Jasmin.

Unauffällig drückte Frank ihr 30 Euro in die Hand und freute sich über die herzliche Umarmung zum Abschied.

»So verhält sich ein souveräner Vater«, lobte ihn Rana.

»So, so. Du musst es ja wissen. Dann ist dieser Carlos wohl mehr als nur einer der anderen Freunde aus der Clique?«

Die Kommissarin schaute der Gruppe von Jasmin hinterher. »Ja, sieht fast so aus. Eifersüchtig?«, erwiderte sie mit einem spitzbübischen Grinsen.

»Nein, Hauptsache er macht meine Tochter nicht unglücklich. Wie geht es Sven?«

Der Themenwechsel führte zum gewünschten Ergebnis. Rana und Frank verließen kurz nach ihren Kollegen den Bierstand. Der Abstand reichte aus, um ungezwungen miteinander reden zu können.

»Es gibt da etwas, worüber ich mit dir sprechen möchte. Hat Sven eventuell Probleme mit festen Bindungen? Er ist ja dein Freund. Nur deswegen frage ich«, kam es von Rana.

»Es gab eine sehr unglückliche Zeit in Svens Studium. Sprich Sven darauf an, Rana«, sagte Frank.

Mit den Andeutungen musste Rana ausreichend gedient sein, die glücklicherweise nicht weiter nachhakte.

*

Für Petric schien es die normalste Sache der Welt zu sein, mit gefährlichem Sprengstoff zu hantieren. Sein deutscher Begleiter erledigte einige Handlangerdienste. Mehr konnte er nicht beitragen.

»Wenn wir diese drei Sprengsätze im Kielbereich anbringen, erleben die Herren Rocker eine böse Überraschung«, stellte Petric kühl fest.

Er war in den Augen seines neuen Partners ein emotionsloser Psychopath, dem das Leben anderer Menschen egal war. Tatai hatte ihm einen Befehl erteilt und Petric war der gehorsame Soldat.

»Wer bringt die Ladungen an?«, fragte der Deutsche.

Der Kroate hielt inne und schaute seinen Kumpan verwundert an. »Das wird deine große Bewährungsprobe«, lautete die Antwort.

Für einige Sekunden lang schwiegen die Männer. Petric baute den letzten Sprengsatz zusammen und nahm anschließend ein handelsübliches Handy von der Werkbank. Dann trat er drei Schritte zurück und tippte eine vierstellige Zahl ein. Als die rote Kontrollleuchte an allen Sprengsätzen daraufhin ausging, zuckte der Deutsche erschrocken zusammen. Der Kroate registrierte es und lächelte zufrieden. »Gut so. Wenn du zu selbstsicher wirst, geht garantiert etwas schief.«

Sein Kumpan schluckte schwer und schielte nervös zu den Bomben auf der Werkbank hin.

»Keine Panik. Solange ich nicht die fünfte Ziffer eingebe, bleibt es eine Ansammlung von Metall und Chemie, verbunden durch elektronische Schaltkreise«, sagte Petric.

Sein Finger senkte sich auf die Tastatur und voller Schrecken verfolgte der Blonde, wie der Kroate die letzte

Ziffer eintippte. Er wurde kreidebleich und torkelte voller Entsetzen zurück.

»Das war nicht die richtige Ziffer«, lachte Petric laut los.

»Du solltest mich vernünftig einweisen, sonst gehen diese Sprengsätze vorzeitig in die Luft«, beschwerte sich der Deutsche.

Es war nicht das erste Mal, dass er über seine Entscheidung grübelte. Zu einer Umkehr war es jedoch längst zu spät, daher fügte er sich in seine neue Rolle. Sie musste ihm schließlich nicht gefallen. Er hatte schlicht keine andere Wahl und deswegen erwies der Blonde sich in der folgenden Unterweisung als aufmerksamer Schüler. Petric lobte ihn, nachdem er in fünf Durchläufen nicht den kleinsten Fehler gemacht hatte.

»Das reicht. Du wirst heute Nacht an Bord schleichen und die Sprengsätze einbauen. Ich zeige dir auf einer Skizze, wo genau du sie platzieren musst«, erklärte Petric.

Während er sich lässig einen krummen Zigarillo anzündete, wischte der Deutsche sich den kalten Schweiß von der Stirn. In der Zeit bis zu seinen nächtlichen Operationen blieb genügend Spielraum, einen Ausweg zu finden.

Wenn nicht, dann würde es eine fürchterliche Katastrophe geben, ging es ihm durch den Kopf.

*

Sie saß auf dem Beifahrersitz des Audi, den Frank hinter den Passat mit Regina und Holly lenkte. Als die Ermittler von ihrer kurzen Pause auf dem internationalen Markt in die Gartenstraße zurückkehrt waren, hatte Florian sie mit der Meldung eines Leichenfundes empfangen.

Bereits im Krummbogen hatten die Kollegen der Bereitschaftspolizei die Absperrung aufgebaut. Am THW-Vereinsheim sammelten sich die Fahrzeuge, unter anderem entdeckte Frank mehrere Wagen der KTU sowie den Transporter mit der Aufschrift Rechtsmedizinisches Institut.

»Florian hat recht. Das Vieburger Gehölz ist ein beliebter Ausflugspunkt und viele Jogger nutzen die gut beleuchteten Wege«, sagte Julia.

»Damit ist es gleichzeitig gut zugängig und man fällt nicht so auf«, warf Frank ein.

Schließlich mussten sie aussteigen, um zum Fundort der Leiche zu Fuß weiterzugehen. Automatisch schaute Frank hinüber zum Fernsehturm, der hoch hinauf in den von Wolken verhangenen Himmel reichte.

»Hallo, Sven«, grüßte er dann den Rechtsmediziner.

Sein Freund trug die übliche Schutzkleidung. Er schob die eng anliegende Kapuze hinunter, als er die Ermittler erreichte.

»Moin, alle zusammen. Ich habe Freytag sofort erkannt. Die Wunden sehen zwar schlimm aus, aber sein Gesicht ist nur teilweise zerstört«, sagte er.

Nach seiner ersten Untersuchung ging Sven davon aus, dass Simon Freytag an den Folgen einer schweren Kopfverletzung gestorben war. Wie immer gab er seine Einschätzung mit vielen Einschränkungen weiter.

»Können Sie uns sagen, wie lange der Leichnam bereits hier liegt?«, fragte Regina.

»Freytag muss bereits vor mehr als 48 Stunden ermordet worden sein, genauer kann ich es erst nach der Obduktion sagen«, lautete seine Antwort.

Es war ein Anhalt, mit dem die Ermittler etwas anfangen konnten. Der Leiter der Spurensicherung hob den Arm und signalisierte ihnen, dass Regina mit ihren Kollegen zum Toten kommen konnte. Sie achteten sorgsam auf die Wegmarken, die von den Technikern verteilt worden waren. Schließlich erreichten sie die kleine Senke, in der Freytags Leichnam lag. Frank schluckte schwer beim Anblick des verwüsteten Gesichts. Der Mundbereich war eine einzige große Wunde und an der linken Schläfe klaffte ein Loch. Verschorftes Blut entstellte das Gesicht zusätzlich, und als eine Made langsam aus dem Trümmerfeld zwischen den Zähnen kroch, spürte Regina ein würgendes Gefühl in sich aufsteigen.

»Haben wir es nur mit dem Fundort zu tun oder gehen Sie davon aus, dass der Mord hier geschehen ist?«, fragte sie den Leiter der Kriminaltechnik. Ihre Stimme war belegt und verriet den Ekel, gegen den die Hauptkommissarin anzukämpfen hatte.

Julia schluckte und mied den Anblick des entstellten Gesichtes. Holly ging jedoch in die Hocke und musterte die gesamte Leiche sehr aufmerksam. »Der Mord muss woanders passiert sein. Hier ist viel zu wenig Blut«, erwiderte der Techniker.

»Die Abschürfungen an den Knöcheln könnten auf einen Kampf hindeuten, richtig?«, fragte Holly.

»Ja. Es gibt Striemen an den Unterarmen, die ich als Abwehrverletzungen interpretieren würde«, stimmte der Kriminaltechniker zu.

Frank war seiner Meinung. Die Todesumstände deuteten darauf hin, dass Freytag bei einem Kampf ums Leben gekommen war. Möglicherweise in der Werkstatt von Henry Dassner, wie Holly schon nach dem Fund der Blutspuren vermutet hatte.

»Haben Sie persönliche Gegenstände wie Brieftasche oder Handy gefunden?«, wollte Julia wissen.

Ihr Blick wanderte über die Techniker, die in konzentrischen Kreisen um den Fundort das Gelände absuchten.

»Nein, weder noch. Sollten wir etwas finden, melde ich mich sofort«, erwiderte der Leiter der KTU.

Regina und ihre Kollegen zogen sich zurück, um abseits der arbeitenden Techniker ihre Eindrücke auszutauschen.

»Wir wissen jetzt, wieso die Fahndung ergebnislos verlaufen ist. Freytag ist vor zwei oder vielleicht sogar drei Tagen bereits ermordet worden«, fasste die Leiterin die Erkenntnisse zusammen.

»Möglicherweise in der Garage in der Feldstraße«, erwiderte Holly.

»Ja, aber Gewissheit erlangen wir erst nach dem DNA-Abgleich«, sagte Regina.

»Angenommen, Dassner ist der Mörder. Warum? Was ist zwischen Freytag und ihm vorgefallen?«, fragte Julia.

Frank erinnerte Julia an das cholerische Temperament des Verdächtigen, während Regina und Holly nachdenklich in die Ferne schauten.

»Erst der Sprengstoffanschlag auf Tatais Frachter. Dann ein ähnlicher Anschlag auf die Jacht von Dombrowski. Wir wissen, dass Freytag den Rockern den Sprengstoff beschafft hat, und dürfen davon ausgehen, dass Dassner ihn anbrachte«, sprach Regina halblaut vor sich hin.

Ihre Kollegen schwiegen und warteten ab, wohin dieser Gedankenausflug führen würde. Regina wartete, ob einer ihrer Kollegen etwas hinzufügen würde, schüttelte dann verärgert den Kopf. »Selbst hierbei handelt es sich um eine Theorie, für die wir nicht ausreichend Indizien oder gar Beweise präsentieren können. Ganz zu schweigen davon, dass wir eine Verbindung zum Mord an Dr. Rose belegen können«, stellte sie schließlich fest.

Frank hätte eine Lösung gesehen, wenn Dassner nicht einen so erfahrenen Strafverteidiger aus dem Milieu an seiner Seite gehabt hätte. »Tatai mischt die Karten und lässt uns alt aussehen«, murmelte er.

Seine Kollegen nickten zustimmend. Die oft entscheidenden ersten 72 Stunden in einer Mordermittlung waren längst verstrichen und die SOKO stand quasi mit leeren Händen da. In Tatai war ein neuer Typ Verbrecher auf den Plan getreten, der es den Ermittlern ungleich schwerer machte.

»Frau Saß?« Der Leiter der KTU winkte, um auf sich aufmerksam zu machen. Neben ihm stand eine seiner Spezialistinnen. Regina und ihre Kollegen eilten hinüber zu den beiden Technikern.

»Das ist das Handy des Toten. Meine Kollegin hat es etwa 200 Meter entfernt in einem Gebüsch gefunden. Es ist vermutlich beim Transport des Leichnams aus dessen Tasche gerutscht«, erklärte der Leiter der KTU.

Alle starrten auf das matt schwarz glänzende Smartphone in der Beweissicherungstüte. Frank nahm es entgegen und schaute sich das Gerät genauer an. »Der Zugang war nicht gesperrt?«, fragte er.

Bei der Antwort des Technikers wurden seine Kollegen aufmerksam. »Nein. Wir konnten diesen Film entdecken. Vielleicht hilft er Ihnen ja bei den Ermittlungen weiter«, erwiderte er.

Er nahm Frank das Gerät aus der Hand und aktivierte das Programm, mit dem getätigte Aufnahmen wiedergegeben wurden. Gebannt verfolgten die vier Ermittler, was ihnen auf den verwackelten Bildern gezeigt wurde.

»Was soll man denn darauf erkennen?«, fragte Julia.

»Das ist die Werkstatt von Dassner. Freytag hat gefilmt, während er ihm etwas gezeigt hat. Ich kann aber nicht erkennen, was das sein soll«, antwortete Frank. Er hob den Blick und schaute den Techniker fragend an.

»Das ist die Verdrahtung einer Bombe. Die spezielle Art verrät den Erbauer. Sie kennzeichnen damit ihre Arbeit«, erklärte der völlig ruhig.

Holly stieß einen leisen Pfiff aus. »Freytag zeigt Dassner offenbar eine seiner Arbeiten. Wozu und warum geraten sie darüber in Streit?«, fragte er sich.

»Vielleicht hat einer der Sprengsätze nicht gezündet. Möglicherweise haben sie sich gegenseitig die Schuld daran gegeben«, warf Julia ein.

Regina bat darum, den Film nochmals sehen zu dürfen. Zu Franks Verwunderung nahm sie dann das Smartphone an sich und hielt es dicht an ihr Ohr. Gespannt verfolgte er, wie seine Vorgesetzte zunächst angestrengt lauschte und dann mehrfach nickte.

»Man kann die Stimmen der beiden hören. Die Qualität der Aufzeichnung reicht aber nicht aus, um die Worte zu verstehen. Können Sie das nachbearbeiten?«, sagte sie und wandte sich an den Leiter der KTU.

»Ja, dafür gibt es spezielle Programme. Ist es wichtig für Ihre Ermittlungen?«, fragte er.

»Das könnte sogar der entscheidende Hinweis werden«, antwortete Regina.

Daraufhin drückte der Leiter der Kriminaltechnik seiner Mitarbeiterin das Gerät in die Hand. »Fahren Sie sofort ins Labor und nehmen sich die Aufnahme vor«, ordnete er an.

Regina dankte ihm und kehrte mit den Kollegen zurück zu den Dienstwagen. Dort stießen sie auf Sven, der den Abtransport des Leichnams vorbereitete.

»Ziehen Sie die Obduktion von Freytags Leichnam vor. Ich kläre es mit Ihren Vorgesetzten im Institut ab«, bat Regina.

Sven sagte zu und versprach ihr, noch am gleichen Tag einen vorläufigen Sektionsbericht an die SOKO zu schicken.

»Wenn mich nicht alles täuscht, kommen wir heute ein großes Stück bei der Aufklärung der Anschläge voran«, stellte Regina fest.

»Und der Mord an Dr. Rose? Trennst du diese beiden Fälle jetzt voneinander?«, fragte Frank.

»Wir ermitteln parallel und warten ab, wohin es uns führt«, lautete die ruhige Antwort.

Regina und Holly stiegen in den Passat, während Frank seiner Vorgesetzten nachschaute.

»Die Chefin scheint mehr zu sehen als ich. Geht es dir genauso?«, fragte Julia.

»Ja, schon. Vermutlich wissen wir bald mehr«, erwiderte Frank.

Sie stiegen ebenfalls ein und verließen das Vieburger Gehölz.

KAPITEL 17

Als Evelyn Rose unerwartet in den Räumen der SOKO auftauchte, schaute Frank sie überrascht an. Koller nahm sie in Empfang und wirkte gleich darauf einigermaßen konsterniert. Frank erhob sich aus dem Schreibtischstuhl und ging zu ihm hinüber.

»Kann ich helfen?«, fragte er.

Bei seinem Anblick huschte ein merkwürdiger Ausdruck über das Gesicht der Frau. Sie schien erleichtert zu sein. »Herr Reuter. Sie schickt der Himmel. Ich stecke in einer fürchterlichen Klemme und weiß einfach nicht, was ich tun soll.«

»Wir können in einem anderen Raum sprechen«, bot Frank an.

Damit war Evelyn Rose einverstanden. Frank ging auf das Büro von Regina zu, die sich derzeit zu einer Besprechung im LKA aufhielt. Er bemerkte das Zögern bei der Witwe.

»Ich nutze den Raum, solange Hauptkommissarin Saß abwesend ist«, erklärte er. Reuter überließ ihr den Vortritt und schob der zierlichen Frau den Besucherstuhl zurecht. Anschließend setzte er sich hinter den Schreibtisch.

»Was ist denn passiert?«, fragte er.

Evelyn Rose schaute verlegen zu Boden und rang erkennbar mit sich. Dann strafften sich ihre Schultern und sie hob den Kopf.

»Frau Saß und ich sind ein Liebespaar«, stieß sie hervor.

Frank wartete ab.

»Es ist einfach passiert und mir wird erst jetzt bewusst, dass ich es gar nicht wollte. Ich hatte noch nie eine Beziehung zu einer Frau. Jedenfalls nicht so eine«, sprach sie hastig weiter.

Ihr Blick forschte in Franks Gesicht, der weiterhin eisern schwieg. Er war gespannt, in welche Richtung sich dieses seltsame Gespräch entwickeln würde.

»Vermutlich liegt es an meiner Gefühlslage. Ich habe meinen Mann auf so dramatische Weise verloren und fühlte mich verloren. Es war leicht, mich zu verführen«, kam es mit leiser Stimme. Evelyn Rose senkte ihr Haupt und ließ die Worte wirken.

»Sie wollen also andeuten, dass Hauptkommissarin Saß ihre psychische Labilität ausgenutzt hat, um eine Liebesaffäre aufzubauen. Verstehe ich es so richtig?«

Sie hob den Kopf und ein Blick voller Entschlossenheit traf ihn. »Ja, so ist es. Ihre Kollegin nutzt meine Schwäche aus und legt mir seltsame Dinge in den Mund«, stieß sie hervor.

»Dinge? Was meinen Sie damit?«, hakte Frank nach.

Nach einem gut gespielten Zögern gab Evelyn Rose ein Gespräch wieder, in dem Regina sie angeblich zu einer Aussage gegen ihren Schwager verführen wollte.

»Ich sollte Holger belasten und es so darstellen, als würde er Fabian hassen. Das tut er nicht! Es gab zwar eine Situation, in der Holger mein Verständnis für seine Lage falsch aufgefasst hat, aber deswegen kann ich keine Lügen über ihn verbreiten«, erklärte sie.

Der Hauptkommissar musste mehr über diese Situation in Erfahrung bringen. Es war offensichtlich für ihn, dass die Witwe die Flucht nach vorn antrat. Sie musste bemerkt haben, wie sich Regina immer mehr ihrem Einfluss entzog, und wollte deswegen den Spieß umdrehen. Tatsächlich schilderte die Witwe die Szene in der Küche der Villa, als Holger sich von der Partygesellschaft zurückgezogen hatte.

»Mein Verständnis scheint ihn dazu bewogen zu haben, Gefühle für mich zu entwickeln. Anders kann ich mir das Weitere nicht erklären. Dabei wollte ich Fabians Bruder einfach nicht vor den Kopf stoßen. Mehr war das nicht, Herr Reuter.«

Diese Frau war weitaus manipulativer, als sie es bislang erkannt hatten, schoss es Frank durch den Kopf. Es wurde Zeit, aus dem Gespräch eine offizielle Aussage zu machen.

»Was Sie mir gerade erzählt haben, wirft in der Tat ein völlig neues Licht auf unsere Ermittlungen. Es ist erforderlich, dass Sie diese Aussage umgehend zu Protokoll geben. Warten Sie bitte einen Augenblick«, erklärte Frank.

Sie schenkte ihm ein Lächeln mit Tränen in den Augen. Frank schloss die Tür hinter sich und eilte hinüber ins Großraumbüro. Sein Blick wanderte über die Schreibtische. Als er Julia entdeckte, die soeben aus der Kaffeeküche zurückkehrte, seufzte Frank erleichtert auf. »Ich hatte schon befürchtet, dass du nicht hier wärst.«

Julia zog verwundert die Augenbrauen in die Höhe. »Was ist denn los?«, wollte sie wissen.

Mit wenigen Sätzen informierte Frank sie über das Gespräch mit Evelyn Rose. Er kam nicht umhin, Julia über die Beziehung der Hauptkommissarin zur Witwe zu unterrichten. Es gelang ihr nur mit Mühe, einen lauten Ausruf zu unterdrücken.

»Regina hat Holly und mich sofort eingeweiht. Sie wollte sich von der Ermittlung entbinden lassen, aber wir wollten die Chance nutzen«, beruhigte Frank sie.

Schließlich war seine Kollegin umfassend informiert und er konnte ihr sagen, was er von ihr wollte.

»Nimm bitte die Aussage von Frau Rose auf. Versuch ihr möglichst viele Details zu entlocken. Möglicherweise verrät sie sich als Anstifterin zum Mord«, sagte er.

Auf Julias fragenden Blick hin erklärte Frank ihr seinen Verdacht. Sie schüttelte fassungslos den Kopf.

»Dann wäre sie ein echtes Biest und eine hervorragende Schauspielerin obendrein«, sagte Julia.

»Ich werde Florian bitten, dir zu assistieren.«

»Hältst du das für eine gute Idee?«

Frank winkte ihn heran. Als Koller erfuhr, welche Aufgabe man ihm zudachte, reagierte er ähnlich wie Julia.

»Ich bin nicht sehr erfahren in solchen Dingen. Sollte nicht lieber ein anderer Kollege bei der Vernehmung helfen?«, gestand er.

Frank konnte sich bestens an die Ermittlung aus dem Vorjahr erinnern. Damals hatte Holly den Oberkommissar mit in eine Vernehmung genommen. Es wurde ein voller Erfolg, und angesichts der Verhaltensweisen von Evelyn Rose hielt Frank ihn für die Idealbesetzung.

»Sie müssen lediglich reagieren, Florian. Julia übernimmt den aktiven Teil der Vernehmung und Sie gehen auf Frau Rose ein. Mehr erwarte ich nicht von Ihnen«, wies Frank ihn ein.

Fünf Minuten später führten die beiden Ermittler die Witwe von Dr. Rose in einen der Räume. Kaum hatte sich die Tür hinter ihnen geschlossen, kehrten Regina und Holly zurück. Frank folgte der Leiterin in ihr Büro und schloss die Tür.

»Was hat das zu bedeuten?«, fragte sie, alarmiert durch seinen ernsten Gesichtsausdruck.

»Setz dich lieber. Was jetzt kommt, dürfte dir die Füße weghauen«, warnte Frank sie.

Regina kam seiner Empfehlung nach und schaute ihren

Stellvertreter gespannt an. Reuter schilderte das Gespräch mit Evelyn Rose und registrierte, wie es tiefe Betroffenheit bei Regina auslöste. Sie wurde still und lehnte sich in ihrem Stuhl zurück.

»Sie verdreht alles so, um ihren Arsch zu retten. Wie konnte ich dieser Frau nur so auf den Leim gehen?«, fragte sie kleinlaut.

»Evelyn ist extrem manipulativ und spürt sehr schnell, welche Knöpfe sie bei anderen Menschen drücken muss, um ihr Ziel zu erreichen. Julia und Florian nehmen gerade ihre Aussage zu Protokoll«, wiegelte Frank ab.

Regina wirkte benommen, sie folgte Frank ins Nebenzimmer des Vernehmungsraumes und verfolgte durch den Einwegspiegel die Befragung.

*

Die Hauptkommissarin wartete ab, bis alle Ermittler zurück in der Gartenstraße waren. Keine zehn Minuten später berief sie eine Besprechung ein, die sie mit einem Geständnis eröffnete.

»Ich habe in den zurückliegenden Tagen ein Verhältnis mit Evelyn Rose unterhalten«, sagte sie.

Ihre Kollegen waren sprachlos. Sie schienen ihrer Leiterin einen derartigen Verstoß gegen die Ermittlungen nicht zugetraut zu haben. Sie tauschten überraschte Blicke aus, während Regina fortsetzte und ihr Verhalten versuchte zu erklären.

»Der Polizeipräsident sowie die Staatsanwaltschaft haben der Fortsetzung der Beziehung zugestimmt, um mehr über die tatsächlichen Motive von Frau Rose zu erfahren«, berichtete sie weiter.

Frank bewunderte sie. Nicht jeder könnte so offen und nüchtern das eigene Fehlverhalten kommunizieren. Wäre er an ihrer Stelle gewesen, kämen die Worte vermutlich weitaus emotionaler über die Lippen.

»Offenbar hat die Verdächtige jedoch die Gefahr erkannt und sich daher zu einer Aussage entschlossen.«

Allen Ermittlern lag diese mittlerweile vor, sodass über den Inhalt nicht weiter gesprochen werden musste. Nachdem Regina die Bombe hatte platzen lassen, konnte die weitere Besprechung in gewohnter Manier ablaufen. Jeder Ermittler gab seine Erkenntnisse weiter und Koller fügte diese an der Schautafel an den entsprechenden Stellen ein.

»Es gibt interessante Neuigkeiten in Bezug auf die Ermordung Simon Freytags, woraus erhellende Informationen zum Sprengstoffanschlag auf die Jacht der Zuhälter hervorgehen. Florian?«, übergab Regina schließlich an ihren Assistenten.

Er räusperte sich. »Die Entdeckung der Filmaufnahme im Smartphone von Freytag erinnerte mich an den sichergestellten Laptop aus seinem Haus«, erläuterte Florian.

Ihm war der Einfall gekommen, dass ein Mann wie Simon Freytag sich garantiert mehrfach absichern würde. Daraufhin hatte Florian sich die Dateien auf dem Laptop genauer angesehen und stieß dabei auf ein spezielles Programm.

»Damit verbindet sich der Anwender mit einem Filehoster. Dabei handelt es sich im Grunde nur um Speicherplatz irgendwo im Netz, welchen einem mittlerweile die meisten Provider zur Verfügung stellen. Dorthin lagert man seine Aufnahmen aus, um sie von unterschiedlichen Geräten aus ansehen oder abspielen zu können«, erklärte Koller. »Ich konnte über Freytags Provider den Zugang zum Filehoster ermöglichen, sodass wir unmittelbar auf die dort gespeicherten Daten zugreifen können.«

Im Anschluss daran spielte er die Aufnahme ab, die zuvor die Kriminaltechnik auf dem Smartphone entdeckt und aufgearbeitet hatte. So kurz sie war, der Inhalt sorgte für aufgeregte Kommentare. Nur mühsam konnte Regina die Ermittler beruhigen.

»Als Simon Freytag dem Rocker auf den Kopf zusagte, dass er ebenfalls für den Bombenanschlag auf die Jacht von Dombrowski verantwortlich ist, besiegelte er sein Schicksal«, sagte sie.

Der kleine Film belegte es ausgezeichnet. Freytag war es gelungen, einen Blick auf die einzige Sprengladung zu werfen, die nicht gezündet hatte. Deren Bauweise hatte ihn umgehend in die Garage zu Dassner geführt, der auf die gewohnte Art und Weise reagierte. Er verzichtete darauf, sich zu erklären und griff Freytag mit größter Brutalität an.

»Er hat mit einer Rohrzange zugeschlagen, wodurch die schweren Verletzungen im Gesicht und an der Schläfe entstanden. Dr. Radtke hat es uns bestätigt. Die Rohrzange befand sich in der Garage und entsprechende Anhaftungen wurden durch die Kriminaltechnik sichergestellt«, führte Regina weiter aus.

»Wir warten noch das Ergebnis der DNA-Auswertung ab. Sobald es uns vorliegt und die Annahmen bestätigt, werden wir Dassner mit den Vorwürfen konfrontieren«, sagte Regina.

Niemand im Raum hegte Zweifel daran, dass die Proben den Hergang des Mordes bestätigen würden. Henry Dassner, Spitzname Priester, würde überführt werden.

»Demnach hat Dassner also nicht nur für die Rocker

die Bomben gebaut, sondern auch für Tatai?«, fragte ein Kollege.

Es bedurfte eine Weile, um die Zusammenhänge zu entwirren.

»Darauf basierte der Vorwurf von Freytag, und Dassners Reaktion gibt ihm recht«, bestätigte Frank.

Das war eine Wendung, die vermutlich niemand vorausgesehen hatte. Ivo Tatai war es gelungen, jetzt schon die ersten Verräter auf seine Seite zu ziehen.

»Wie passt der Mord an Dr. Rose ins Bild?«, fragte Rana.

Wie sehr diese Überlegung die Kollegen beschäftigte, zeigte das vielfache Kopfnicken. Regina übernahm die Antwort darauf.

»Wir glauben nicht mehr daran, dass der Mord an Dr. Rose in einer Verbindung zu den Anschlägen steht. Vielmehr gehen wir von zwei völlig getrennten Verbrechen aus, die zufällig zeitgleich erfolgten.«

»Die SOKO wird beide Fälle gleichgewichtig weiter ermitteln und abschließen. Wer von euch jeweils an welcher Ermittlung beteiligt sein wird, entscheidet Florian.«

Durch die geöffneten Fenster kamen die vielfältigen Geräusche in den Raum, die auf die fortgeschrittene Stunde hinwiesen. An den Ständen und an den Bühnen sammelten sich längst wieder die Kieler, die vorher ihrer Arbeit nachgehen mussten. Regina hatte sich entschlossen, die Ermittler nach Hause zu schicken.

»Morgen wird ein langer Tag. Wir sehen uns bereits um 7 Uhr wieder hier. Gehen Sie nach Hause oder auf die Kieler Woche und erholen Sie sich. Der Samstag wird Ihnen vermutlich alles abverlangen und niemand kann garantieren, dass wir vor Sonntag wieder unsere Familien sehen werden«, gab sie den Kollegen mit auf den Weg.

Vom Freitagabend war nicht mehr viel übrig, daher beeilten die meisten Kollegen sich, möglichst schnell nach Hause zu kommen.

»Wohin zieht es dich? Forstweg oder Pub?«, fragte Regina.

Frank deutete auf Holly und Julia. »Wir haben Durst auf ein gutes irisches Bier. Kommst du mit?«, erwiderte er.

Da Regina nicht allein sein wollte, schloss sie sich den Kollegen nur zu gerne an. Als sie später beim zweiten Bier am Stand des Pubs saßen, beobachtete sie verstohlen Julia. Ihr fiel auf, wie sehr ihre Kollegin sich um die Aufmerksamkeit von Frank bemühte.

Es sah fast so aus, als bräuchte er einen kleinen Tipp, dachte sie.

Als er sich erhob, um den Weg nach Hause anzutreten, ergriff Regina die Gelegenheit. Sie schob sich dicht an ihren Stellvertreter und raunte in sein Ohr: »Falls du eine Begleitung für den Spaziergang mit Butch suchst, solltest du Julia fragen.«

Er schaute sie verwundert an. Sie erwiderte den Blick lediglich mit hochgezogenen Augenbrauen. Da fiel endlich der berühmte Groschen bei Frank.

»Ich mach mich auf den Weg. Da wartet noch eine englische Dogge auf ihren abendlichen Ausgang. Möchte sich jemand uns anschließen?«, fragte er und blickte in die Richtung seiner Kollegin.

Julia gesellte sich dazu und so verließen die beiden den internationalen Markt.

Holly trat zu Regina und stupste sie sanft in die Seite. »Gute Nacht, alte Kupplerin«, sagte er grinsend.

*

Es war ein merkwürdig vertrautes Gefühl mit Julia und Butch spazieren zu gehen. Frank fand es entspannend und genoss, wie die englische Dogge und die Kollegin auf eine interessante Art miteinander kommunizierten.

»Ist das die Hundesprache?«, fragte er lachend.

Immer wenn Julia mit Butch herumalberte, verfiel sie in eine Art Babysprache. Ansonsten unterhielt sie sich mit der Dogge wie mit einem erwachsenen Menschen.

»Wir haben immer Hunde gehabt. Mein Vater gibt sich zwar sehr streng, aber in Wahrheit hat er ein weiches Herz«, erzählte Julia. Sie plauderte völlig selbstverständlich über ihre Familie, die ihr offensichtlich sehr am Herzen lag. »Wenn einer seiner Lieblinge zum Arzt muss, leidet Papa mehr als der Hund. Später stopft er sie mit Leckereien voll und kauft total unsinnige Spielsachen«, erzählte sie lachend.

Frank musste unwillkürlich an seinen Vater denken, der aber nicht halb so liebenswert verdreht war. Er zeigte seine Zuneigung weitaus nüchterner. Ihr ungezwungener Umgang mit Butch war der Beweis dafür, wie gut das Vorbild ihres Vaters Julia geprägt hatte.

»Bist du ein Einzelkind?«, erkundigte Frank sich.

Sie schüttelte den Kopf und verdrehte dabei die Augen. »Gott, nein! Drei Brüder und eine Schwester. Bei uns geht es immer zu wie im Tollhaus«, rief sie.

»Trinken wir noch ein Glas Wein?«, fragte er, nachdem sie Butch bei Franks Vermieterin abgeliefert hatten.

Das Leuchten ihrer Augen war Antwort genug. Aus dem Wein wurden dann drei Flaschen Bier, die Julia mit sichtlichem Genuss austrank. Frank staunte über ihre Trinkfestigkeit, bis sie ihm von den Festen ihrer Familie berichtete.

»Da lernt man schnell, einen ordentlichen Stiefel zu vertragen«, gestand sie ohne Scham.

Zu Franks Überraschung wählte Julia einen Radiosender, der vorwiegend Western- und Countrymusik spielte. Meistens wippte ihr Fuß zum Takt mit. Einmal sang Julia sogar lauthals los, was erstaunlich gut klang. Unwillkürlich entspannte Frank sich in ihrer Gesellschaft.

»Wir sollten noch ein wenig Schlaf finden«, mahnte er. Er blickte auf die Uhr im Regal. Es war fast ein Uhr in der Früh und ihnen blieben somit nur noch sechs Stunden, bevor Regina die Mannschaft wieder in der Gartenstraße erwartete.

»Schade, aber du hast leider recht. Rufst du mir ein Taxi?«

Ihre Blicke trafen sich. Der Wechsel vom Wohnzimmer ins Schlafzimmer wurde ohne viele Worte vollzogen. Sie liebten sich mit einer Intensität, die Frank von sich selbst nicht kannte. Julia forderte viel beim Sex und zeigte keine Zurückhaltung. Irgendwann schlummerte er ein. Urplötzlich stand er wieder im Hafen von Danzig und schoss in rasender Folge auf Jens, der hilflos mitten in der Gasse stand.

»Nein, oh Gott!«, schrie Frank. Er versuchte seinen Zeigefinger davon abzubringen, immer wieder den Abzug der Glock zu bedienen. Vergeblich. Jens taumelte unter den Einschlägen der Kugeln hin und her.

»Wach auf!«

Er fuhr hoch und schaute verstört in die Augen von Julia. Sie hatte ihn an den Schultern gepackt und geschüttelt.

»Komm zu dir, Frank. Das war nur ein Albtraum«, sagte sie.

Erschöpft sank er zurück aufs Kissen und legte die Hand über die Augen. Kalter Schweiß bedeckte sein Gesicht, wie so oft in den zurückliegenden Nächten. »Scheiße, Julia. Ich träume immer und immer wieder, wie ich Jens erschieße«, murmelte er.

Sie zog seine Hand weg und legte sich in seine Armbeuge. »War mir klar. Du musst es verarbeiten und dazu bleibt dir tagsüber keine Zeit. Sobald wir die Ermittlungen beendet haben, solltest du dir einen Termin beim Psychologen holen«, sagte sie leise.

»Es tut gut, dass du da bist«, sagte er. Reuter beschlich das Gefühl, dass Julia etwas beschäftigte. Das Licht der Straßenlaterne fiel ungehindert in sein Schlafzimmer, sodass er den Ausdruck auf ihrem Gesicht lesen konnte. »Na, los. Was geht dir durch den Kopf?«, drängte er sanft.

Sie seufzte leise und erwiderte seinen forschenden Blick. »Ich habe zwar eine große Klappe, aber in Bezug auf Männer denke ich mehr konservativ«, antwortete Julia.

»Aha. Was willst du mir damit sagen?«

Sie wickelte eine Strähne ihres Haares um den Zeigefinger und wirkte dadurch ausgesprochen verletzlich.

»Rede bitte offen, so wie vorhin. Das gefällt mir sehr gut«, bat Frank.

»Also schön. Ich weiß, dass du schon mit Rana im Bett warst. Damals wolltest du deine Exfrau zurückgewinnen. So läuft es bei mir aber nicht«, gestand sie.

Für Frank kam es überraschend, dass seine Kollegen offenbar immer noch an eine kurze Affäre zwischen ihm und der Kommissarin glaubten. Sie hatte lediglich einmal in seiner Wohnung übernachtet, doch die Kollegen hatten es erfahren und die falschen Rückschlüsse gezogen. Er hätte sich normalerweise nicht darüber unterhalten. Mit Julia war es anders.

»Ich habe nie mit Rana geschlafen. Sie hat hier lediglich übernachtet. Seit meiner Trennung von Karin bist du die erste Frau in meinem Bett«, stellte er klar.

Sie krauste die Stirn und forschte in seinen Augen. Nach wenigen Augenblicken verschwanden die Falten und ein glückliches Strahlen erhellte Julias Gesicht.

»Danke.«

Frank legte sich auf den Rücken und zog Julia in seinen Arm. Es gab nichts weiter zu besprechen. Sie schliefen ein und dieses Mal blieben die Albträume aus. Dafür riss ihn ein Anruf aus dem Tiefschlaf, sodass Frank verwirrt um sich schaute. Julias Kopf lag auf seiner Schulter und aus der Wohnstube kam die Melodie seines Smartphones. Der Anrufer ließ es ununterbrochen klingeln. Murrend schob Frank den Kopf von Julia aufs Kissen und glitt aus dem Bett. Auf nackten Füßen ging er in die Stube und schnappte sich das lärmende Telefon.

»Reuter«, knurrte er verärgert.

Beim Klang der Stimme erstarrte Frank und lauschte fassungslos auf die wenigen Sätze. Der Schock saß so tief, dass er keinen Ton herausbrachte und noch lange nach Ende des Gesprächs das Smartphone am Ohr hielt. Julia kam ins Wohnzimmer und schaute ihn verwundert an.

KAPITEL 18

Es hatte Ähnlichkeit mit einem seiner Albträume. Frank ging langsam in der beginnenden Morgendämmerung und warf immer wieder prüfende Blicke hinüber zu den Schiffen. Zu dieser frühen Morgenstunde war es naturgemäß sehr ruhig im Hafen, auch bei den Marineschiffen der Gäste aus den anderen Nationen. Deren grauen Rümpfe und Aufbauten konnte Frank mehr ahnen als sehen.

»Wenn das eine Falle ist, bist du wehrlos ohne meine Unterstützung«, hatte Julia gesagt.

Nach dem verstörenden Anruf hatte Frank eine Weile gebraucht, um ihr mehr darüber zu erzählen. Zuerst kamen nur unzusammenhängende Worte heraus, die keinen Sinn ergaben.

»Jens. Es gibt einen Anschlag. Rocker«, stammelte Frank.

Julia hatte ihm vorsichtig das Smartphone aus der Hand genommen und ihn sanft auf einen der Stühle am Esstisch gedrückt. Sie holte ein Glas Wasser aus der Küche und brachte Frank dazu, es auszutrinken. Erst dann wollte seine Kollegin genau wissen, was für einen merkwürdigen Anruf er bekommen hatte.

»Jens lebt und ist hier in Kiel? Verfluchter Verräter!«, stieß sie hervor.

Es war nicht leicht gewesen, Julia von einer sofortigen Alarmierung der SOKO abzubringen. Unter einer Bedingung hatte sie schließlich dem Vorhaben zugestimmt.

»Ich begleite dich und verfolge das Treffen aus dem Hintergrund«, forderte Julia.

Auf seinen Einwand, dass es für Jens zu gefährlich werden könnte, hatte seine Kollegin mit dem Hinweis auf Franks Sicherheit gekontert. Er vertrieb die Erinnerungen an das kontroverse Gespräch in seiner Wohnung, um seine Aufmerksamkeit auf das bevorstehende Treffen zu lenken.

Warum wollte sie es ihm nicht am Telefon sagen?, fragte Frank sich zum bestimmt hundertsten Male.

Jens hatte geflüstert und gehetzt gewirkt. Er hatte sich geweigert, irgendwelche Fragen am Telefon zu beantworten und auf einem persönlichen Treffen bestanden. Männerstimmen drangen an Franks Ohr, der sich hastig in den Schatten eines abgestellten Kleintransporters drückte. Es waren Matrosen an Bord eines französischen Zerstörers, der zum Flottenbesuch nach Kiel gekommen war.

»Wachwechsel«, murmelte Frank.

Für einen kurzen Augenblick beneidete er den Soldaten, der sich in seine Koje legen und schlafen durfte. Er selbst hatte kaum Schlaf gefunden und trieb sich viel zu früh im Hafen herum. Frank löste sich aus dem Schatten und schaute unauffällig über die Schulter. Von Julia war nichts zu sehen. Frank musste sich eingestehen, dass ihre Nähe ihn beruhigte.

»Solange ich sie nicht sehe, sieht kein anderer Julia«, sagte er sich.

Er näherte sich langsam dem ausgemachten Treffpunkt. Bis zu dem Wartehäuschen der Kieler-Verkehrsbetriebe waren es nur noch rund 50 Meter. Franks Blick huschte umher. Er entdeckte keine verdächtigen Schatten. Von Jens war ebenfalls nichts zu sehen. Mehr und mehr schälten sich die Konturen des Unterstandes für Fahrgäste aus der Dämmerung.

»Jens?«

Frank rief halblaut und lauschte dann angestrengt. Jetzt trennten ihn nur noch wenige Meter vom Wartehäuschen. Er nahm nicht den direkten Weg, sondern trat fünf Meter seitlich vom Unterstand auf den Asphalt des Rondels. Als er die Bewegung bemerkte, schoss Adrenalin in großen Mengen durch seine Adern. Frank brachte seine Waffe in den Anschlag. Wenn es eine Falle wäre, würde er sich nicht wehrlos ergeben.

»Ich bin es. Nimm die Pistole runter«, rief der Oberkommissar des Staatsschutzes. Jens trat aus dem Schatten neben dem Wartehäuschen, sodass Frank die blonden Locken erkennen konnte. Er spreizte dabei die Arme seitlich vom Körper ab. Frank registrierte, dass beide Hände leer waren.

»Bist du allein gekommen?«, fragte Jens.

»Das gleiche könnte ich dich fragen«, erwiderte Frank.

Noch blieb die Mündung auf Jens gerichtet, der stocksteif stehen geblieben war.

»Wen sollte ich einweihen, ohne mir sofort eine Kugel dafür einzufangen?«, lautete seine Gegenfrage.

Frank konnte nichts Verdächtiges ausmachen. »Vielleicht sollst du mich in eine Falle locken. Männer wie Tatai verlangen solche Sachen gerne als Beweis der Loyalität von Überläufern«, gab er zurück.

Jens seufzte schwer und hob leicht die Achseln an. »Wie lange sollen wir dieses dämliche Spiel noch fortsetzen? Ich bin allein gekommen und will dich warnen. Es wird bei der Windjammerparade einen weiteren Sprengstoffanschlag auf ein historisches Segelschiff geben«, sagte er.

Frank musste darauf vertrauen, dass Julia ihn deckte. Also steckte er die Waffe zurück in die Seitentasche und machte eine Geste, damit Jens sich wieder normal bewegen konnte. »Tatai will noch mehr Schiffe in die Luft sprengen? Wozu?«, fragte er.

Jens trat näher und schaute ihm offen ins Gesicht. »Weil sich darauf die Rocker befinden werden, die ihm im Weg sind. Er hat einen von ihnen gekauft und kennt daher jeden ihrer Schritte«, antwortete er.

Es klang glaubwürdig.

»Scheint die Zeit der Verräter zu sein«, provozierte Frank den Ermittler des Staatsschutzes.

»Es sieht manchmal so aus und ist es doch nicht«, lautete die kryptische Antwort.

Was wollte Jens damit andeuten?

»Arbeitest du verdeckt?«, fragte Frank neugierig.

Jens ging nicht weiter darauf ein, sondern nannte den Namen des Segelschoners und den Zeitpunkt der geplanten Sprengung.

»Woher willst du wissen, dass Tatai dir nicht nur einen Bären aufgebunden hat? Vielleicht testet er dich und wartet ab, was nachher passiert«, sagte Frank.

Ein gequälter Ausdruck trat in Jens' Augen. Er schüttelte nachdrücklich den Kopf. »Das hat er nicht, Frank.«

Es klang so überzeugt, dass er es ihm abnahm. »Was macht dich so sicher?«, fragte er trotzdem.

»Ich habe die Sprengsätze selbst angebracht. Wenn ihr es nicht verhindert, erleidet der Schoner mit Sicherheit Kielbruch«, lautete die schockierende Antwort.

Ein Wagen näherte sich dem Rondell. Frank schaute zur Straße hinüber. Das Fahrzeug bog nicht zu ihnen ab. Er wandte den Kopf und schaute auf die Stelle, an der zuvor Jens gestanden hatte. Der Blondschopf war verschwunden. Er hatte die kurze Ablenkung genutzt, um sich zu verdrücken.

»Er war allein«, meldete sich Julia. Sie war urplötzlich neben Frank und folgte seinem Blick.

»Hast du gehört, was Jens gesagt hat?«, fragte er.

Sie nickte stumm und nahm Franks Hand. Es war ein absurder Zeitpunkt, dennoch stieg ein wunderbares Gefühl in ihm auf.

»Schön, dass du hier bist«, murmelte er.

*

Nach dem Treffen fuhren Frank und Julia zunächst zurück in seine Wohnung. Während seine Kollegin sich im Badezimmer für den Dienst frisch machte, telefonierte Frank mit Regina.

»Das ist ja unfassbar! Ich sorge dafür, dass es umgehend ein Treffen mit den Verantwortlichen im LKA gibt«, rief die Leiterin.

Die Schilderung des Treffens hatte sie hörbar aufgeregt, und dann gab es ein extrem knappes Zeitfenster. Um elf Uhr am Vormittag würde die Windjammerparade starten. Die vielen großen und kleinen Segelschiffe formierten sich wesentlich früher auf der Förde, um ein geschlossenes Bild abzugeben.

»Wir müssen verhindern, dass der Schoner mit den Rockern ausläuft«, sagte Frank.

»Kommt sofort in die Gartenstraße. Ich hole Florian aus dem Bett, damit er den Rest der Mannschaft alarmiert«, ordnete Regina an.

Dann beendete sie grußlos das Telefonat. Mit gefurchter Stirn legte Frank sein Smartphone auf den Esstisch und versuchte, Ordnung in seine Gedanken zu bringen.

»Das Bad ist frei. Mach dich fertig, damit wir bald loskönnen«, drängte Julia.

Sie übernahm die Führung und zwang Frank dazu, sich vorerst auf den nächsten Schritt zu konzentrieren. 15 Minuten später jagte er den Wagen mit hoher Geschwindigkeit die Holstenstraße hinunter.

»Den Morgenkaffee bekommst du im Büro«, versprach Julia.

Als sie an der Ampel in Höhe der Landesbank warten mussten, schaute er sie von der Seite her an.

»Was ist?«, fragte Julia verunsichert.

»Ich entdecke völlig neue Seiten an dir«, gestand Frank.

Sie setzte ein schiefes Lächeln auf. »Ist es gut oder schlecht, was du siehst?«, fragte sie vorsichtig.

Spontan beugte er sich zu ihr hinüber und küsste Julia auf den Mund.

»Das nehme ich dann mal als ein gutes Zeichen«, murmelte sie.

Frank schmunzelte zufrieden und fuhr weiter, kaum dass die Ampel es zuließ. »Darfst du. Mir gefällt deine zupackende Seite«, bestätigte er.

Julia hob die Augenbrauen an. »Und sonst nichts?«

Frank ließ sie einen Augenblick zappeln, bevor er antwortete. »Der Rest hat mir schon vorher gefallen«, räumte er ein.

Julia zog einen Schmollmund. »So so. Ich gefalle dem Herrn Hauptkommissar«, murrte sie. Julia zeigte unerwartet ihre sensible Seite, woraufhin Frank umgehend seine Aussage korrigierte.

»Ich finde dich umwerfend«, erwiderte er.

Es war vermutlich immer noch nicht genau das, was Julia von ihm hören wollte. Über die Intensität seiner Gefühle war Frank zu erstaunt, um sie offen einzugestehen.

»Immerhin. Es hat aber gedauert, bis du es gemerkt hast«, erwiderte Julia einigermaßen versöhnt.

Als Frank den Wagen auf dem Parkplatz abstellte, hielt er sie zurück. »Du hast mich aufgewühlt. Ich möchte viel mehr Zeit mit dir verbringen. Es kommt einfach viel zu überraschend, als dass ich mich besser ausdrücken könnte«, sagte er.

Holly parkte seinen Privatwagen und wartete auf seine Kollegen. Als Frank sich erneut zu Julia beugte und sie mitten auf den Mund küsste, breitete sich ein Grinsen im Gesicht des Hünen aus. »Dann hat er es also endlich kapiert?«, fragte er Julia.

Sie hakte sich mit strahlenden Augen bei Holly unter.

»Wurde auch Zeit, Frank. Wir haben schon befürchtet, dass wir euch erst einmal in einer Zelle zusammensperren müssen.«

»Soll wohl heißen, dass es alle außer mir längst erkannt haben«, erwidert der zerknirscht.

Das angenehme Geplänkel stellten sie sofort ein, kaum dass sie das Großraumbüro erreichten. Dort war Koller gerade dabei, die Aufgaben der Mitglieder der SOKO neu zu sortieren. Als er Frank bemerkte, wollte er an den stellvertretenden Leiter der SOKO übergeben.

»Nein, machen Sie nur weiter. Sie haben die bessere Übersicht, Florian«, wehrte Frank ab. Dann deutete er auf die Tür am Ende des Ganges. »Ist die Chefin in ihrem Büro?«

»Nein, sie ist immer noch im LKA. Wenn Ihre Annahmen in Bezug auf den Staatsschutz stimmen, dürfte es eine schwierige Geburt werden«, erwiderte er.

Wie üblich würde Oberrat Singer sich auf die Vertraulichkeit aller Operationen seiner Dienststelle berufen und keine Informationen herausrücken wollen. Frank drängte seinen Unmut und seine Ungeduld zurück, um einen Blick auf die Übersichtstafel zu werfen. Florian hielt dort alle Details fest, die sich seit dem Anruf von Jens ergeben hatten. Holly trat zu ihm.

»Er läuft zur Bestform auf. Uns fehlt quasi nur noch grünes Licht vom Präsidenten, um die Ausfahrt des Schoners zu verhindern«, stellte er fest.

»Wir werden gleich wissen, wie es damit aussieht«, antwortete Frank. Er deutete auf Regina, die mit dem Polizeipräsidenten sowie ihrem Vater im Schlepptau durch die Tür eilte. An ihrem Gesichtsausdruck vermochte Frank noch nicht abzulesen, wie die eilig einberufene Konferenz im LKA ausgegangen war.

»Frank? Komm mit Holly und Julia bitte in den Besprechungsraum«, rief sie.

Zusammen mit den beiden Kollegen machte er sich auf den Weg.

*

Die Situation war vertrakt. Oberrat Singer bestand auf einer Lösung, die den verdeckten Einsatz seines Ermittlers nicht gefährdete.

»Demnach gelte ich also weiterhin als sein möglicher Mörder?«, fragte Frank ungläubig.

Für einen Moment lang hatte er endlich eine Lösung vor Augen gehabt. Seine Albträume würden nicht wiederkommen, nachdem er Jens lebend angetroffen hatte. Seine berufliche Reputation blieb fragwürdig, wenn man den Ermittler des Staatsschutzes in der Organisation des Ungarn beließ. Offiziell blieb Frank damit in der Rolle eines möglichen Kollegenmörders.

»Damit müssen Sie leben, Herr Reuter. Das Wissen über

den speziellen Einsatz von Oberkommissar Vogt muss innerhalb dieser vier Wände bleiben«, bestätigte der Polizeipräsident.

»Abgesehen von dieser Ungeheuerlichkeit erwarten Sie in der Kürze der verbleibenden Zeit noch einen Plan für einen Zugriff, mit dem wir sowohl das Leben der Rocker als auch die Tarnung von Vogt retten können?«, hakte Holly nach.

»Sie haben es erfasst. Ich vertraue völlig auf Ihre Qualitäten innerhalb der SOKO«, erwiderte der Polizeipräsident.

Heinrich Saß klappte einen Aktendeckel auf und zog zwei vorbereitete Schriftsätze heraus. Er schob sowohl dem Polizeipräsidenten als auch Oberrat Singer jeweils eines davon über den Tisch zu. Die Männer vertieften sich darin und tauschten zwei Minuten später einen Blick aus.

»Was ist das?«, fragte Frank. Ihm fiel der entschlossene Gesichtsausdruck seiner Vorgesetzten auf. Offenbar ging der Vorgang auf ihre Initiative zurück und ihr Vater hatte Regina geholfen.

»In dem Schriftsatz sind die Details der verdeckten Operation des Staatsschutzes wie erläutert niedergelegt und die Einflussnahme auf die Ermittlung der SOKO Kieler Woche«, antwortete Heinrich Saß.

Als der Polizeipräsident gleichzeitig mit dem Leiter des Staatsschutzes seine Unterschrift unter das Dokument setzte, schüttelte Frank fassungslos den Kopf. »Damit sind Frau Saß und ich also rechtlich aus dem Schneider. Schließt das die Möglichkeit ein, dass die Rettung der Rocker nur teilweise oder gar nicht glückt?«, fragte er. Sein Widerwille war unüberhörbar. Holly, Julia und Regina nickten zustimmend. Sie teilten Franks Meinung über diesen Kuhhandel.

»Wie gesagt, Herr Reuter. Wir vertrauen auf die Fähigkeiten der SOKO. Sollte es dennoch zu Kollateralschäden unter den Rockern kommen, müssen wir es akzeptieren«, lautete die ausweichende Antwort von Oberrat Singer. Damit war für ihn und den Polizeipräsidenten das Gespräch beendet. Sie erhoben sich und verließen eilig die Räume der SOKO. Heinrich Saß wartete ab, bis die Männer außerhalb der Hörweite waren.

»Dieser Schriftsatz hilft Ihnen nur, solange es um ein internes Verfahren gehen sollte. Kommt dieser Deal jemals ans Licht der Öffentlichkeit, schützt er euch nur bedingt«, erklärte er unverblümt. Sein Blick wanderte von seiner Tochter hinüber zu Frank. Der war dem Rechtsanwalt dankbar dafür, wenigstens das Mögliche erreicht zu haben. Dennoch fühlte er sich von seinen Vorgesetzten im Stich gelassen.

»Solche politischen Manöver sind mir zuwider«, sprach er aus, was er dachte.

»Konzentrieren wir uns zunächst darauf, den Anschlag auf die Rocker zu verhindern. Hat jemand eine Idee, wie wir das unter den gegebenen Umständen schaffen können?«, wechselte Regina das Thema.

Die spontanen Einfälle erwiesen sich als nicht umsetzbar. Keine der vorgeschlagenen Szenarien schien wirklich Erfolg versprechend. In allen Fällen überwogen die Gefahren, eine der Bedingungen nicht zu erfüllen.

»Wir könnten den Mord an Freytag dazu nutzen, die Rockerbande von Dassner auszuheben«, schlug Holly vor.

Seine Kollegen warfen ihm unverständliche Blicke zu, da sein Vorschlag bestenfalls als Teillösung anzusehen war.

»Wenn wir den Zugriff so vorbereiten, dass er unmittelbar vor dem Einschiffen geschieht, könnte es zu interessanten Reaktionen führen«, sprach er weiter.

Frank erkannte die verborgene Eleganz in dem Plan und pfiff anerkennend. »Respekt, Holly. So könnte es tatsächlich funktionieren, ohne dass Tatai einen Verdacht schöpft.«

Hollys Vorschlag stellte sich als beste Alternative heraus, sodass Regina dem restlichen Team die Entscheidung mitteilte.

»Die Rocker mögen untereinander noch so verfeindet sein, gegen uns halten sie mit Sicherheit zusammen«, hieß es.

Dass Regina und ihr Führungsteam genau darauf setzten, behielt sie für sich. »Damit rechnen wir. Auf der anderen Seite ist es eine hervorragende Gelegenheit, die Rocker auf neutralem Boden zu erwischen. Jeder von ihnen weiß, wie oft sie uns durch die Lappen gegangen sind, wenn wir es an ihren Klubhäusern versucht haben«, erklärte Regina.

Das entsprach der Tatsache und wurde als Begründung für den riskanten Einsatz im Hafen akzeptiert.

»Diesen Teil der heutigen Operationen leite ich persönlich. Hauptkommissar Reuter und ein Teil von Ihnen bleiben am Mordfall Dr. Rose dran«, sprach sie dann weiter.

Es lag zwar auf der Hand, warum Regina sich so entschieden hatte, dennoch spürte Frank einen Stich. Nach außen nahm er es widerspruchslos hin. Als sein Blick den von Julia traf, las er darin Verständnis und Aufmunterung.

»Ich möchte Julia für die Ermittlung einsetzen. Bist du damit einverstanden?«, fragte er Regina.

Sie hatten mittlerweile erkannt, wie manipulativ die Witwe von Rose vorging. Mit Frank und Julia hatte Evelyn Rose noch kein Spiel getrieben, weshalb ihre Neutralität außerhalb jeden Zweifels lag.

»Ja, gute Wahl. Wie willst du vorgehen?«

Es gab in Franks Augen eine Schwachstelle bei Evelyn Rose.

»Ich werde Wendt über die neue Aussage seiner Schwägerin informieren. Es würde mich sehr wundern, wenn er die komplette Schuld allein auf sich nimmt«, erklärte er.

Regina erhob keine Einwände, sodass die beiden Ermittler sich an Franks Schreibtisch zurückzogen. Nach einer kurzen Absprache verließen sie das Großraumbüro, um nach Neumünster zu fahren.

»Wir sparen uns Zeit, wenn wir ins Gefängnis fahren und Wendt nicht erst hierher bringen lassen.«

Julia schwieg, während sie offenbar einem Gedanken nachhing. Frank stieg in den Audi, startete den Motor aber nicht sofort. »Was geht dir durch den Kopf?«, wollte er wissen.

Seine Kollegin verriet es ihm. Julia hatte einen Plan entwickelt, mit dem sie eventuell die aalglatte Witwe überführen konnten.

*

Das Vernehmungszimmer im Gefängnis war noch ungemütlicher als das Gegenstück in der Gartenstraße. Für das Vorhaben der beiden Ermittler erwies es sich als Vorteil, wie sie es dem eintretenden Wendt ansahen.

»Setzen Sie sich, Herr Wendt. Das ist meine Kollegin, Oberkommissarin Beck«, sagte Frank.

Der Schwager von Evelyn Rose rutschte unbehaglich auf dem schlichten Holzstuhl hin und her.

»Ihr Verhalten war leider sehr unklug. Mittlerweile liegt uns eine erweiterte Aussage Ihrer Schwägerin vor, durch die jedes Abkommen mit der Staatsanwaltschaft als überholt zu betrachten ist«, sprach Frank weiter.

Wendt krauste die Stirn und wollte etwas erwidern. Frank hob sofort Einhalt gebietend die Hand. »Sie sollten unbedingt auf Ihren Rechtsbeistand warten, Herr Wendt«, mahnte er.

Der schüttelte verärgert den Kopf. »Der rät mir schon die ganze Zeit, mit Ihnen zu kooperieren«, stieß er hervor.

Frank warf einen Blick zu Julia, die das Zeichen aufnahm und nach einem tiefen Seufzer die Aussage von Evelyn Rose verlas. Wendts Gesichtszüge entglitten geradezu und zum Schluss starrte er mit finsterer Miene auf die Tischplatte.

»Damit sieht es sehr übel für Sie aus, Herr Wendt. Sollte der Staatsanwalt sich dieser Darstellung anschließen, erwarten Sie viele Jahre im Gefängnis«, stellte Frank fest.

Horst Wendt hob den Kopf und schaute von Frank zu Julia.

»Ich habe immer noch meine Zweifel«, sagte sie laut.

Verblüfft forschte Wendt in ihren Augen. Julia zuckte mit den schmalen Schultern.

»Sie glauben Evelyn nicht?«, hakte er nach.

»Ich sehe in ihr den Typ Frau, der mit allen Tricks seinen Vorteil anstrebt. Täusche ich mich oder hat Ihre Schwägerin sie zu der Tat verleitet?«, fragte sie.

Wendt legte seine Hände flach auf den Tisch. Offenbar fiel es ihm weiterhin schwer, sich gegen seine Schwägerin zu stellen. Frank schob den Stuhl zurück, so als ob er aufstehen wollte.

»Warten Sie! Ihre Kollegin hat recht, Herr Hauptkommissar. Evelyn hat den Plan entwickelt, weil sie die Lebensversicherung kassieren will. Ohne die Kohle steht sie mit leeren Händen dar, nachdem Fabian ihr Geld verzockt hat«, sprudelte es aus Wendt heraus.

Frank lehnte sich zurück.

»Damit stünde aber Aussage gegen Aussage. Ihre Schwägerin ist bislang lediglich die trauernde Witwe und Sie verfügen über ein ansehnliches Vorstrafenregister. Ich befürchte, der Staatsanwalt setzt in diesem Fall lieber auf Ihre Schwägerin«, sagte er.

Wendt wirkte total erschüttert. Er presste die Handflächen so hart gegen die Tischplatte, dass seine Unterarme zu zittern begannen. Es war der Zeitpunkt, an dem Julia einschritt.

»Wären Sie bereit, uns bei der Überführung Ihrer Schwägerin zu helfen?«, fragte sie.

Das Zittern ließ umgehend nach. Wendt schaute zur Oberkommissarin mit einem Blick voller Hoffnung. »Ich mache alles, was mir vor Gericht hilft«, schwor er.

Julia warf Frank einen Blick zu, bevor sie sich erneut an ihn wandte. »Einverstanden, Herr Wendt. Fangen Sie damit an, ein ausführliches Geständnis abzulegen. Vergessen Sie dabei nur das kleinste Detail, verlieren Sie jede Glaubwürdigkeit. Haben Sie mich verstanden?«, erklärte sie.

Horst Wendt erkannte den Ausweg und konnte kaum die Zeit abwarten, bis sein Strafverteidiger eintraf. Der besprach sich nur wenige Minuten mit seinem Mandanten, um dann die Ermittler zurück in den Vernehmungsraum zu holen.

»Herr Wendt wird ohne Rücksicht auf seine Person eine umfassende Aussage tätigen. Sie werden erkennen, dass er von der wahren Täterin nicht nur angestiftet, sondern getäuscht wurde«, sagte er.

In der folgenden Stunde legte Wendt sein Geständnis ab, in der er die Ausführung der Tat zugab. Er schilderte zudem, wie er bereits am Tag darauf die Spuren an seinem Audi beseitigt hatte.

»Sie bleiben dabei, dass Frau Evelyn Rose den Plan entwickelt und Sie zur Ausführung der Tat angestiftet hat?«, fragte Frank nach.

Wendt hielt an seiner Aussage fest, wonach er 100.000 Euro aus der Lebensversicherung erhalten sollte. Sobald sie das Geld an ihn ausgezahlt hätte, hätte Wendt aus dem Leben seiner Schwägerin verschwinden müssen. Erst als Frank mit den Ausführungen zufrieden war, verabschiedete er sich von Wendt und dessen Strafverteidiger. Kurz darauf saßen Julia und er im Wagen. Dabei starrte Frank eine Weile auf die hässlichen Mauern des Gefängnisses.

»Es wird nicht reichen«, sagte er.

Obwohl das Geständnis schwerwiegende Folgen für Horst Wendt nach sich ziehen würde, blieben seine Vorwürfe gegen Evelyn Rose reine Behauptungen.

»Jeder guter Strafverteidiger wird es als Möglichkeit auslegen, um von der eigenen Schuld abzulenken. Wir brauchen Beweise oder am besten ein Geständnis«, fuhr er fort.

»Das quält dich, richtig?«, fragte Julia sanft.

Frank stimmte mit düsterer Miene zu. »Wendt ist ein Idiot und muss für seine Tat büßen. Aber Evelyn ist ein wahrer Teufel in Menschengestalt. Solche Menschen machen mir Angst und ich will sie unbedingt hinter Gittern sehen.«

»Es muss uns gelingen, Frank. Wenn sie einmal damit durchkommt, wird sie es später wiederholen. Der Mord würde dann auf unsere Kappe gehen, weil wir es nicht geschafft haben, sie aus dem Verkehr zu ziehen«, stimmte Julia zu.

Sie waren sich einig, ohne eine Lösung für dieses Dilemma zu sehen. Frank startete den Motor und fuhr los. Auf der Fahrt zurück in die Gartenstraße schwiegen sie, sodass er seine Gedanken auf die Reise schicken konnte. Es gab eventuell einen Weg, der zu einem Geständnis führen könnte. Frank verwarf die Überlegung sofort wieder, da ihm die Bedingungen dafür nicht zusagten. Er wollte eine bessere Lösung finden, bei der keine riskanten Manöver erforderlich wurden. Sein Blick wanderte zur Uhr.

»Der Zugriff der Kollegen geht jeden Augenblick los«, sagte er. Frank wäre gerne dabei gewesen, akzeptierte aber die anderslautende Entscheidung seiner Vorgesetzten.

KAPITEL 19

Sie hatte den Erfolg des Zugriffs garantieren müssen, um die Genehmigung dafür zu erhalten. Es war eine frustrierende Erfahrung, die Regina machen musste.

»Sie binden uns die Hände und erwarten Wunder, ohne den erforderlichen Spielraum zuzulassen. So wird es nichts«, hatte sie dem Polizeipräsidenten vorgehalten.

»Wir haben das Café geräumt. Dort sitzen jetzt nur noch unsere eigenen Leute«, meldete Holly, der aus dem äußerlich unauffälligen Kommandowagen stieg, von dem aus Regina den Zugriff leitete.

In den Räumen des ehemaligen Schiffsausrüsters am Tiessenkai hatten sich wie erwartet viele Besucher eingefunden. Vor dem Zugriff an Bord des Traditionsseglers mussten die Zivilisten unbemerkt in Sicherheit geschafft werden. Eine Aufgabe, die Holly mit der gebotenen Umsicht in erstaunlich kurzer Zeit bewältigt hatte. Mittlerweile waren die Rocker der verschiedenen Gangs an Bord des zu einem Luxusausflugsschiff umgebauten Dreimastgaffelschoners gegangen.

»Ich hätte gerne noch den Schipper mitsamt seiner Crew von Bord geholt«, sagte Regina.

»Das wäre einfach zu gefährlich, Regina. Einer der Rocker hat höchstwahrscheinlich die Passage persönlich beim Eigner gebucht. Wenn er und seine Mannschaft nicht an Bord sind, werden die Rocker mit Sicherheit sofort Lunte riechen.«

Sie wusste, dass er recht hatte. Trotzdem behagte Regina es nicht, dass die Crew an Bord war.

»Die Kollegen vom SEK haben von jedem ein Bild gesehen und werden sie beschützen. Vertrau ihnen, sie sind erstklassig ausgebildet und alle sehr erfahren«, sagte Holly.

Jetzt war es sowieso zu spät, an dem geplanten Ablauf etwas zu ändern. Der Zugriff musste innerhalb der nächsten fünf Minuten erfolgen.

»Na gut. Ich frage ein letztes Mal die Positionen ab«, stimmte Regina daher zu.

Sie griff zum Mikrofon und ließ sich den Status aller Einsatzkräfte bestätigen. Nach einem letzten Blick zu Holly, der ihr aufmunternd zunickte, gab Regina den Befehl zum Zugriff.

Jetzt lag es nicht mehr in ihrer Hand, dachte sie und fröstelte leicht bei dem Gedanken.

*

Mit Rana am Tisch wirkte der schweigsame Beamte des SEK sichtlich irritiert. Die Kommissarin verkniff sich ein Schmunzeln, als er zum wiederholten Male verstohlen zu ihr herübersah. Der etwa gleichaltrige Kollege des Spezialeinsatzkommandos konnte sein Interesse an Rana nur schlecht verbergen. Sie ließ ihre Augen über die anderen Tische wandern und musste eingestehen, dass Regina eine gute Wahl getroffen hatte.

Niemand würde in ihnen eine Ansammlung von Polizisten vermuten, dachte sie anerkennend.

Im nächsten Augenblick erging das Kommando für den Zugriff. Rana schaute automatisch hinüber zum Schoner und stutzte gleichzeitig. Das unverwechselbare Knattern schwerer Motorräder wurde immer lauter.

»Verflucht! Wo kommen die denn her?«, stieß der SEK-Beamte hervor.

Er starrte zu den drei Rockern, die im gemächlichen Tempo am Café ausrollten. Nach ihrem Wissen sollten diese längst an Bord des Dreimastgaffelschoners sein. Rana stieß einen Warnruf aus.

»Die Ankömmlinge haben Waffen!«

Im nächsten Augenblick überschlugen sich die Ereignisse. Die meisten Einsatzkräfte aus dem Café hatten bereits ihre Plätze verlassen, um ihre Positionen beim Zugriff einzunehmen. Bei mehreren der Kollegen konnte man unter der offenen Jacke das Wort Polizei auf der Schutzweste erkennen und darauf reagierten die drei Rocker am Café.

»Polizei! Waffen fallen lassen!«, brüllte Rana.

Ihr Blick traf den des bulligen Mannes auf der mittleren Maschine, der bereits eine abgesägte Schrotflinte in Anschlag brachte. Rana sah, wie sich sein Zeigefinger krümmte und schoss. Als die Walther P99 in ihrer Hand ruckte, krachten gleichzeitig mehrere Pistolen anderer Kollegen. Alle drei Rocker wurden getroffen und gingen zu Boden. Die Hälfte der Einsatzkräfte des Cafés hatte sich der neuen Bedrohung zugewandt, sodass es zu keinem Kreuzfeuer für die Kollegen am Schoner kommen konnte.

»Die Neuankömmlinge sind kampfunfähig«, meldete Rana. Ohne lange darüber nachzudenken, hatte sie das Kommando übernommen. Die Kollegen nahmen widerspruchslos ihre Anweisungen entgegen, sodass die Situation am Café sehr schnell unter Kontrolle war. Mit dem Eintreffen des ersten Rettungswagens kam auch Holly.

»Alles in Ordnung?«, fragte er.

Rana deutete auf die Waffen, die sie aus den Satteltaschen der Rocker geborgen hatten. Es war eine ansehnliche Sammlung.

»Die waren schwer bewaffnet. Wie läuft es an Bord?«, fragte sie.

Aus dem Funkgerät trafen immer mehr Klarmeldungen ein. Vorher hatte es jedoch lange Schusswechsel gegeben.

»Zwei Kollegen wurden leicht verletzt. Bei den Rockern sieht es übler aus. Sie haben sofort das Feuer eröffnet«, berichtete Holly.

»Und die Crew des Schoners?«

»Eine weibliche Servicekraft geriet in Panik und lief einfach los. Sie wurde von zwei Kugeln getroffen. Der Notarzt kümmert sich bereits um sie«, erwiderte Holly mit brüchiger Stimme.

Einige Sekunden lang schwiegen sie und schauten gleichzeitig hinüber zu den Sanitätern, die in diesem Moment die Trage mit der jungen Frau von Bord des Schiffes trugen. Gleich darauf jagte der Rettungswagen davon. Der böige Wind trug Kinderlachen von der Kieler Woche herüber und sorgte dadurch für eine makabre Untermalung der Szene.

»Die Menschen auf den anderen Traditionsseglern haben scheinbar nichts von dem Einsatz mitbekommen«, sagte Holly.

Rana legte ihrem Kollegen die Hand auf den Unterarm und zwang ihn dazu, ihr ins Gesicht zu schauen. »Der Zugriff verlief nicht so reibungslos, wie wir es gehofft hatten. Dennoch verbuchen wir ihn als Erfolg. Immerhin konnten die Sprengsätze entschärft werden, sodass dadurch keine weiteren Opfer zu beklagen waren. Das mit der Servicekraft ist schlimm, aber dafür trifft uns keine Schuld«, redete sie Holly ins Gewissen.

»Hast ja recht, Schönheit. Ich gehe zurück zu Regina. Falls du Hilfe brauchst, ruf ruhig an«, antwortete er.

»Versprochen, Großer.«

Holly nickte. Wenn der Schoner sich zwischen den anderen Traditionsseglern zum Zeitpunkt der Sprengung befunden hätte, wäre höchstwahrscheinlich eine große Anzahl Unschuldiger betroffen gewesen. Dennoch vermochte der Gedanke Holly nicht wirklich zu trösten. Er hoffte inständig, dass die Servicekraft ihre Verletzungen überleben würde.

*

Milan Petric starrte hinüber zum Gaffelschoner am Tiessenkai.

»Die Entfernung war einfach zu groß«, knurrte er wütend.

Jens Vogt stand neben ihm an der Reling der Dreimastbark, die sich bereits mitten unter den anderen Segelschiffen befand. »Die Sprengsätze werden sicherlich längst entdeckt worden sein. Vermutlich wird demnächst das Bombenräumkommando eintreffen«, erwiderte er. Seine Stimme vibrierte leicht, was ihm einen höhnischen Seitenblick des Kroaten einbrachte.

»Keine Panik. Aus der Bauweise der Bomben können deine ehemaligen Kollegen nicht auf dich schließen«, sagte er.

Jens wandte sich langsam um und fixierte Petric mit einem harten Blick. »Verkneif dir zukünftig deine dämlichen Anspielungen«, warnte er.

In den dunklen Augen des Kroaten leuchtete es überrascht auf. »Und was, wenn nicht?«

Urplötzlich spürte Milan den Druck einer Pistolenmündung, die gegen seine Genitalien drückte und erstarrte. »Scheiße, was soll das?«, keuchte er zutiefst erschrocken.

Bisher hatte er in Jens einen Überläufer von fragwürdiger Qualität gesehen. Diese Situation widerlegte die Annahme auf äußerst unschöne Art.

»Behandle mich wie deinen Partner und nicht wie einen dummen Anfänger. Haben wir uns verstanden?«, fragte Vogt.

Milan Petric schluckte schwer.

»Er hat es bestimmt kapiert, Jens. Nimm die Kanone weg. Ich schätze es nicht, wenn meine Leute aufeinander losgehen«, meldete sich Tatai. Der Ungar war unbemerkt von den beiden Männern aufs Oberdeck gekommen. Sein zwingender Blick sorgte dafür, dass Vogt seine Waffe unter der Jacke verschwinden ließ. Petric entspannte sich. Er hatte Jens unterschätzt. Ein Fehler, den er nicht noch einmal machen würde.

»Die Fernzündung hat also nicht funktioniert«, stellte Tatai nüchtern fest. Er hob ein Fernglas an die Augen und beobachtete die Einsatzkräfte der Polizei auf dem Gaffelschoner am Tiessenkai.

»Nein, wir waren zu weit weg«, antwortete Petric.

Von einem der anderen Boote klang leise Musik zu ihnen herüber, just als am Kai ein Rettungswagen davonbrauste.

»Einige der Rocker wurden angeschossen. Damit können wir leben. In den kommenden Tagen werden sie genug damit zu tun haben, sich gegen die Vorwürfe der Polizei zu wehren«, sagte Tatai und klang dabei nicht einmal unzufrieden mit dieser Entwicklung. »Können uns die Sprengsätze verraten?«, fragte er.

»Nein. Ich habe die Bauweise eines Belgiers imitiert, der noch nie für Sie gearbeitet hat«, antwortete Petric.

Nach einigen Sekunden nahm Tatai das Fernglas hinunter und wandte sich um. Ein kaltes Lächeln huschte über sein kantiges Gesicht. »Dann sollten wir den Beginn unserer Geschäfte in deiner schönen Stadt feiern, Jens«, sagte er.

Vogt zwang sich ein Grinsen ab und folgte seinem neuen Boss hinunter unter Deck. Dieses Mal war seine riskante Einmischung gut ausgegangen. Er hatte Frank Reuter rechtzeitig eine Warnung zukommen lassen können. Zukünftig würde es immer schwerer werden und eines Tages würde der Zeitpunkt kommen, an dem er sich endgültig entscheiden musste. Irgendwann würde es ihm unmöglich werden, drohendes Unheil durch einen Tipp an die Kollegen abzuwenden. Jeder verdeckter Ermittler lebte mit dem Risiko, sich die Hände schmutzig zu machen oder enttarnt zu werden. Jens hoffte sehr, dass dieser Tag noch in ferner Zukunft lag.

*

Die Worte des Polizeipräsidenten klangen in Regina nach.

»Der Schlag gegen die Rockerbanden stellt einen hervorragenden Erfolg der SOKO dar. Wir können der Staatsanwaltschaft alle erforderlichen Beweise vorlegen, um die Täterschaft in Bezug auf den Sprengstoffanschlag auf den Frachter im Ostuferhafen nachzuweisen«, hatte er den versammelten Journalisten mitgeteilt.

Auf Nachfragen zu der Servicekraft, die beim Zugriff schwer verletzt wurde, gab der Polizeipräsident sich zuversichtlich.

»Der gesamte Einsatz wurde gefilmt, sodass wir den Ablauf korrekt von der Staatsanwaltschaft ermitteln lassen können. Die Verletzte schwebt nach Aussage der Ärzte, die eine Notoperation im Uniklinikum durchgeführt haben, nicht mehr in Lebensgefahr«, gab er zufrieden Auskunft.

Zum Schluss musste die Sprache unweigerlich auf den Mordanschlag gegen Dr. Fabian Rose kommen. Auf diese Passage hatte Regina gewartet und die Lautstärke ihres Autoradios weiter aufgedreht.

»Auch im Mordfall Rose steht die SOKO unmittelbar vor einer Festnahme. Es gibt einen Kronzeugen, der sich gegenüber der Staatsanwaltschaft als kooperativ erwiesen hat, sodass ich hier demnächst mit dem erfolgreichen Abschluss der Ermittlungen rechne«, antwortete der Polizeipräsident wie besprochen.

Die Pressekonferenz wurde zeitgleich von mehreren Fernsehsendern übertragen, und daher ging Regina davon aus, dass Evelyn Rose informiert sein würde.

»Es wird ein Drahtseilakt«, murmelte sie. Ihr Blick suchte die Umgebung ab. Von den Kollegen war keine Spur zu erkennen. Der Plan war mit großem persönlichem Risiko für die Leiterin verbunden, dennoch hatte Regina keine Sekunde gezögert. Was ihr Julia und Frank vorgelegt hatten, war der mögliche Schlüssel zu einem baldigen Ende der Ermittlungen.

Der Staatsanwalt schickte sie zurück auf Streife, wenn es schiefginge, schoss es Regina durch den Kopf.

Sie schaltete das Radio sowie die Zündung aus, warf sich einen schiefen Blick im Rückspiegel zu und stieß entschlossen die Fahrertür auf. Eine Minute später summte das Schloss der Fußgängertür und gab den Weg auf das Grundstück der Villa von Evelyn Rose frei. Die schmale

Blondine öffnete die Haustür und schaute ihrer Besucherin entgegen.

Wusste sie es schon?, dachte Regina.

Es war unmöglich, den Blick der Witwe zu deuten. Als Regina den Fuß auf die unterste Stufe setzte, erhellte ein vorsichtiges Lächeln das Gesicht von Evelyn.

»Schön, dich zu sehen«, sagte sie.

Falls sie sich wegen der Entwicklung Sorgen machte, war es der Witwe nicht anzumerken. Sie trat zurück und ließ Regina ins Haus. Mit einem leicht unbehaglichen Gefühl ging sie hinein.

»Ich wollte dich sehen und persönlich informieren«, erwiderte sie anschließend.

Evelyn nahm es schweigend auf. Ab jetzt musste Regina sich darauf verlassen, dass ihr eingeschaltetes Handy das Gespräch einwandfrei übertrug. Sollte Evelyn ihr bedrohlich werden, würden die Einsatzkräfte sofort einschreiten. Nur bei einem unerwarteten direkten Angriff war Regina auf sich allein gestellt. Ihre Kollegen waren zwar in der Nähe, aber nicht auf dem Grundstück. Sollte Evelyn etwas Hinterhältiges geplant haben, schwebte Regina in großer Gefahr.

»Ich hätte nicht gedacht, dass du persönlich kommst.«

Evelyn ging in die Küche und schob Regina eine Tasse Kaffee über den Tresen hin. Sie ignorierte die Geste und schluckte den Groll hinunter. Am liebsten hätte sie die zierliche Blondine an den Schultern gepackt und durchgeschüttelt.

Vermutlich machte sie sich lächerlich, dachte sie beschämt. Die Witwe schien nichts bemerkt zu haben, wirkte völlig entspannt.

»Ja, das war ein hektischer Tag. Erst der Einsatz am Tiessenkai und dann der Deal mit deinem Schwager«, erwiderte Regina laut.

Ein Ausdruck leichter Verunsicherung erschien in den Augen von Evelyn.

»Diese Bemerkung deines Vorgesetzten habe ich nicht wirklich verstanden. Ich dachte, Holger wäre so gut wie überführt gewesen. Wie kann es da noch zu einer Kooperation mit der Staatsanwaltschaft kommen?«, fragte sie.

Damit der Plan ihrer Kollegen aufging, musste Regina der gegenüber Witwe überzeugend auftreten.

»Wenn Evelyn Rose über bessere Rechtskenntnisse verfügt, als von Ihnen angenommen, scheitert nicht nur der Plan. Sie wäre außerdem gewarnt und könnte den Versuch später sogar gegen uns verwenden«, hatte der Staatsanwalt eingewandt.

»Wir haben ihren Hintergrund mehrfach gründlich durchleuchtet. Es gibt keinen Hinweis darauf, dass Frau Rose über mehr als rudimentäre Rechtskenntnisse verfügt«, hatte Regina versichert.

Ob diese Einschätzung der Wahrheit entsprach, würde sich in wenigen Augenblicken herausstellen. Evelyn interpretierte Reginas Zögern falsch.

»Vermutlich darfst du gar nicht mit mir darüber sprechen. Du verlangst wahrscheinlich eine Erklärung, warum ich mich zu der Aussage gezwungen sah. Ich bedaure es sehr, wenn du dadurch Schwierigkeiten bekommst«, entschuldigte sie sich.

Regina kaufte es ihr nicht ab. »Dein Schwager hat angedeutet, dass er zu dem Anschlag angestiftet wurde. Angeblich soll er hereingelegt worden sein, weil dein Mann zu dem Zeitpunkt nicht in der Bank sein sollte«, warf sie den Köder aus.

Der Blick aus Evelyns Augen war nicht zu entschlüsseln. Während Regina abwartete, versank Evelyn in brütendem Schweigen.

»Was meint er damit?«, kam nach einer Weile ihre Frage.

»Sehr viel mehr kann ich wirklich nicht verraten. Offenbar verfügt er über Beweise, die seine Aussage untermauern. Morgen gibt es eine weitere Durchsuchung seiner Wohnung. Dort sollen sich die Beweise befinden«, antwortete Regina mit gespieltem Zögern.

Evelyn hing erneut ihren Gedanken nach. Sie hinterfragte jedoch nicht die Abläufe, die für Menschen mit ein wenig mehr Erfahrung in Ermittlungsverfahren Zweifel aufkommen lassen würden. Die Wohnung von Wendt war durch die Spezialisten der KTU gründlich überprüft worden. Alles, was nur entfernt für die Ermittler von Interesse gewesen war, war eingetütet und mit ins Labor genommen worden.

»Hast du eine Vorstellung, um was es sich handeln könnte?«, wollte Evelyn wissen.

Sie hatte angebissen. Oh Gott, Evelyn hatte den Köder tatsächlich geschluckt, triumphierte Regina innerlich.

»Nein, keine Ahnung. Es kann ein Stück Papier sein, welches Wendt in einem Buch versteckt hat oder eine Disc. Möglicherweise ist es nur der Schlüssel zu einem Schließfach. Wir müssen einfach gründlich suchen und selbst das Unmögliche ins Auge fassen«, lieferte sie eine Antwort, die hoffentlich ausreichend provozierte. »Ich will verhindern, dass mein Verhalten zu falschen Annahmen führt. Du wirst weiterhin über jeden Schritt informiert werden. Das steht dir als Angehörige des Opfers zu. In Zukunft wird Hauptkommissar Reuter diese Aufgabe übernehmen. Ich wollte dir nur ein letztes Mal in die Augen sehen«, erklärte sie.

Evelyn setzte zu einer Erwiderung an, überlegte es sich jedoch anders. Sie verzog schmerzhaft das Gesicht und fasste sich dabei an die linke Schläfe. »Migräne. Diese Anfälle kommen manchmal völlig überraschend und sind dann besonders heftig. Es tut mir unendlich leid, Regina«, sagte sie.

Nach außen hin gab sich die Leiterin mitfühlend und bot sogar an, einen Arzt anzurufen. Das lehnte Evelyn mit dem Hinweis auf vorhandene Medikamente ab.

»Mein Hausarzt hat mir für diese Fälle ein ausgezeichnetes Präparat verschrieben. Sobald ich die Tabletten eingenommen habe, lege ich mich ins abgedunkelte Schlafzimmer. Morgen geht es mir bestimmt wieder besser«, wehrte sie ab.

Regina ließ sich ohne weiteren Protest aus dem Haus führen und saß kurze Zeit später bereits wieder hinter dem Lenkrad ihres Wagens. Da sie davon ausging, dass Evelyn sie beobachten würde, fuhr sie gleich los. 300 Meter weiter sammelte sie Frank auf.

»Sie hat angebissen. Ich bin gespannt, wie schnell sie aufbricht«, berichtete Regina.

Sie mussten nicht sehr lange warten. Eine knappe Stunde später rollte der Mercedes mit Evelyn Rose am Steuer vorbei.

»Wir haben nicht über die Wohnung von Horst Wendt gesprochen. Aus ihren Erzählungen müsste ich annehmen, dass Evelyn ihn nie besucht hat«, stellte Regina fest.

»Dafür fährt sie sehr zielstrebig«, erwiderte Frank.

Regina hielt einen ordentlichen Sicherheitsabstand, wobei ihr der zunehmende Verkehr half. Es war trocken und die Sonne lugte immer häufiger durch die sich auflockernde Wolkendecke.

»Sie scheint tatsächlich nichts zu ahnen«, murmelte Regina.

Die Anspannung nahm weiter zu. Schließlich fuhr Evelyn ihren Wagen auf den Parkplatz an einer Apotheke, die bereits geschlossen hatte. Regina hielt in großer Distanz neben der Zufahrt zu einer Tiefgarage an.

»Ich warne Holly«, sagte Frank.

Er rief seinen Kollegen über Funk an und gab die Ankunft der Witwe durch. Kaum war Evelyn verschwunden, steuerte Regina ihren Wagen ebenfalls auf den Parkplatz der Apotheke.

Noch konnte sie ihnen eine Ausrede anbieten, dachte sie.

Es war schwer, sich zu beherrschen. Am liebsten hätte Regina zügig zu der zierlichen Blondine aufgeschlossen und Evelyn zur Rede gestellt. Sie mahnte sich jedoch selbst zur Zurückhaltung und ging neben Frank her.

»Wir müssen unbedingt warten, bis Frau Rose in der Wohnung ihres Schwagers ist«, erinnerte er soeben über Funk die anderen Einsatzkräfte.

Neben ihm und Regina hielten sich zusätzlich noch Holly, Julia und Rana in der Nähe auf. Sollte der Zugriff aus irgendeinem Grund scheitern und die Witwe flüchten können, standen zwei Streifenwagen für die Verfolgung bereit.

»Zielperson ist am Eingang vorbeigegangen«, meldete Julia.

Regina warf ihrem Kollegen einen fragenden Seitenblick zu.

»Sie ist einfach vorsichtig«, schlug Frank vor.

Sie verlangsamten ihre Geschwindigkeit, um nicht zu dicht aufzuschließen. In dem Eingang einer Wäscherei suchten sie zunächst Schutz, damit Evelyn sie nicht zufällig entdecken konnte.

»Zielperson hat gewendet und überquert die Straße.«

Erneut klang die Stimme von Julia aus dem Funkgerät. Frank und seine Kollegen trugen Headsets, um so unauffällig in Kontakt bleiben zu können. Er schob sich einige Zentimeter vor und spähte um die Ecke.

»Sie wird langsamer und bleibt jetzt stehen. Evelyn starrt hinauf zu den Fenstern von Wendts Wohnung«, schilderte er seine Beobachtungen.

Witterte die Witwe etwa die Falle? Vielleicht irrten sich die Ermittler in ihr und Evelyn wollte nur aus reiner Neugier einen Blick auf die Wohnung ihres Schwagers werfen. Die Gedanken wurden immer mehr, sodass Regina sich energisch zur Ruhe zwang.

»Zielperson überquert die Straße erneut und bliebt unmittelbar vor der Haustür stehen«, informierte Julia alle Einsatzkräfte.

Frank hätte sich zu weit vorwagen müssen, um diesen Vorgang zu verfolgen. Er verließ sich wieder auf die besser positionierten Kollegen.

»Sie holt ein Schlüsseletui aus der Jackentasche und öffnete die Haustür.«

Regina und ihre Kollegen hatten im Vorfeld gerätselt, wie die Witwe in die Wohnung kommen würde. Diese Antwort fiel überraschend simpel aus.

»Wir schließen auf«, gab Frank durch.

Er und Regina eilten die Straße entlang und standen zwei Minuten später ebenfalls vor der Haustür. Holly und Julia traten kurz danach zu ihnen.

»Hast du Wendts Schlüssel?«, fragte Regina nervös.

Der glatzköpfige Kollege holte ihn aus der Jackentasche

und entriegelte das Schloss. Möglichst lautlos öffnete er die Tür und gab den Weg für seine Kollegen frei. Nachdem Regina, Frank und Julia ins Treppenhaus geschlüpft waren, schloss Holly die Haustür.

Wie es wohl Rana ging?, fragte sich Regina.

Die jüngste Ermittlerin im Team der SOKO hatte die undankbare Aufgabe übernommen und sich in der Nachbarwohnung versteckt. Rana war für die elektronische Überwachung der Wohnung verantwortlich.

»Sie schließt die Haustür auf«, meldete sich unvermittelt die Kommissarin.

Als ihre Stimme leise aus dem Kopfhörer kam, zuckte Regina erschrocken zusammen. Holly stand auf der Treppe und gab das Zeichen, dass sie weiter nach oben vorrücken sollten. Die beiden Frauen hielten sich in der Mitte auf, während Frank den Abschluss der Gruppe bildete. Nach wenigen Augenblicken erreichten sie die Stufen unterhalb des Absatzes, von dem die Tür zu Wendts Wohnung abging.

»Wie viel Zeit wollen wir ihr lassen?«, fragte Holly.

Es war ein gewisses Vabanquespiel. Griffen sie zu früh ein, konnte die Witwe sich immer noch herausreden.

»In drei Minuten gehen wir rein«, entschied Regina.

Sie rieb sich die feuchten Handflächen seitlich an der Hose trocken. Ihr Pulsschlag erreichte Höhen, die Regina normalerweise nur aus dem Sport kannte. Als sie Frank einen Seitenblick zuwarf, bewunderte sie seine Gelassenheit. Regina schaute erneut auf die Armbanduhr.

KAPITEL 20

Nach einer Weile hatte sich Ranas empfindliche Nase an die Ausdünstungen der Wohnung gewöhnt. Anfangs hatte sie eine Welle von Übelkeit gepackt. Der Besitzer der Nachbarwohnung von Horst Wendt war ein starker Zigarrenraucher. Der Geruch kalter Asche hing in den Möbeln der Couchgarnitur sowie in den Vorhängen. Er machte Rana das Leben schwer. Sie erinnerte sich an einen Tipp, den ihr vor einigen Jahren ein Kollege gegeben hatte, als Rana erstmals einer Obduktion beiwohnen musste: »Atme mehrfach schnell hintereinander aus und ein. Anschließend stört dich der Geruch nicht mehr, da sich deine Nase daran gewöhnt hat.« Damals hatte es funktioniert.

»Was in der Rechtsmedizin geht, sollte erst recht in einer verräucherten Wohnung helfen«, sagte sich Rana.

Nach einer Weile ließ der Effekt nach, dafür war jedoch der anfängliche Brechreiz gewichen, sodass sie sich besser auf die Meldungen im Funkverkehr konzentrieren konnte. Die Nachricht, dass die Witwe vor dem Haus aufgetaucht war, erschien Rana als Erlösung.

»Wieso geht sie wieder?«, grübelte sie gleich darauf.

Es kam fast ein wenig Panik in ihr hoch. Solche Anwandlungen bekämpfte Rana erfolgreich. Als wenige Augenblicke später die Haustür der Nachbarwohnung aufgeschlossen wurde, tastete sie vorsichtshalber zur Waffe. Vermutlich würde es nicht erforderlich sein, die P99 zu ziehen.

»Evelyn Rose ist eine Frau, die ihre Probleme mit dem Verstand löst«, war Rana überzeugt.

Dennoch gab ihr die Waffe ein beruhigendes Gefühl, obwohl sie auf den Schutz ihrer Kollegen bauen durfte. Ihre Gedanken lösten sich auf, als Rana das leise Klirren hörte. Die Witwe hatte den Flur betreten. Sofort löste Rana die Kameras mit eingebauten Mikrofonen aus, die in allen Räumen installiert worden waren. Ihre Aufgabe war, für die Qualität der Aufnahmen zu sorgen.

»Das Filmmaterial kannst du nicht wegreden«, sagte sie sich. Gespannt lauschte sie auf die Geräusche aus den Räumen der Nachbarwohnung. Viel war nicht zu hören. Als Evelyn Rose urplötzlich in der halb geöffneten Tür zum Schlafzimmer stand und Rana scheinbar mitten ins Gesicht schaute, erschrak sie leicht.

»Lass sie nicht gleich mit dem Kleiderschrank anfangen«, flehte sie.

Irgendwo hatten die Techniker eine Sendestation für die Funkübertragung hinstellen müssen. Im oberen Bord des Kleiderschrankes genügte der Empfang und gleichzeitig würde es Evelyn Rose nicht sofort entdecken. Als wenn die Witwe Ranas Bitte gehört hatte, ging sie zuerst zum verkratzten Nachttischschrank aus dunklem Holz. Dort ging sie in die Hocke und durchsuchte die Schublade, um sich anschließend dem Inhalt hinter der schmalen Tür zu widmen. Aus dem Augenwinkel nahm Rana eine Bewegung an der Schlafzimmertür wahr. Zu ihrer Erleichterung stand Regina dort und betrachtete die Witwe, die ahnungslos ihr Werk fortsetzte.

»Suchst du jetzt nach den Beweisen?«, fragte Regina.

Evelyn Rose erschrak so sehr, dass sie sich mit einem leisen Aufschrei auf den Hosenboden setzte. Während sie fassungslos auf Regina und Frank schaute, sicherte Rana die Aufzeichnungen.

»Was soll dieser Überfall bedeuten?«, hörte sie die Witwe aus dem Lautsprecher des Monitors fragen.

*

Frank verfolgte aufmerksam die Reaktionen seiner Kollegin. Regina zeigte äußerlich keine Anzeichen, wie schwer ihr das Zusammentreffen mit der Witwe fiel.

»Wir wussten, dass du nicht widerstehen konntest. Dein Besuch in der Wohnung deines Schwagers beweist uns, dass seine Angaben der Wahrheit entsprechen«, antwortete sie.

Mit einem verärgerten Ausdruck im Gesicht kam Evelyn Rose auf die Füße. In ihren Augen funkelte es gefährlich. »Das sind Methoden der Stasi! Mein Rechtsanwalt wird euch in der Luft zerreißen. Ich wollte Holger nur Kleidung zum Wechseln bringen«, stieß sie hervor.

Mittlerweile waren Holly und Julia ins Schlafzimmer gekommen. Sie hatten die winzigen Kameras abgebaut.

»Das wird Ihnen sicherlich jeder Richter abnehmen, Frau Rose. Sie haben jeden Schrank in der Wohnung durchwühlt, bis auf den Kleiderschrank. Merkwürdig, da jeder normale Mensch dort am ehesten Kleidung vermuten würde«, warf Julia ein.

Evelyns Blick schoss durch den Raum. Sie dachte kurz nach, bevor sie eine Antwort gab. »Reine Behauptung. Ich habe nach seinen Toilettenartikeln gesucht und wollte passende Lektüre finden. Von Durchsuchen kann keine Rede sein«, widersprach sie kalt.

Holly hob eine der Kameras in die Höhe. »Die Aufzeichnung dieser kleinen Wunderkinder sprechen eine völlig andere Sprache«, sagte er.

Es trug ihm einen bitterbösen Blick ein.

»Und was jetzt? Willst du mich aus gekränkter Eitelkeit festnehmen? Nur, weil ich wegen deiner Übergriffe ausgesagt habe?«, fragte sie Regina provozierend.

Die hob in gespielter Entrüstung beide Hände hoch. »Nein, was denkst du denn von mir? Ich werde dich nicht vorläufig festnehmen«, wehrte sie ab.

Die Witwe konnte ihre Überraschung nicht völlig verbergen. Dann mimte sie jedoch die Souveräne und ging zur Tür. Als sie an Holly vorbei war, verbaute ihr Julia den Weg.

»Evelyn Rose. Ich nehme Sie unter dem Verdacht der Anstiftung sowie der Verabredung zum Mord an Ihren Ehemann vorläufig fest«, sagte sie.

Die Witwe erstarrte und wollte sich dann mit einer energischen Armbewegung den Weg freimachen. Damit hatte Holly gerechnet. Er hielt die sich wehrende Frau mühelos fest, damit Julia ihr die Handschellen anlegen konnte.

»Das geht in die Medien! Ich mache euch alle miteinander fertig. Diesen Skandal überlebt nicht einmal die Tochter des großen Heinrich Saß!«, schrie Evelyn voller Wut. Sie spuckte Julia mitten ins Gesicht, was diese wortlos hinnahm. Holly packte sofort fester zu und brachte die tobende Frau zur Räson.

»Polizeibrutalität!«

Noch beim Verlassen der Wohnung tobte Evelyn Rose weiter. Auf dem Hausflur stand eine milde lächelnde Rana.

»Worüber freust du dich?«, fragte Frank.

Sie deutete auf die Kameras, die ihr Kollege von Holly übergeben bekommen hatte.

»Die Aufzeichnungen liefen noch, als die feine Lady der höheren Gesellschaft zur Furie wurde. Damit ist ihr

Vorwurf wegen angeblicher Brutalität bei der Festnahme eindeutig entkräftet«, erwiderte sie.

Regina hörte die Antwort und lachte leise auf. »Sehr gute Arbeit, Rana. Vermutlich wären Evelyns Vorwürfe auch ohne den Filmbeweis ins Leere gelaufen, so aber haben wir Gewissheit«, lobte sie.

»Was meint ihr? Haben wir genügend Beweise gegen sie?«, wollte sie wissen.

Frank und Regina tauschten einen Blick aus. Die Leiterin wiegte mit dem Kopf. »Schwer zu sagen. Die Durchsuchung der Wohnung sowie die Anschuldigungen ihres Schwagers bringen Evelyn mächtig in Verlegenheit. Ob es der Staatsanwaltschaft genügt, vermag ich nicht einzuschätzen«, gab sie ehrlich zu.

Frank konnte ihre Bedenken gut nachvollziehen. »Es wäre schön, wenn uns noch mehr Indizien zur Verfügung ständen. Hast du den Durchsuchungsbeschluss auf den Weg gebracht?«

Es gab eine verbindliche Zusage der Staatsanwaltschaft. Sollte Evelyn Rose tatsächlich in der Wohnung ihres Schwagers auftauchen und dort nach angeblichen Beweisen suchen, erhielt die SOKO einen Durchsuchungsbeschluss für die Villa im Niemannsweg.

»Ich setze Florian gleich darauf an. Übernimmst du den Einsatz vor Ort?«, fragte sie Frank.

Er stimmte zu und nahm Rana gleich mit. Aus der Gartenstraße würde ein größeres Team zu ihnen stoßen und von der KTU sollten die Techniker kommen.

»Auf in den Kampf, Kollegin«, sagte Frank. Er war sehr gespannt, ob ihnen die Villa des ermordeten Bankmanagers die erforderlichen Beweise liefern würde. Da die Witwe bisher angenommen hatte, unter keinem Verdacht zu stehen, hatte sie wahrscheinlich auch kein belastendes Material entsorgt. Die Chancen standen damit nach Franks Auffassung sehr gut und das spornte ihn besonders an.

*

Am späten Samstagnachmittag trafen Regina und Frank im LKA ein. Der Polizeipräsident hatte um eine Abschlussbesprechung gebeten, die nach Ansicht der beiden Ermittler zu früh kam.

»Wir haben niemals ausreichend Beweise, um sowohl die Anschläge als auch den Mord an Dr. Rose als aufgeklärt zu betrachten«, schimpfte Frank.

Die Leiterin der SOKO warf ihrem Stellvertreter einen wissenden Blick zu. »Diese Entscheidung trifft der Staatsanwalt und genau deswegen hat der Präsident diese Sitzung einberufen«, erwiderte sie.

Das roch verdächtig nach Politik. Frank schluckte weiteren Protest hinunter und fügte sich in seine Rolle. Seine Laune verschlechterte sich weiter, als er Oberrat Singer ebenfalls im Konferenzraum sitzen sah. »Wenn die Herrschaften vom Staatsschutz dabei sind, wird es wieder nebulös«, raunte er Regina zu.

Angesichts seiner Wortwahl musste sie sich ein Lachen verkneifen. Im gleichen Augenblick eröffnete der Polizeipräsident die Sitzung. Franks Gedanken gingen auf Wanderschaft. Er beneidete die Bummler auf der Kieler Woche, die bei einer Erfrischung das Wochenende genossen oder voller Spannung auf die abschließenden Wettfahrten der verschiedenen Regatten schauten. Es war keine zwei Jahre her, dass er mit Karin und Jasmin selbst den freien Tag an der Kiellinie verbracht hatte.

»Einer der wenigen gemeinsamen Wochenenden«, wie er sich selbst eingestand.

Seine Gedanken kehrten zurück in die Gegenwart, und verblüfft bemerkte er, dass alle Blicke auf ihn gerichtet waren. Regina stieß ihrem Stellvertreter unsanft den Ellenbogen in die Seite. »Vielleicht nimmst du den Anruf einfach auf dem Flur entgegen«, drängte sie.

Erst jetzt vernahm Frank das Summen seines Handys. Mit einer entschuldigenden Geste sprang er auf und zog im Laufen das Gerät aus der Jackentasche. Unmittelbar nachdem er die Tür zum Konferenzraum ins Schloss gedrückt hatte, nahm er den Anruf entgegen. Florian war am anderen Ende der Leitung.

»Es geht um die Schuldscheine, die Sie in der Villa gefunden haben«, sagte er.

Frank verzog enttäuscht das Gesicht. Die stundenlange Durchsuchung der Räume hatte nichts von Bedeutung zutage gefördert. Das Bündel Schuldscheine in einem der Wandschränke belegte lediglich, wie hoch verschuldet Dr. Rose gewesen war.

»Was ist damit?«, fragte er mäßig interessiert.

Wenigstens musste er für einige Minuten nicht länger dem Geschwafel der hochrangigen Beamten lauschen.

»Mich hat die Unterschrift stutzig gemacht. Also habe ich mir das Protokoll der Vernehmung von Frau Rose vorgenommen, um meine Ahnung zu überprüfen«, fuhr Florian in seiner bedächtigen Art fort.

Frank hörte mit einem Ohr zu, während er auf einige Meldungen am Aushang starrte. Die finanzielle Schieflage des Opfers war hinreichend belegt und musste nicht zusätzlich untermauert werden. Kollers akribische Ader war in diesem Falle nicht sonderlich weiterführend.

»Wie bitte? Wiederholen Sie das!«

Mit einer gewissen Verzögerung kam die Ausführung in Franks Verstand an. Schlagartig war er völlig bei der Sache.

»Sie haben bereits einen Grafologen befragt? Mensch, Florian. Sie sind ein Pfundsermittler!«, stieß Frank begeistert hervor. Er beendete das Gespräch und eilte zurück in den Konferenzraum.

»Die vorliegenden Indizien sind mir zu schwach, um gegen Frau Rose Anklage zu erheben«, sagte soeben der Staatsanwalt.

»Wir hatten schon Fälle, in denen noch weniger Indizien zu einer Verfahrensaufnahme gereicht haben«, widersprach der Polizeipräsident.

Frank setzte sich neben Regina und flüsterte ihr die Neuigkeiten zu.

»Wie wäre es, wenn Sie uns alle informieren. Oder geht es nicht um diesen Fall?«, forderte der Präsident.

Nachdem Regina ihm aufmunternd zugenickt hatte, berichtete Frank von dem Telefonat mit Florian.

»Na und? Dann hat eben Frau Rose ebenfalls einige Schuldscheine ausgestellt. Was ist daran so wichtig?«, warf Oberrat Singer ein.

Selbst der Polizeipräsident schaute den Leiter des Staatsschutzes verärgert an.

»Damit sind alle früheren Aussagen der Witwe widerlegt. Frau Rose wusste nicht nur um die Spielsucht ihres Mannes, sondern hat sich aktiv bei der Geldbeschaffung in fragwürdiger Manier beteiligt«, erklärte Regina.

Da außer Singer alle die Notwendigkeit weiterer Ermittlungen einsahen, vertagte der Polizeipräsident die Besprechung. Frank und Regina eilten die Treppen hinunter.

»Für diese Entdeckung sollten wir Florian zur Beförderung vorschlagen«, sagte er.

Regina teilte seine Auffassung. »Ja, damit hat er vermutlich den Durchbruch im Mordfall Rose geschafft. Kein Wunder, dass Evelyn so interessiert am Verlauf der Ermittlungen war. Vermutlich hat sie das Geld für die Flucht gebraucht, falls wir ihr auf die Schliche kommen.«

Sie schafften die Strecke bis zur Gartenstraße in Rekordzeit. In der Zwischenzeit hatten Florian und Holly die Teams mit Aufgaben versorgt, damit sie den neuen Hinweisen nachgehen konnten.

*

Es war sehr offensichtlich, dass Evelyn Rose einer falschen Hoffnung nachhing. Als die beiden Justizbeamtinnen die zierliche Frau ins Vernehmungszimmer führten, lächelte sie entspannt. Frank und Holly warteten ab, bis die Witwe am Tisch ihren Platz gefunden hatte. Dann betraten sie ebenfalls den Raum und schickten die Beamtinnen hinaus.

»Wie geht es Ihnen?«, fragte Frank zuvorkommend.

Für diese Freundlichkeit gönnte Evelyn ihm ihr schönstes Lächeln und strich sich mit einer unbewussten Geste eine Strähne zurück. »Wie es einer Unschuldigen im Gefängnis eben geht. Trotzdem danke ich Ihnen für die Anteilnahme«, erwiderte sie.

»Untersuchungshaft. Das ist ein sehr bedeutender Unterschied, Frau Rose. Daraus können Sie jederzeit entlassen werden, was naturgemäß bei einem Gefängnisaufenthalt nicht geht«, korrigierte Frank. Er verfolgte das Mienenspiel der Witwe und registrierte, wie sie seine Korrektur zu ihrem Vorteil interpretierte. Sie lächelte nochmals.

»Mit solchen Feinheiten musste ich mich bisher nicht auseinandersetzen, Herr Reuter. Ich hoffe sehr, dass es auch bald nicht mehr nötig ist«, sagte sie.

Er lächelte zustimmend. »Ja, davon gehen wir mittlerweile genauso aus«, bestätigte Frank ihre Annahme. Das waren die Worte, die Evelyn hören wollte. Sie lehnte sich zurück und fühlte sich offenbar immer wohler.

Holly schob ihr das Bündel mit Schuldscheinen zu. »Hierbei könnten Sie uns aber noch helfen«, sagte er.

Mit spitzen Fingern zog Evelyn die Scheine zu sich heran und warf einen prüfenden Blick darauf. Sie war eine ausgezeichnete Schauspielerin, dennoch blieb ihr kurzes Erschrecken den Ermittlern nicht verborgen.

»Was soll damit sein? Fabian hat demnach mehr Schulden gemacht, als wir bislang wussten«, erwiderte sie zurückhaltend.

Frank und Holly nickten synchron. Sie trieben die Witwe dazu, immer mehr Lügen aufzutischen.

»Kennen Sie zufällig die Unterschrift des Gläubigers?«, wollte Frank wissen.

Dieses Mal genügte ihr ein flüchtiger Blick, um mürrisch die Schultern hochzuziehen. »Nein, woher auch. Fabian hat diese Menschen nie zu uns in die Villa gelassen. Warum fragen Sie das alles?«, sagte sie mit einer gewissen Verärgerung in der Stimme.

»Das ist seltsam. Der Kreditgeber kennt Sie nämlich sehr gut«, fuhr Holly fort.

Er hatte sehr schnell den im Milieu bestens bekannten Mann ausfindig gemacht und zu den Schuldscheinen befragen können. Seine Erinnerungen an die Besuche der schönen Witwe waren ausgesprochen präsent.

»Was? Das verstehe ich nicht«, kam es von Evelyn.

Ihre Schultern verkrampften sich. Offenbar ahnte sie, dass die Vernehmung jetzt einen anderen Verlauf als erhofft nehmen würde.

Frank schob eine Fotografie des Kreditgebers über den Tisch und tippte mit dem Zeigefinger darauf.

»Dieser Mann hat Ihnen das Geld geliehen«, stellte er nüchtern fest.

Evelyn starrte erschrocken auf die Aufnahme und erkannte erst mit einiger Verzögerung, welche Formulierung Frank gewählt hatte. Ihr Kopf ruckte hoch und sie starrte ihn finster an.

»Mir? Was soll das hier werden? Ich verlange, sofort meinen Rechtsanwalt zu holen«, stieß sie hervor.

Frank schaute hinüber zum Einwegspiegel und hob die Hand. Sekunden später öffnete sich die Tür zum Vernehmungsraum und eine Frau in einem dunklen Kostüm trat ein.

»Helga Otzen. Ich bin Ihre Pflichtverteidigerin«, stellte sie sich vor und streckte Evelyn die Hand hin.

Die schaute völlig perplex auf die Rechtsanwältin. »Ich habe einen Strafverteidiger«, stammelte sie.

Holly schüttelte mit gespieltem Mitgefühl den Kopf. »Nein, der hat angesichts der veränderten Lage sein Mandat aufgekündigt. Bitte, hier ist das entsprechende Schreiben dazu«, informierte er Evelyn.

Sie las die wenigen Sätze durch und wurde wachsbleich. In diesen Sekunden wurde der Witwe bewusst, dass ihr Kartenhaus zusammengefallen war. Sie hob mit einiger Mühe den Kopf und schaute die Ermittler an. »Ich verweigere jede Aussage«, flüsterte sie.

Frank und Holly erhoben sich, um den Raum zu verlassen. »Beraten Sie sich mit Frau Otzen. Nehmen Sie sich ruhig Zeit. Wir haben es nicht eilig«, riet Frank. Nachdem er die Tür zum Vernehmungsraum hinter sich ins Schloss gezogen hatte, blieb er neben Holly auf dem Gang stehen. Regina und Florian kamen aus dem Nebenraum.

»Sie hat erkannt, wie schlecht ihre Chancen jetzt stehen. Das haben wir Ihnen zu verdanken, Florian. Gut gemacht«, erklärte Holly.

Der Assistent von Regina wurde verlegen bei dem Kompliment. Regina und Frank hatten ihm schon vorher ihre Anerkennung ausgesprochen. Es war ein ungewohntes Gefühl, so sehr von seinen Kollegen gelobt zu werden.

»Ich denke, die Pflichtverteidigerin wird ihr gut zureden. Vermutlich legt Evelyn noch heute Abend ein Geständnis ab, wobei sie aber die meiste Schuld auf ihren Schwager abwälzen wird«, spekulierte Regina.

Es war nicht die Aufgabe der Ermittler, diese Frage zu klären. Der Staatsanwalt und später das Gericht würden für sich herausfinden müssen, wem sie mehr trauten. Frank tendierte dazu, Wendt für das willige Werkzeug der durchtriebenen Evelyn Rose zu halten. Trotzdem hatte er den Wagen gesteuert und dabei seinen eigenen Bruder brutal getötet.

»Bleiben uns noch Milan Petric und der Ungar Tatai. Bisher können wir lediglich den Rockern den Anschlag auf den Frachter nachweisen. Dassner wird durch die Spurenlage für den Mord an Simon Freytag überführt. Den Anschlag auf die Jacht mit den Zuhältern können wir bislang nicht aufklären«, fasste Frank den Stand der Ermittlungen zusammen.

»Das könnte gelingen, wenn Dassner seine Rolle als gekaufter Verräter eingesteht«, schlug Florian vor.

Holly schüttelte zweifelnd den Kopf. »Warum sollte er das tun? Dann würde ihn der Staatsanwalt auch für den Tod der Zuhälter anklagen und Tatai auf Rache sinnen.«

So unglaublich es wirkte, für den Moment schien die

SOKO nichts gegen Tatai und seinen Handlanger vorbringen zu können. Frank war nicht der Einzige, dem dieser Umstand schwer auf den Magen schlug.

*

Wie üblich trottete Butch die meiste Zeit im gemächlichen Tempo vor Frank her. Die milde Abendluft versetzte die Dogge in Ausflugsstimmung. Der Wind strich über die Förde ins Land und trug immer wieder Fetzen von Musik an Franks Ohren.
»Nett. Deutsche Liedmacher«, murmelte er.
Er war kein großer Anhänger des deutschen Liedgutes. Es gab Künstler, die ihn mit guten Texte zu überzeugen wussten. Als ihm der Wind fast eine komplette Strophe zutrug, summte er mit.
»He, was hast du denn?«, staunte Frank.
Die Bulldogge war stehen geblieben und knurrte verhalten. Erst vor wenigen Tagen hatte er bei Butch ein ähnliches Verhalten gesehen und war daher alarmiert. Sein Blick suchte die Schatten zwischen den Bäumen der Lornsenstraße ab.
»Kannst du deinen vierbeinigen Begleiter dazu bringen, nicht so einen Lärm zu machen?«, fragte eine Stimme.
Zuletzt hatte Frank sie in der Nacht von Freitag auf Samstag gehört. Erneut versetzte es ihm einen Schock. »Ruhig, Butch. Es ist nur ein Geist«, mahnte er. Die Ironie seiner Worte wurde mit einem leisen Lachen quittiert. Frank brachte die englische Dogge dazu, sich zu setzen und nicht weiter zu knurren. Vermutlich half es, dass Jens aus dem Schatten ins Licht der Straßenlaterne trat. Sein Blick huschte unstet umher, als hielte er nach Verfolgern Ausschau.

»Was für ein merkwürdiges Spiel treibst du mit mir?«, wollte Frank von dem Blondschopf wissen.

Jens schüttelte den Kopf. »Keine Zeit für große Erklärungen. Hör mir zu, dann geht euch Petric noch ins Netz«, wehrte er entschieden ab.

Wenn Jens nicht schon den Anschlag auf den Gaffelschoner verraten hätte, wäre Frank vermutlich zurückhaltender gewesen.

»Milan hat die Sprengsätze zusammengebaut. Er kopiert zwar einen Belgier, aber er war es trotzdem. Ich habe dafür gesorgt, dass zwei seiner Prints auf einer Platine zu finden sind. Sagt das den Technikern«, erklärte Jens.

Sein Hinweis auf den belgischen Bombenbauer beseitigte die letzten Zweifel. Es hatte den Spezialisten einige Rätsel aufgegeben. Der Mann war vor einem halben Jahr bei einem Autounfall ums Leben gekommen war. Niemand außerhalb der SOKO verfügte bisher über dieses Wissen.

»Und weiter? Du verschwindest wieder und was dann?«, fragte Frank.

Jens hatte sich bereits abgewandt. Als er bereits halb im Schatten verschwunden war, drehte er sich noch einmal zu Frank um. »Es wird bestimmt nicht das letzte Mal sein, dass wir uns treffen. Du willst Tatai drankriegen. Oder etwa nicht?« Der Blonde wartete Franks Antwort nicht ab, sondern verschwand auf dem gleichen Weg, den er gekommen war. Butch murrte ein wenig, bis er das Interesse an dem abendlichen Intermezzo verlor. Für Frank stand außer Frage, dass der Tipp des Staatsschützers ihnen weiterhelfen würde.

»Also, noch kein Feierabend. Der Spaziergang war lang genug. Ab nach Hause, mein Freund«, sprach er zu Butch.

Das gefiel der Dogge nicht sonderlich, aber Frank zeigte sich unerbittlich und lieferte Butch bei seinem Frauchen ab. Anschließend telefonierte Reuter mit Regina und Holly. Er überredete seine Kollegen dazu, sich mit ihm im Labor der KTU zu treffen. Der Hauptkommissar hatte einige Mühe, dem Leiter der Nachtschicht die Dringlichkeit seines Anliegens zu vermitteln.

»Der Staatsanwalt ist informiert. Er wird Sie in den nächsten Minuten anrufen und entsprechende Anweisungen erteilen«, mischte Regina sich ein. Sie war leicht außer Atem, als sie in der Bürotür des Leiters auftauchte. »Holly hat gerade seinen Wagen abgestellt. Er muss gleich hier sein«, fuhr sie an Frank gewandt fort.

Im gleichen Atemzug läutete das Telefon des Leiters, sodass Regina und Frank sich auf den Gang zurückzogen.

Holly trat aus dem Fahrstuhl und eilte zu seinen Kollegen. »Wehe, wenn es nicht wirklich dringend ist. Meine Frau wirft mich raus und dann quartiere ich mich bei dir ein«, warnte er Frank.

Der berichtete seinen Kollegen von dem überraschenden Treffen mit Jens. Beide tauschten einen ungläubigen Blick aus.

»Das ist im Leben nicht von Singer abgesegnet worden«, war sich Holly sicher.

»Ich denke, dass Jens nicht allzu glücklich mit seiner Rolle bei Tatai ist«, stimmte Frank zu.

Nur Regina starrte nachdenklich vor sich hin. »Es gibt keine offizielle Bestätigung dafür, dass er im Auftrag seiner Dienststelle operiert. Vielleicht will Jens uns nur dazu benutzen, einen unliebsamen Konkurrenten innerhalb der Organisation aus dem Weg zu räumen.«

Es war eine reichlich verfahrene Situation. Immerhin hatte der Staatsanwalt dem Leiter der Nachtschicht die Anweisung erteilt, der Bitte von Frank zu entsprechen. Die

Auswertung der sichergestellten Sprengsätze aus dem Kielraum des Schoners nahm fast zwei Stunden in Anspruch. Die drei Ermittler hielten sich mit scheußlich schmeckendem Automatenkaffee wach. Als der Techniker auftauchte, schauten sie ihn erwartungsvoll an.

»Wir haben die Abdrücke gefunden und mit denen von Milan Petric abgeglichen. Es besteht kein Zweifel. Es sind seine Fingerabdrücke«, bestätigte er.

Diese Erfolgsmeldung belebte Frank und seine Kollegen, die sich auf den Weg in die Gartenstraße machten. Von dort aus leitete Regina die Fahndung nach Petric ein und verlieh ihr den höchsten Status.

»Mehr können wir jetzt nicht machen. Sehen wir zu, dass wir noch einige Stunden Schlaf bekommen«, sagte die Hauptkommissarin.

Sie machten sich auf den Heimweg. Als Frank auf den Digitalwecker auf seinem Nachtschrank schaute, zeigte die Anzeige genau 0 Uhr. Der letzte Tag der Kieler Woche brach an und würde vermutlich das Ende der laufenden Ermittlungen kennzeichnen.

*

An der Halle 400 strömten die Gäste ins Freie. Alle wollten dem traditionellen Feuerwerk über der Förde beiwohnen, mit dem jede Kieler Woche ihr feierliches Ende fand.

»Wer hätte gedacht, dass wir diesen verzwickten Fall tatsächlich lösen«, sagte Julia.

Sie und Frank hatten sich ohne viel Worte für den Abend verabredet, nachdem die Ermittlungen der SOKO offiziell als beendet eingestuft wurden. Der laufende Papierkram sowie die Zeugenaussagen für den späteren Prozess würde noch eine Menge Nacharbeit erfordern, aber alle Verdächtigen waren in Haft. Fast alle, wie Frank sofort korrigierte.

»Zu ärgerlich, dass Petric partout nicht reden will. Vielleicht hätten wir Tatai noch überführen können«, erwiderte er laut.

Der Kroate war wenige Stunden nach der ausgelösten Fahndung von Kollegen des Streifendienstes festgenommen worden. Petric leistete keinen Widerstand, verweigerte aber jede Auskunft.

»Er wird uns vermutlich in den nächsten Jahren noch eine Menge Arbeit bescheren«, sagte Julia.

Ivo Tatai stand bei allen Abteilungen des LKA mittlerweile weit oben auf der Liste der gefährlichen Personen. Kiel hatte ein neues Problem, aber das fiel nicht mehr in die Zuständigkeit der SOKO. Frank zwang sich, die Gedanken von der Ermittlungsarbeit zu lösen. Er wollte den Abend und das Feuerwerk mit Julia genießen.

»Kommst du nachher mit zu mir?«, fragte er sie.

Julia lehnte den Kopf gegen seine Schulter und schnurrte wie eine Katze. »Ich dachte schon, du hättest mich bereits über«, raunte sie in sein Ohr.

Frank verschloss ihren Mund mit einem langen Kuss. Es war die beste Antwort, die er auf diese Befürchtung geben konnte. Erst als die erste Rakete am Abendhimmel explodierte, lösten sie sich voneinander. Frank legte den Arm um Julia und spürte Zuversicht in sich aufsteigen. Seine Zeit als Single war definitiv vorbei. Ab sofort würde Butch nicht mehr nur mit Frank die Wohnung teilen müssen. Es war ein schöner Gedanke.

ENDE

*Mein Dank gilt vor allem
Irmgard Schnoor und Knud Carlsson
für ihre wertvolle Unterstützung*

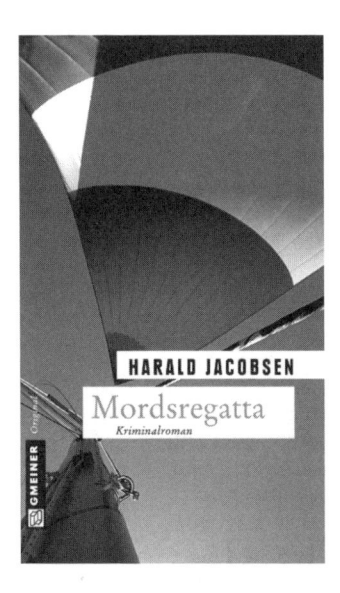

Harald Jacobsen
Mordsregatta
978-3-8392-1388-9

»Ein sympathischer Workaholic ermittelt im Rahmen des größten Segelsportereignisses der Welt.«

Während der Kieler Woche wird ein Toter aus der Förde gezogen, er wurde Opfer eines Gewaltverbrechens. Ausgerechnet jetzt, wo Kommissar Frank Reuter gerade begann, sich seiner Exfrau langsam anzunähern! Wieder einmal hat der Beruf Vorrang, und so begibt sich Reuter auf die Suche nach dem Mörder des jungen Bootsbauer-Azubi. Seine Ermittlungen führen schnurstracks zum Kollegen des Toten, dem Freund seiner Tochter. Ist etwa seine eigene Familie in den Fall verwickelt?

GMEINER

Wir machen's spannend

Unser Lesermagazin
2 x jährlich das Neueste aus der Gmeiner-Bibliothek

24 x 35 cm, 40 S., farbig; inkl. Büchermagazin »nicht nur« für Frauen und HistoJournal

Das KrimiJournal erhalten Sie in Ihrer Buchhandlung oder unter www.gmeiner-verlag.de

GmeinerNewsletter
Neues aus der Welt der Gmeiner-Romane

Haben Sie schon unsere GmeinerNewsletter abonniert?

Monatlich erhalten Sie per E-Mail aktuelle Informationen aus der Welt der Krimis, der historischen Romane und der Frauenromane: Buchtipps, Berichte über Autoren und ihre Arbeit, Veranstaltungshinweise, neue Literaturseiten im Internet und interessante Neuigkeiten.

Die Anmeldung zu den GmeinerNewslettern ist ganz einfach. Direkt auf der Homepage des Gmeiner-Verlags (www.gmeiner-verlag.de) finden Sie das entsprechende Anmeldeformular.

Ihre Meinung ist gefragt!
Mitmachen und gewinnen

Wir möchten Ihnen mit unseren Romanen immer beste Unterhaltung bieten. Sie können uns dabei unterstützen, indem Sie uns Ihre Meinung zu den Gmeiner-Romanen sagen! Senden Sie eine E-Mail an gewinnspiel@gmeiner-verlag.de und teilen Sie uns mit, welches Buch Sie gelesen haben und wie es Ihnen gefallen hat. Alle Einsendungen nehmen automatisch am großen Jahresgewinnspiel mit attraktiven Buchpreisen teil.

GMEINER

Wir machen's spannend